バチカン奇跡調査官

悪魔達の宴

藤木 稟

角川ホラー文庫
19427

目次

冬の風が吹いて、ユールの火がともされる頃は、家の中にいるべきだ。
暗闇の小道からも、野生のヒースからも閉ざされていて安全だ。
ユールの夜にあてどもなくうろつく者は、樹上からのさらさらと言う音を耳にする。
それは風の音だろう、でも他の木はしんとしている。
でもその次に、犬の吠《ほ》える声が聞こえる、軍団の首領が舞い降りてくる。
目から火を噴く黒い猟犬、黒い馬のいななき。

クエルドルフ・ハーゲン・グンダルソン

プロローグ　警鐘

1

土曜日のニュルンベルクの街は晴天に恵まれ、クリスマスで賑《にぎ》わっていた。

ライトアップされた教会から聖歌隊の歌声が響き、無数のイルミネーションの輝きが、ハウプトマルクト広場を淡い金色に染めている。

広場に軒を連ねたテント屋台には、定番のクリスマス菓子「レープクーヘン」、色とりどりのオーナメント、キリスト誕生劇を模したクリッペ人形、手作り蠟燭《ろうそく》やガラス玉、金冠を頭に載せた天使の人形「クリストキント（幼子イエス）」が並んでいたり、焼きソーセージや焼き栗、ホットワインが売られていたりする。

観光客が行き交い、子供達がはしゃいだ声をあげていた。

そんな喧噪《けんそう》から逃れるように、四人の少女がそっと街を抜けだした。

マントのフードを目深に被《かぶ》り、足早に歩いていく。

彼女らの行く手には暗いトウヒの森が広がり、ラズライト色の空には薄い叢雲《むらくも》がマーブル模様を描いていた。

祭の騒ぎに浮かれた人々から見咎《みとが》められることもなく、小さな人影はすぐに闇の中へと溶け込んだ。

「ザザイ、ザマイ、ブイダモン、エル、ヤハウェ、イア、アグラ。我を支えたまえ」

少女達は小声で、死霊を遠ざける為の呪文《じゅもん》を繰り返し唱えている。

枝や葉に積もった昨夜までの雪が、時折大きな音を立てて頭上から落ちてくる。

サラサラと風が木々を揺らすような音が、風もないのに聞こえてきた。

先頭を行くリーダー格の少女は、湧水と塩で作った魔術水と、亡霊を祓《はら》う為のヤナギハッカを道に撒《ま》きながら進み、他の三人はランタンで足元を照らして歩いた。

やがて四人は、木立が少し開けた場所で立ち止まった。

一際背の高いトウヒの根元から、隠しておいた袋を掘り出す。

袋の中には香炉と方位磁石、三日月刀と短剣が紐《ひも》で繋《つな》がれて入っていた。

少女達は香炉に火を入れた。一人の少女が詩篇を唱えながら、水とヤナギハッカで周囲を清めていく。

他の少女らは三日月刀を地面に突き立て、紐で繋がれた短剣をコンパスのように使って魔法円を描き始めた。

最初に二重の円を描き、円と円の間にヘブライ語の呪文を書き入れていく。文字は真東から書き始め、円の内側を二周半した所で終える。

内側の円の中には四つの六芒星《ろくぼうせい》と神聖文字《テトラグラマトン》を、中央には四角形を描く。

魔法円の外部の四ヵ所には、五芒星と神聖文字を描く。

さらに魔法円の真東には、三角形を描き、EL、MI、CHAの文字と円を描き込んで、周囲には「TETRAGRAMMATON」「ANAPHAXETON」「PRIMEUMATON」と書き添える。

呪法が成功すれば、この三角形の中に悪魔が現われる筈《はず》だ。

四人はたっぷりと時間をかけて準備を整え、魔法円の中に入った。

そして二十二時。土星を意味する時刻になると、四人は東に向かって頭《こうべ》を垂れた。

「万能の主よ、どうか来て下さい。そして天使達に命じ、この場所を守らせて下さい。私達の祈りをお聞き下さい。代々限りなく統べ治められる主よ」

こうして魔法円の内側に天使の守護を呼びかけた後、召喚呪を唱える。

「精霊よ、現われよ……。我は汝《なんじ》を召喚する。バールよ、天の王より頂いた力を込めて汝に命ず。ベラランネンシス、バルダキエンシス、パウマキア、アポロギア・セデスによって、最も強力なる王子ゲニィ、リアキダエ、および地獄の司祭によりて、また第九の軍団におけるアポロギアの第一王子によりて。

汝、精霊バールよ、我は汝に命ず。言葉を口にすればただちにその命令を成し遂げられん御方によりて、またすべての神々の名によりて、またアドナイ、エル、エロヒム、エロヒ、エヘイエー、アシェル、エハイエー、ツァバオト、エリオン、イヤー、テトラグラマトン、シャダイ、至高の主なる神の名において汝を浄め、全力を込めて汝に命ず」

その時だ。

一陣の突風と共に、雷のような轟音《ごうおん》がしたかと思うと、耳を劈《つんざ》くような奇怪な音が辺りに響いた。

調律の狂ったホルンを一斉に吹き鳴らしたかのような、ノイズ混じりの不気味な音だ。

少女達は思わず顔を見合わせた。

続いて野犬の吠え立てる声、馬の嘶《いなな》きが辺りに木霊《こだま》した。

得体の知れない笑い声が風に乗り、遠近から聞こえてくる。

人ならぬものの気配が辺りに色濃く漂っていた。

少女達は凍えた手を互いに固く取り合った。

「……怖いわ」

一人の少女がぽつりと呟《つぶや》いた。

「大丈夫。魔法円の中は結界で守られているのだから」

リーダー格の黒髪の少女が、宥《なだ》めるように言った。

「魔法円は悪魔や霊から私達を守ってくれるけど、もし野犬が来たら……？」

別の少女が不安を口にした。

「大丈夫。その時は、これでやっつけてやる」

黒髪の少女は三日月刀と短剣を手元に引き寄せると、仲間達を見回した。

「いいかい、みんな。儀式を中断するのは一番良くないことだ。だから、怖くても最後まで終わらせなくてはならない」

「……ええ、そうね」

「……わかったわ」

二人の少女は小さく頷《うなず》いた。

だが、三人目の少女は不意に立ち上がって叫んだ。

「嫌よ！　私、やっぱり帰る！」

少女は勢いよく魔法円の外へ走り出し、彼女と手を繋いでいた二人も、悲鳴と共に円の外へと倒れ込んだ。

「何てことだ。結界が破られた」

黒髪の少女が呆然《ぼうぜん》と言った。

「どうしよう、どうしたらいい？」

円の外へ倒れた二人は、不安げにリーダーを見詰めた。

「最早《もはや》、儀式を続けることはできない。こうなれば、ペンタクルと香炉で身を守りながら、森を出た方がいい」

少女は懐からペンタクルを取り出し、残りの二人に香炉を持たせた。

三人は身を寄せ合って走り出した。

その時、彼女らは見た。

夜空に一筋の雷が走り、火を噴く黒い猟犬と黒馬の大群が夜空を駆けて行くのを。

そう——。確かに見たのだ。

2

ニュルンベルクのフラウエン教会（聖母教会）は、ハウプトマルクト広場の東に面して建っている。

一三五六年、神聖ローマ皇帝カール四世がこの地で金印勅書を公布した記念に建設されたもので、当時の様子をモチーフにした仕掛け時計がファサード上部に作られていた。

毎日十二時になると、その仕掛け時計からは皇帝カール四世と、彼を取り巻く七人の選帝侯——マインツ、ケルン、トリーアの大司教、ボヘミア王、ザクセン公、プファルツ伯、ブランデンブルク辺境伯の人形が現われ、皇帝に挨拶《あいさつ》をするという趣向で、観光客にも人気がある。

そんなフラウエン教会の主任司祭を務めるエッカルト・ベックマンの許《もと》に、ある日意外な人物がやって来た。

サングラスをかけ、仕立てのよいダブルのロングコートを着た上背のあるその人物は、ニュルンベルク上級市長、ジークムント・キルヒナーその人であった。

市長は司祭に内密の話があると告げ、二人は執務室で向かい合った。

「内密のお話とは？」

ベックマン司祭は徐に切り出した。

市長はサングラスを外し、縋《すが》るような目でベックマンを見た。

その顔つきは、明朗で勇敢な人物として市民に人気のキルヒナー市長とは思えないほど、疲れ切っている。

「その……実は、私の家族に関してご相談があるのです。私の手ではどうすることもできない問題が起こっておりまして……」

歯切れの悪い言葉に、ベックマンは静かに頷いた。

「遠慮する必要はありません。何でも仰《おつしや》って下さい」

するとキルヒナーは短く溜息《ためいき》を吐き、思い切ったように顔をあげた。

「私の娘に、どうやら悪魔が取り憑《つ》いたようなのです」

「ふむ……。詳しくお聞かせ願えませんかな」

ベックマンは内心の動揺を抑えて訊《たず》ねた。

「……娘の名はヘンリエッテといいます。アルベルトゥス・マグヌス・ギムナジウムに通う、十七歳です。その娘の様子が昨年末からおかしくなったのです」

「どのようにです？」

「最初に気付いた異変は、深夜の奇声です。訳の分からない言葉や、汚い言葉を言い散らし、話しかけても暴れるばかりで、急におかしくなったとしか思えませんでした。

そこで妻と相談し、精神科の先生に診て頂いたのですが、原因不明の急性ストレス障害であろうと……。まずは休養を取らせるようにと言われ、薬を処方して頂き、暫《しばら》く様子を見ていたのですが、状態は良くなるどころか、ますます悪化していくばかりでした。

そして、いよいよ悪魔が憑いたとしか思えない異常な現象が起こり始めたんです」

「その現象とやらはどういったものですか？」

「一番驚いたのは、ヘンリエッテが男のような声で『飯を寄越せ』と喚《わめ》いた時、部屋の窓ガラスが砕けたことです。他にも棚の上の物が動いたり、何者かが家の中を行き来するような妙な気配があったり、ラップ音のような物音がしたりと、数えきれません。

しかもそんな異様な状況の中で、ヘンリエッテはニヤニヤと笑い、何人前もの食事を貪《むさぼ》り続けるのです……」

キルヒナー市長は掠《かす》れた声でそう言うと、がっくりと項垂《うなだ》れた。

ベックマンは唸《うな》り、腕組みをした。

話を聞く限り、ヘンリエッテ嬢の状態は悪魔憑きかと思われた。暴食の悪魔が彼女に取り憑いた可能性がある。

過去、ドイツに於《お》いても悪魔憑きの事例は多数あった。

中でも最も有名なのは、映画「エミリー・ローズ」の題材にもなった、アンネリーゼ・ミシェル事件だろう。

バイエルンに住むアンネリーゼという少女は、医師からてんかんと診断され、長年に及ぶ治療を行っていた。だが、症状は改善しないばかりか、汚い言葉を吐き、知らない筈のラテン語を話し、蜘蛛《くも》や蝿を食すようになっていく。さらには、身体を何者かに持ち上げられベッドに何度も叩《たた》きつけられるなど、異常な状態は悪化していく一方であった。

両親はついに教会へ悪魔祓《ばら》いを頼み、カソリック教区から正式にエクソシストが派遣された。だが、悪魔を退ける苛酷な戦いの最中に、アンネリーゼは死亡したのだ。

裁判所は「エクソシズムがアンネリーゼの衰弱死を引き起こした」として、両親と神父に対し、過失致死罪の懲役刑、執行猶予三年の判決を言い渡した。一九七八年のことである。

最近はバチカンの主導によって悪魔祓いの必要性が説かれ、エクソシスト養成の為の講座も開講されるなど、様々な取り組みがされつつある。それと同時にエクソシストの社会的地位も向上しつつある。

だが、やはり一般聖職者にとって、エクソシストといえば『汚れ仕事』というイメージは拭《ぬぐ》えず、肉体的にも精神的にも負担の大きいその職務に就こうとする者の数は、需要に対して大きく不足したままだ。

無論、ベックマン司祭自身にも、エクソシズムの経験はなかった。

そこで彼は、ひとまずヘンリエッテに会おう、と考えた。

エクソシストを派遣するよう教区へ訴えるとしても、まずは己の目で状況をしっかりと確認し、上司である司教に正しく事情を伝えることが肝心である。

ベックマンは徐に咳払《せきばら》いをした。

「市長殿、私共にヘンリエッテ嬢の状態を見せて頂きたいのです」

「おお、司祭様……。それでは、悪魔祓いを引き受けて下さるのですね」

キルヒナーはベックマンに向かって十字を切った。

「いえいえ、お待ち下さい。私はエクソシストではないのです。ただ、専門のエクソシストを遣わすには、私自身がお嬢様の状態を確認する必要があるのです。どうかご安心下さい。教会は悩める子羊を見捨てるようなことは致しません」

「ご協力に感謝します。それでは早速明日にでも、娘に会って頂きたい。それとくれぐれも、娘の話は内密に。表向きは病気療養ということにしています」

「分かりました。公には秘密ということですね」

「どうか、お願いします」

キルヒナー市長は身を乗り出し、ベックマンの手を取ったのだった。


翌日。ベックマン主任司祭は若き神父を伴い、ヘンリエッテの許を訪ねた。

ヘンリエッテは現在、ニュルンベルク郊外の別宅で静養中とのことだ。

指定された住所には、驚くほどの豪邸が建っていた。

広い庭の向こうに小城のような邸宅が見える。門の前にはフェンスがあり、ドイツ人特有の硬い表情をしたガードマンが立っていた。

「フラウエン教会のベックマンと部下のトビアス神父だ。キルヒナー市長の依頼によって来た」

ベックマン司祭はガードマンに声をかけた。

ガードマンは、ぴくりと目だけを動かして二人を見た。

ベックマンと名乗った司祭は恰幅《かっぷく》が良く、正式な司祭服を着ていた。若い方の神父は細身のスポーツマンといった体格で、黒い帽子に黒い外套《がいとう》を着、手袋をはめた手に黒い鞄《かばん》を持っている。

「少々お待ち下さい」

ガードマンは携帯電話を取り出し、上司に確認を取っている様子であった。

ややあって、ガードマンは携帯を切り、「どうぞお入りください」と言った。

重厚な鉄の門が、ゆっくりと観音開きに開く。

二人は鉄の門を潜った。

手入れされた広い庭には、低木を動物の形に刈り取ったトピアリーが散在し、小さな噴水がある。

少し勾配《こうばい》のある小径《こみち》を通って大きな玄関の前へ辿《たど》り着くと、年配の男がうやうやしく二人を出迎えた。

「ようこそお越し下さいました。奥様がお待ちです」

どうやら邸《やしき》の執事らしい。

玄関を開けるとすぐ、清潔に磨き上げられた木の床と、真っ白な漆喰《しっくい》の壁、大理石の彫像や大きな現代絵画が二人を迎えた。

目の前には螺旋《らせん》階段があり、高い吹き抜けの天井から年代ものらしいシャンデリアがぶら下がっている。

大きな水槽には色鮮やかな熱帯魚達がゆうゆうと行き交っていた。

豪奢《ごうしゃ》な雰囲気に思わず圧倒された二人だったが、次の瞬間、耳を劈《つんざ》くような声が玄関ホールに木霊《こだま》した。


『食い物をよこせ！　お前を呪ってやる！』


ラテン語だ。野太く荒々しい獣のような声であった。

たちまち異様な緊迫感が辺りに立ち込めた。

どこからか、ドンドンと壁を叩くような物音も響いてくる。

それから意味の分からない低い唸り声と甲高い叫び声が交互に聞こえてきた。

二人は身体を強《こわ》ばらせて立ち止まったが、それらの激しい騒音は暫くするとピタリと止み、辺りは再び静寂を取り戻したのだった。

執事が小さく安堵《あんど》の息を吐き、「こちらへどうぞ」と歩き出す。

二人が案内された応接室には、憔悴《しょうすい》した女性が一人待っていた。

市長夫人として時折テレビなどにも登場する、ヘルマ夫人である。

化粧気のない顔は青白く、編み込んだ金髪はほつれ、目の下には濃い隈《くま》があった。

「ベックマン司祭様、お待ちしておりました。私はヘンリエッテの母親で、ヘルマ・キルヒナーと申します」

ヘルマ夫人は冷たい手を力なく差し伸べた。

「この度は大変なご心労のことでしょう」

ベックマン司祭が両手で夫人の手を包み込むと、夫人は涙ぐんだ。

「こちらは私の部下のトビアス神父。エクソシストの教育を受けた者です」

紹介されたトビアスはシャキッと姿勢を正し、緊張した表情を夫人に向けた。

「トビアス・ペトロ・ハントと申します。浅学ながら、悪魔憑《つ》きを見分ける方法は存じております。及ばずながら、私もお手伝いさせて頂きます」

「有難うございます……。お二方とも、おかけ下さい」

三人がソファに着席すると、メイドがお茶を運んできた。

夫人はメイドに下がるよう命じ、ソファに浅く座り直した。

ベックマンは茶を一口飲み、口を開いた。

「キルヒナー市長から、大体の話は聞いております。昨年末から娘さんの様子がおかしくなり、奇声をあげるようになったとか。他にも物が勝手に動いたり、窓ガラスが砕けたりなどの異常があったとか」

「ええ……。最初は精神的な変調かと思ったのです。でも、あの子の周りで次々とおかしな事が起こって……」
「奥様の知っていることをお聞かせ下さい」
夫人は小さく溜息《ためいき》を吐いた。
「事の起こりは、二カ月近く前です。十二月の……確か、土曜の夜でした。
その日は主人も私もクリスマスイベントに招かれ、家を空けておりました。
娘がお友達とクリスマス・マーケットへ行きたいというので、余り遅くならないように
と注意して出掛けたのです。
私共が深夜に帰宅しましたところ、メイドが言うには、娘は一時間ほど前に帰宅したと
の事でした。随分遅くまで遊んでいたのだなとは思いましたが、ひとまず無事に戻ってい
るなら良しとして、明日は少し娘を叱らなければと思ったのを覚えています。
でも、それからなんです。ヘンリエッテの様子がおかしくなったのは……」
「おかしくなったといいますと？」
「最初は口数が少なくなり、笑顔がなくなって。そうかと思うと不意に泣き出したり……。
しばしば体調が悪いと訴え、学校へも行きたくないと言い出しました。
夫と相談し、私は娘を病院に連れて行きました。先生の言うとおり、休養も取らせまし
た。でも、余りに様子がおかしいので、ある日、娘を問い詰めたところ、クリスマス・マ
ーケットへ行くと言った日の夜、本当は友人に誘われ、悪魔を呼び出す儀式をしていたの
だと告白されたんです」

「なんですって⁉」

ベックマンは顔を顰《しか》めた。

「私は、何故そんなことをしたのかと娘を叱りましたが、『もうあんなに怖いことはしない。誰にも言わないで』と怯《おび》える娘を見ていたら、もう何も言えなくなって……。私なども少女の頃にはウィジャ盤で遊んだりもしたものですし、ただのお遊びだろうと思い、その時は『馬鹿なお遊びのことなんて、忘れなさい』と申しました」

「娘さんはその日、どのような儀式をしたと言っていました？」

ベックマンの問いに、夫人は頭を横に振った。

「詳しい事は分かりません。私も当時は本気にしていませんでしたし……」

「ふむ……」

「それから間もなくです。ヘンリエッテの身に異常が起こり始めました」

「奇声を発したり、ですか？」

トビアス神父が訊《たず》ねた。

「ええ……」

「何人前もの食事を貪《むさぼ》るようになったり？」

「ええ。ゆうに大人の五倍は食べていると思います。のべつ幕なしに食事を要求し、要求が受け入れられないと暴れたり、血が出るほど頭をぶつけたり……」

夫人はそれ以上話すのが辛《つら》い様子で俯《うつむ》き、嗚咽《おえつ》を漏らした。

「成る程。ご事情は分かりました。では、ヘンリエッテ嬢に会わせて下さい」

「ええ、どうかお願いします。娘の部屋は二階です」

夫人はベックマンとトビアスを、ヘンリエッテの部屋へと案内した。

その部屋の異様な雰囲気は、扉を開く前から見て取れた。

扉は歪《ゆが》んで凹《へこ》み、足元のカーペットは波打ち、鼻をつくような臭いの黄土色の嘔吐物《おうとぶつ》の痕《あと》がある。

ヘルマ夫人は唇を震わせ、部屋の扉を開いた。

薄暗い部屋だ。

壁は傷だらけで、床には食べ散らかされた食物の欠片《かけら》が飛び散っている。くすんだ茶色の染みが部屋中にあり、異臭を放っていた。

ヘンリエッテの姿は見えないが、部屋の中央に置かれたベッドの上では、毛布が人の形に膨らんでいた。

「娘はあの中です……。大量の食事を摂《と》る時以外は、ああして毛布にくるまっているんです」

消え入りそうな声で夫人が呟《つぶや》いた。

ベックマンとトビアスは一歩ずつ、慎重にベッドへと近づいて行った。

二人がベッドの脇に立ち、ベックマン司祭がそっと毛布に手をかけた時だ。

『触るんじゃねぇ、腐れ神父が！』

ラテン語の、男の太い声がしたかと思うと、物凄《ものすご》い力でベックマンの腕が摑《つか》まれた。

「はっ、放せ！」

ベックマンは藻掻《もが》いた。

トビアスもベックマンの腕に絡みついた指を引き剝《は》がそうと力を込めたが、その指は獲物に食い付いた獣の牙《きば》のように離れない。

毛布がずるり、とベッドから滑り落ち、ヘンリエッテの姿が顕《あら》わになる。

その姿は異様な獣のようであった。

背中は瘤《こぶ》のように丸まり、垢《あか》と汚物にまみれた手足は斑《まだら》模様になっている。

土気色の顔には無数のひっかき傷があり、中には血が噴き出している箇所もあった。

ヘンリエッテは白目をむき、おぞましい形相で上体を仰《の》け反らせた。

『俺を追い出そうたって、無駄だぜ！』

げげげげげっ、とヘンリエッテは奇怪な笑い声をたてた。

トビアス神父は思わず鞄《かばん》から聖水を取り出し、ヘンリエッテに浴びせかけた。

「わがイエスよ、御身の聖なる十字の印もて、われらよりすべての悪霊を立ち退かせたまえ。父と子と聖霊との御名によりて、アーメン！」

その瞬間、ヘンリエッテは機敏な動きで部屋の隅へ飛び退くと、カラスのような叫び声を続けざまにあげ、やがて力尽きた様子で床へ崩れ落ちた。そして獣のような鼾《いびき》をかきはじめた。

ベックマンは脂汗を流し、よろよろと後ずさった。

トビアス神父は緊張した面持ちで、ベックマンを振り返った。

「司祭様。ヘンリエッテ嬢は悪魔憑きと断定して間違いありません。どうか急いでエクソシストをお呼び下さい」

「うむ……。それしかなさそうだ」

ベックマンは頷《うなず》き、改めて少女に目をやった。

ぐったりと横たわった少女の身体は、骨が浮き出るほどに痩《や》せ、切り傷や痣《あざ》が無数についている。

よくこんな体格から野獣のような力が出たものだと、ベックマンは凍りついた。

二人は急いで教会へ戻り、教区の責任者である司教へ連絡を取った。

ヘンリエッテの状態を伝え、彼女が市長の娘であることも付け加えて、一刻も早くエクソシストを派遣して貰《もら》いたいと訴えたが、その返事は芳しいものではなかった。

教区内にいるエクソシストは、たった三名。その誰もが多忙にしており、ヘンリエッテの許《もと》に向かえるのは、早くても二ヵ月先になるということだ。

電話を切ったベックマン司祭は頭を抱えた。

「派遣は早くても二ヵ月先になるそうだ」

「そんな……。それではヘンリエッテ嬢の命が持たないかも知れません」

トビアス神父は痩せ細った少女の姿を思い浮かべて言った。

「だが、他に方法があるか？　お前にあの少女に取り憑《つ》いた悪魔を祓《はら》えるなら、そうして貰いたい所だが……。しかし、アンネリーゼ・ミシェル事件の一件もある。悪魔祓いを始めたはいいが、失敗したとなればどうなる？　ましてや相手は市長の娘だぞ。ことはお前一人の進退問題では済まん事になる」

ベックマンの言葉に、トビアス神父は暫《しばら》く考え、顔を上げた。

「あの……教区以外のエクソシストにお願いすることは、規則違反になるのでしょうか？」

「どういう意味だ？　他の教区に、エクソシストの知り合いがいるとでも？」

「知り合いといいますか……。私がエクソシストの講義を受けたレジーナ・アポストロールム大学では、伝説のエクソシストと呼ばれるバチカンの大司教様自らが、教鞭《きょうべん》を取っておられたのです。あの方におすがりすれば、何かしら道が開けるかも知れません」

「バチカンの大司教がエクソシストだと？　まさか、本当なのか？」

ベックマン司祭は驚き、身を乗り出した。

トビアス神父は大きく頷いた。

「はい、間違いありません。その御方の名は、ミケーレ・サウロ・ファジオーリ大司教様です」

第一章　エクソシスト達の受難

1

　バチカン市国。

　それは法王を国家元首とする世界最小の独立国家であり、同時に使徒ペテロが眠るキリスト教の聖地である。

　マタイによる福音書によれば、イエスがピリポ・カイザリヤ地方を訪れた時、弟子達に「あなたがたはわたしを誰と言うか」と訊《たず》ねられた。弟子達のリーダーであったペテロが「あなたこそ、生ける神の子キリストです」と答えると、イエスは彼に向かって言った。

「バルヨナ・シモン、あなたはさいわいである。あなたにこの事をあらわしたのは、血肉ではなく、天にいますわたしの父である。

　そこで、わたしもあなたに言う。あなたはペテロである。そして、わたしはこの岩の上にわたしの教会を建てよう。黄泉《よみ》の力もそれに打ち勝つことはない。

　わたしは、あなたに天国のかぎを授けよう。そして、あなたが地上でつなぐことは、天でもつながれ、あなたが地上で解くことは天でも解かれるであろう」

このようにして、イエスから『天国のかぎ』を預けられたペテロは、皇帝ネロの迫害下で逆さ十字架にかけられ、殉教したとされている。西暦六七年のことだ。

その墓と伝えられる丘の上に、後世になって建てられたのが、サンピエトロ大聖堂なのである。

サンピエトロ大聖堂の主祭壇下にペテロの墓所があるという伝承の真偽については、長年論じられてきたが、実際にその確認作業が行われたのは二十世紀に入ってからだ。

法王ピウス十二世が考古学者のチームに、地下墓所《クリプト》の調査を依頼したのだ。

すると二世紀頃に作られた記念碑と共に、丁寧に埋葬された一世紀の男性の遺骨が発見された。遺骨は王の色である紫の布に包まれていた。

一九六八年、法王パウロ六世によって、この遺骨がペテロのものと確認されたと発表され、これをもって、伝承は真実であったと、長年の論争に決着がついた形である。

さらに二〇一三年には、法王フランシスコによって、ペテロの遺骨を納めた棺《ひつぎ》が初めてミサの中で公開された。

神の国へと続く『天国の門』の鍵《かぎ》を持つ番人として、法王ならびにローマ法王庁は、今も全世界に十二億人余りといわれるカソリック信者を束ねる役割を果たし続けている。

法王はいうまでもなくカソリック教会の最高司祭であり、最高指導者である。

法王の主な仕事は、ミサや洗礼の授与といった宗教的行為や賓客、巡礼団との会見、海外を含む布教活動などであるが、同時にバチカン市国の元首として、全カソリック教会の行政と司法の長としての役割も担っている。

そして法王と法王庁の関係は、元首とその公務執行中央機関すなわち政府に相当する。

また、全世界の司教の代表の集まりは、議会に相当する。

法王庁の最高機関は国務省で、内務省に相当するのは総務局である。他に外務省に相当する外務局や、九聖省及び十二評議会等が設置されている。

九聖省のうち、列福、列聖、聖遺物崇敬などを取り扱う『列聖省』の中には、秘密の部署が存在する。

世界中から送られてくる『奇跡の申告』に対して厳密な調査を行い、これを認めるかどうかを判断して、十八人の枢機卿《すうききよう》からなる奇跡調査委員会にレポートを提出するところである。

その部署の名を『聖徒の座』という。

身分証代わりの磁気カードで出入りすることが許されるその場所は、古めかしい装飾が施された室内に、パソコンを配した机がずらりと並び、それらがパーティションによって細かく仕切られている。

そして各々のパーティションの内側では、世界中から集められた科学者や医学者、歴史学者や考古学者といったエキスパート達が、『奇跡の申告』に対して、専門的な分析や鑑定を行っているのだ。

一方、空席になっているデスクは、その持ち主が奇跡調査の為に出張中であることを示していた。

こうした奇跡調査官達の多くは元来学者であり、バチカンに勤めることによって自動的に誓いを立て、洗礼を受けて聖職者となっている。

或《ある》いは、元来聖職者である者が、バチカンの奨学金を受けて大学へ行き、博士号を取ってから『聖徒の座』に配属される場合もある。

古文書と暗号解読のエキスパートであるロベルト・ニコラス神父の場合は、後者であった。

利き目にモノクルをつけ、古書の鑑定を行っていたロベルトの許に、一通のメールが届いた。

『聖徒の座』の責任者である、サウロ大司教からの呼び出しである。

新しい奇跡調査の依頼だろう。

ロベルトは席から立ち上がると、居並ぶ調査官達の机の間を通り抜け、部屋の突き当たりにある階段を上った。

二階には、イエズス会、ドミニコ会、フランシスコ会、カルメル会、シトー会など、それぞれの会派の責任者の部屋がある。

ロベルトはフランシスコ会の扉をノックした。

「ロベルト・ニコラスです」

「入り給え」

中からサウロの厳かな声が応じた。

部屋へ入っていくと、サウロは赤いベルベットの背もたれ椅子に、ゆったりと腰掛けていた。だが、その眉間《みけん》には深い皺《しわ》が刻まれている。

「どうかなさいましたか？」

ロベルトの問いに、サウロは短く溜息《ためいき》を吐いた。

「奇跡調査の依頼でしょうか？」

再び訊ねたロベルトに、サウロは静かに首を横に振った。

そしてサウロは有無を言わせぬ語調で言った。

「一つ、引き受けて貰《もら》いたい仕事があるのだ」

ロベルトは全身が強《こわ》ばるような緊張を覚えた。

「はい。何でしょう」

「君に、ドイツでエクソシズムを行ってもらいたい」

ロベルトは息を呑《の》んだ。

サウロは伝説的なエクソシストといわれる人物だ。

教皇庁立レジーナ・アポストロールム大学でのエクソシスト養成講座では、神学者、精神科医、犯罪学者、文化人類学者らと共に講師として教壇に立つほか、様々な形でエクソシストの育成に尽力している。

エクソシストは、十八世紀から二十世紀半ばにかけて殆《ほと》ど顧みられなくなり、一九七〇年代にはイタリア全土でも、わずか二十人を数えるばかりになっていたという。それは中世において、異教徒や病人、気に食わない女性らを次々に魔女扱いして拷問殺害した「魔女狩り」が横行したことの反動と反省によるものだ。

ところが、近年の若者を中心としたオカルティズムの流行や、インターネットカルトの増加による悪魔崇拝志向の高まりなどにより、教会に悪魔祓《ばら》いを求める人々は急増している。

またその一方では、悪魔祓いと称して行われる虐待や殺害といった過ちも、未《いま》だに無くならない。例えば、悪魔祓いの為に尼僧を磔《はりつけ》にしたという二〇〇五年のルーマニアでの事件や、新興宗教団体が子供達への悪魔祓いと称する残虐行為を行った二〇一〇年のコンゴの事件、牧師を名乗る男やその妻によって子供達が魔女や黒魔術師と決めつけられ、火を点《つ》けられたり釘《くぎ》を打ち込まれたりして殺害されたナイジェリアの事件などである。

こうした事情から、正しい知識と篤い信仰心を持つ新たなエクソシストの養成は、今やバチカンの急務の一つとなっているのだ。

ロベルトも、サウロから半ば強引に誘われる形で、エクソシスト養成講座を受講していた。

ただ何故、サウロがロベルトにそうした道を勧めるのか、ロベルトには理解し難かった。

ロベルトは、自分にエクソシストは向いていないと考えているからだ。

エクソシストには、鋼のようにタフな信仰心を持つ、サウロ大司教のような人物こそがふさわしい。もしくは奇跡調査のパートナーである平賀《ひらが》神父のように、善なる神のあり方を疑うことなく信じる者が向いている。

自分のように中途半端で迷いの多い人間には、悪魔に打ち勝ち、憑依《ひょうい》された寄主を救済するなど、荷が重すぎると思うのだ。

とはいうものの、聖徒の座において、上司の命は絶対である。

「僕にそのような役目が務まるのでしょうか？　何分、実践経験もありませんし」

ロベルトは精一杯の抗議を試みた。

「つまるところ、君には実践経験が必要だ。先方の事態はかなり緊迫しておる。このような嘆願書が先日、届いておってな」

サウロは机の上にあった手紙と、少女の写真をロベルトに差し出した。

ロベルトは飴色《あめいろ》の巻き毛に薄紅色の頰をした少女の顔と、手紙に記された彼女の酷《ひど》い状況を読み、眉《まゆ》を顰《ひそ》めた。

ヘンリエッテ嬢には助けが必要だ。それは間違いない。だが、今の自分に何が出来るというのだろうか……。

サウロは困惑するロベルトの心情を読んだかのように、言葉を続けた。

「さて。今回のような性質《たち》の悪い憑きものに対峙《たいじ》するにはベテランのエクソシストが必要であろうが、君も知っての通り、私は気軽にバチカンを離れられない身だ。

そこで私は古い知人に協力を仰いだ。ジャンマルコ・ジャンニーニという男だ。腕のいいエクソシストかつ精神科医だが、イタリアを一歩も出たことがないという頑固者でな。

『案件は引き受けるが、飛行機の乗り方も分からん』と言ってきよった。よって、君には彼の案内人兼通訳としてドイツへ同行し、ジャンマルコの仕事を補佐してもらいたいのだ」

サウロの言葉に、ロベルトはほっと胸を撫《な》で下ろした。

経験豊富なエクソシスト兼精神科医が現場を主導してくれるなら安心だ。しかもその人物は、サウロ大司教自らが推薦するほどの腕前らしい。そんな人物による悪魔祓いを側で見られる機会など、一生のうちに何度もあるとは思えない。

「はい、承知しました」

ロベルトは、好奇心と探究心がむくむくと鎌首を擡《もた》げるのを自覚した。

「ところで、君はその手紙の差出人の名前に覚えがないかな？」

そう言われて、ロベルトは改めて差出人の名を見た。

「トビアス・ペトロ・ハント神父……。僕の同期生ですね」

ロベルトの言葉にサウロが頷《うなず》く。

トビアス神父は、エクソシスト養成講座の同期の中でも、最も熱心な受講生の一人だった。いつも最前列でノートを取り、講義を済ませてロベルトと共に退室しようとするサウロを呼び止めて、よく質問を浴びせていた。

ロベルトは、トビアス神父の生真面目そうな顔をまざまざと思い出した。

「君とトビアス神父が協力し、ジャンマルコ司祭を補佐したまえ」

サウロの言葉に、ロベルトは「はい」と、大きく頷いた。

資料を受け取って部屋を退出したロベルトは、最初あれほど気乗りのしなかったエクソシストとしての初仕事を、いつの間にか二つ返事で引き受けている自分に気付き、思わず苦笑した。

どうやらサウロ大司教の掌上で踊らされたようだったが、悪い気はしなかった。

2

席に戻ったロベルトは、メールの着信を知らせるランプに気がついた。

開いて見ると、平賀神父からだ。

平賀は聖徒の座の科学者であり、ロベルトの奇跡調査の相棒である。

貴方《あなた》のご都合がよろしければ、今日の夕食をご一緒しませんか？　平賀
平賀が私用メールを送ってくるなど珍しいが、そういえば彼は数日前に「家の内装リフォームがもう少しで終わるんです」と話していた。

恐らくそれが完成したのだろう。

ロベルトはキーボードを叩《たた》いた。

今夜は特に用事もないので、一緒に食事をしよう
場所はどこがいいだろうか？
たまには君の家の近くのレストランなんてどうかな
ロベルト・ニコラス

すると間もなく返信が届いた。

場所は私の家がいいです
お見せしたいものがあるのですが、何を見せたいかは内緒です
平賀

見せたいものとは、やはりリフォームの成果だろう、とロベルトは思った。余程仕上がりに自信がある様子だが、一体あのゴミ屋敷にどう手を入れたというのだろうか。

ロベルトは期待と怖い物見たさが半々といった心持ちで、終業の時を待った。

平賀とロベルトはサンピエトロ大聖堂の祭壇で待ち合わせをし、夕べの礼拝を済ませてから帰路についた。

二月の日は暮れるのが早い。辺りはすっかり夜だった。

平賀は白い息を吐きながら、嬉《うれ》しそうに話し始めた。

「実は私、明日から暫《しばら》く休暇を頂いたのです。弟の良太《りょうた》の体調が良いので、久しぶりに家族で集まることになりまして」

「そうか……。それは良かった。本当に良かった」

ロベルトも友人の幸せを我が事のように喜んだ。平賀が常日頃、骨肉腫《こつにくしゅ》の弟をどれほど心配しているか、よく知っているからだ。

「ロベルト神父もそのうちまた良太に会ってやって下さいますか？　良太は貴方にとても会いたがっているんですよ」

「ああ、喜んでそうしよう。ということは、君は明日からミュンヘンか。僕も実は明日からニュルンベルクに出張なんだ」

「そうなんですか？　奇遇ですね。出張といいますと、奇跡調査ですか？」

「違うんだ。後で詳しく話すよ」

「分かりました。そうそう、帰りに市場へ寄らなければなりません。私の家には食材がありませんので」

「なら、トリオンファーレ市場へ行こう」

トリオンファーレ市場は、かつての青空市場が改装工事を経て生まれ変わったショッピング施設だ。八千平方メートルを超える広大な売り場に、従来どおりの店舗を含め、約二百八十の店舗が軒を連ねている。

食品の品質が良く、品揃えが豊富で、価格設定はリーズナブルということで、地元客ばかりか観光客にも人気のスポットである。

アンドレア・ドリア通りから入ってすぐの場所には、他では手に入りにくいアジアの食材が並ぶフィリピン食材の店がある。

豆腐やネギなどが並ぶ中、ロベルトはよく熟した柿を一つ買った。

その隣は珍しいチーズやハムを扱う専門店だ。

少し進んだ先には精肉売り場があって、大きなタペストリーに『カルネヴァーレ』の文字が躍っていた。そういえば、今日から一週間は謝肉祭のシーズンである。

謝肉祭は、国によって「カーニバル」や「ファシング」とも呼ばれる祭だ。

イエスが四十日間の絶食をした聖書のエピソードに倣い、イエスの復活祭の四十六日前(日曜を除くと四十日前)から、敬虔《けいけん》な人々はお酒や肉を口にするのを控えて過ごす。

そこで、せめてその前の期間は大いに肉を食べ、騒ごうという訳である。

有名なベネチアの仮面祭の起源も同様で、中世ベネチアでは翌日から始まる禁欲の日々に向けて全ての欲望を吐き出そうと、人々は晩餐会《ばんさんかい》を開き、素性を知られぬよう仮面を着けて一夜の火遊びを楽しんだという。

「平賀、謝肉祭セールらしいよ。キアニーナ牛とかチンタ・セネーゼ豚でも買ってみないか？　或《あ》るいは鳩や鹿肉なんてのもいいね。何でも君の好きな肉を選んでくれ」

ロベルトはテンション高く言った。

「私が選んでいいんですか？　では、これを」

平賀が嬉しそうに指さしたのは、何の変哲もない鶏の胸肉だ。価格は激安で、いかにもパサパサしていそうな外見である。

「ああ……そうだった。それこそが君の好物だった」

「はい」と、平賀は嬉しそうに微笑んだ。

二人が次に向かったのは野菜売り場だ。

「野菜は僕が選んでもいいかな？」

ロベルトが真っ先に手にしたのは、赤と白とのコントラストが美しい旬野菜だ。

「それは何です？」

「ラディッキオ・ロッソ・ディ・トレヴィーゾ・タルディーヴォといってね、イタリア野菜の王様だよ」

すると平賀はキラリと目を輝かせた。

「トレヴィーゾといいますと、ケルト系のタウルシ人が作った古代都市タルウィシウムがあったとされるあのトレヴィーゾで、その地方由来の野菜ということですね？」

妙な所に感動を覚えているらしき平賀を横目に、ロベルトは柔らかそうな黒キャベツ(カーボロネーロ)、つやつやとしたタマネギ、ブラウンマッシュルーム、熟れたトマト、ロマネスコ半玉、人参、ニンニク、赤唐辛子、フレッシュローズマリーを購入した。

さらに調味料を少々と、手頃な価格の赤白ワイン、小袋の米、パルミジャーノ、少量の生ハムを買って、市場巡りは終了である。

そうして辿《たど》り着いた平賀の家で、最初にロベルトを出迎えたのは、錆《さ》びて傾いだ郵便ポストと、その足元に生え放題の雑草と、埃《ほこり》だらけの玄関扉であった。

やけに見慣れた光景であった。

平賀のことである。家の外構にまでは気が回らなかったのだろう。

そう思ってロベルトが苦笑していると、平賀はいそいそと玄関の鍵《かぎ》を開き、ロベルトを手招いた。

「では、お邪魔するよ」

期待感と共に室内に足を踏み入れたロベルトは、愕然《がくぜん》とした。

床に倒れた天球儀。やけに大きな望遠鏡。埃をかぶった騎士の鎧《よろい》。ドゴン族の仮面。マコンデ族の彫刻。ウィチョール族のお守り。アボリジニのブーメラン。オジブワ族のドリームキャッチャー。ドイツの角笛ツィンク。ウィジャ盤。エトセトラ……。

異教的な数々の品物と得体の知れないガラクタが、埃だらけの床の上に漫然と散らばり、崩れそうな書類と雑誌の山があちこちに築かれ、書き散らしたメモと新聞の切り抜きが四方に散乱している。

ロベルトは、そこに何ひとつ内装リフォームの痕跡《こんせき》を見つけられなかった。

壁紙や天井、カーペット、照明などにも視線をやったが、以前と代わり映えはしない。

「ではロベルト神父、こっちへ来て下さい」

平賀は、タッと小躍りするように奥へ走って行った。

ロベルトがその後に続く。

すると平賀は、裏口の扉の前に立った。

平賀家の裏口は頑丈な鉄扉で、建付けが悪いのか溶接でもしているのか、押しても引いてもびくともしない「開かずの裏口」であった。

それが今、白く塗りかえられ、新しい扉に代わっている。

「そのドアをリフォームしたの？」

ロベルトが訊《たず》ねた。

「はい。そしてこのドアの向こうに、サプライズがあるんですよ」

そう言って、平賀は白い扉を開いた。

途端に北風が勢いよく吹き込んできた。

二人は寒風吹きすさぶ裏庭へと出た。

「こ、これは……！」

そこには煉瓦《れんが》を組んで作ったガーデンキッチンが作りつけられていた。

思わず絶句したロベルトに、平賀はニコニコと微笑んだ。

「どうですか？　我が家の新しいキッチンです。えっと、こちらがシンクと調理台で、こちらはバーベキューコンロ。その下はなんと、燻製器《くんせいき》になってるんですよ。

いつも私の家だとゴミゴミとした中で食事をしてしまうことになりますし、それで貴方《あなた》の家にお邪魔ばかりしていたわけなので、裏庭の空き地部分をリフォームして、新しいキッチンを作った訳です」

成る程、発想自体は悪くない、とロベルトは思った。いずれ春になれば、ここで食事も楽しめるだろう。

ただし、これは内装リフォームではない。単なる増設だ。

「いやぁ……驚いたよ。燻製器まであるなんて、本格的だね。一寸《ちょっと》、中を見てもいいかな」

ロベルトはそう言いながら燻製器の扉を開いたが、中に吊《つ》るされた得体の知れない虫かごのような物を見た途端、扉を閉じた。

なんとなく、ここからガーデンキッチンがどう変わっていくか見える気がした。

（つまり……これは、平賀の謎のコレクションを置くスペースが広がっただけじゃないのか？）

思わず眉間《みけん》に皺《しわ》を作ったロベルトに、平賀は心配そうな顔を向けた。

「どうしました、ロベルト？　余り気に入っていただけなかったでしょうか」

「いやいや、とんでもない。けど平賀、もとのキッチンはどうしたんだい？」

「前のキッチンはそのままですよ」

「なら……今日はそっちのキッチンを使っていいかな。ここ、寒いんだ」

ロベルトは両腕で身体を抱きながら言った。

「そうですか……？　一寸残念ですけれど、中にお入りになりますか？」

「済まないが、そうさせてくれ」

ロベルトは久しぶりに平賀家のキッチンに立った。

見たところ、包丁、フライパン、コンロ二口、レンジは使えるようだ。まな板は微妙だが、ラップを敷いて使うことにした。

今日使う皿を洗い、辺りを拭《ふ》いた後、ロベルトは調理を開始した。

まず鶏肉《とりにく》の余分な油を取り、全体をフォークで刺して、塩と砂糖を溶かした白ワインに漬け、軽く揉《も》み置く。胸肉を柔らかくする為だ。

続いて人参、タマネギ、ニンニクはみじん切りに。マッシュルームとトマトは一口大に。黒キャベツは中央に走る葉脈の固い部分を切り落としておく。タルディーヴォは軸に切り込みを入れて裂き、半量分はそのままで。半量分は細かく切る。

フライパンにオリーブオイルとニンニクを入れて弱火で熱し、タマネギを加えて焦がさないよう炒《いた》める。そこへ米、人参、切ったタルディーヴォ、マッシュルーム、トマトを順に入れ、少量の白ワインとコンソメを足して蓋《ふた》をする。

沸騰したら火を弱め、レンジで温めた白ワインを少しずつ加えては混ぜるのを繰り返す。

その間にメイン料理を作る。今夜のメニューは、鶏肉のアーリオ・オーリオ、タルディーヴォ添えだ。

小鍋《こなべ》で沸かしていた湯でロマネスコをさっと茹《ゆ》で、ザルに取る。フライパンで黒キャベツを軽く炒め、皿に敷く。続いて、裂いたタルディーヴォをソテーし、赤ワインとレモン汁を加え、蓋をして蒸し焼きにする。

黒キャベツを敷いた皿に、付け合わせのタルディーヴォとロマネスコを見栄え良く盛る。

鶏肉に強めの塩胡椒《こしょう》を振り、皮目から色をつけてフライパンで焼く。裏返して蓋をし、火を弱めてよく加熱する。火が通れば皿にあげ、アルミホイルで巻き、余熱で中まで火を通しておく。

ラストにアーリオ・オーリオを作る。小鍋にオリーブオイルを熱し、包丁で軽く潰《つぶ》したニンニク、赤唐辛子、ローリエを加える。香りが出たら、フレッシュローズマリーを三枝ほど入れ、パチパチと音がするまで加熱する。

タルディーヴォと野菜たっぷりのリゾットは、仕上げに味を調整する。

汚れ物を片付けながら平賀の様子を見ると、テーブルの上のガラクタをどこかへ運び終わり、今は椅子を拭いているところだった。食卓の準備が間に合ったことに、ロベルトは安堵《あんど》した。

冷蔵庫から柿を出し、種を取って切る。その上に生ハムを載せて前菜とする。

前菜をテーブルに運び、平賀にはグラスとカトラリーを用意してもらった。

リゾットを深皿に盛り、パルミジャーノチーズをかけ、テーブルに運ぶ。

最後に鶏肉の上から熱々のアーリオ・オーリオをじゅっと回し掛け、粗塩を振れば完成だ。

二人は食前の祈りを唱え、ワインを開けた。

「良太君の回復を祝って乾杯だ。それから君の新しいキッチンにも」

ロベルトが言った。

「はい」

二人は「パーチェ」と唱えながら、グラスを合わせた。

「ロベルト神父、いつも素晴らしい料理を有難うございます」

平賀は微笑み、鶏肉を切り始めた。

「構わないよ。一人で謝肉祭を祝ってもつまらないものさ」

ロベルトはタルディーヴォを味わいながら答えた。

「ところでロベルト、ドイツに出張というのは？」

「ああ……その話か」

ロベルトが事の顚末《てんまつ》を話すと、平賀は大きく目を見張った。

「貴方が悪魔祓《ばら》いを？　凄《すご》いです。素晴らしい」

「ただの補佐役だよ。サウロ大司教の講座に誘われた時から、いつかこんな日が来るかも知れないとは思っていた。正直言って、かなり不安だけどね」

「サウロ大司教の講座では、どのような事を学ばれたのです？」

「悪魔の概論と種類、その見分け方と撃退法等々かな……。けど、その手法はあまり体系立てられているとは言えないね。実際の悪魔祓いの事件を参考に、その場その場の対処法を知っていくような感じだ」

ロベルトは講義で見た、ホラー映画並の悪魔祓いの様子を思い浮かべながら答えた。途端にげんなりと食欲の低下を覚える。

「ねえ、ロベルト。悪魔は何故、人に取り憑《つ》くのでしょうね？」

平賀は無心な子供のように、じっとロベルトを見詰めた。

「さあ……。色んな悪魔がいるから、理由はそれぞれじゃないか？　大きく分けて悪魔には三タイプがある。一つは堕天使といわれるもの。元は天使だったのが、罪を犯して魔界に追放されたもの。それと、異教の神が悪魔となったものだ。神でなくとも、様々な民族の間で妖精《ようせい》や妖怪の類《たぐい》として扱われていたものが悪魔に数えられる時もある」

「彼らは人に取り憑くまで何をしているのでしょうか？」

「知らないよ。人にちょっかいを出していない時の悪魔は、魔界で暇にしているんじゃないか？」

ロベルトは軽く笑って会話を切り上げようとしたが、そうはいかなかった。平賀の目はキラキラと輝いている。

「するとですね、普段の魔界では、堕天使や異教の神や妖怪や妖精などが一緒にいて、喧《けん》嘩《か》もせず、だらだらと仲良く暇に暮らしていることになりませんか？」

「……まあ、もしかすると、そうかも知れないね」

「そもそも魔界というのは一体、どこにあるのでしょう？」

「そうだなあ……。君がそのリゾットに手をつけてくれたら、僕の知っていることを話すよ」

するとと平賀は「ああ、失礼しました」と言い、リゾットを一口頬張った。

「魔界の場所についてはね、諸説あるんだ」

「例えば何処です？」

「よく言われるのは地獄だね。けど、四世紀頃にまとめられた新約外典の『パウロの黙示録』などでは、地獄に悪魔は住んでいない。ウリエルとエズラエルという両天使が地獄を管理していることになっている。つまり地獄もまた神の管轄下だったんだ」

「地獄が神の領地だったわけですか？　なら悪魔はどこに？」

「まあ、話を急がず、食べながらゆっくりといこう」

平賀は頷《うなず》き、リゾットをもう一口飲み込んだ。

「予言者エノクによるとだね。地球と神の座所の間には、七つの天界が広がっている。その天界のうちの第二、第五天に、堕天使たちの牢獄《ろうごく》があって、監視の天使たちがいるそうだ」

「つまり、堕天使のいる天界の一部が、魔界ということになるのですね」

「うむ。ところがだね、新約外典『予言者イザヤの殉教と昇天』によると、神聖受胎の為に天界を通り越して地上に降りてきたキリストは、『地上の空気が流れ始める場所』でサタンと出会ったとされている」

「では、大気圏辺りに魔界があると……」

「そうなるね。それとはまた別に、『バルトロマイの黙示録』では、キリストが地獄に下って、悪魔の頭領ベリアルを地獄の深淵《しんえん》から引き上げるという表現がなされる。となると、この場合の魔界はやはり地獄にある訳だ」

「……分からなくなってきましたね……」

平賀は困惑した顔になった。

「まあ、そう悩まずに。ともあれ、地獄魔界観が成立したのは、ダンテ・アリギエーリの創作によるところが大きい。

善なるもの、明るく正しいものは上に、悪なるもの、暗く、不誠実なものは下に、という古代の絶対的なルールに従って、中世のヨーロッパでは、天界と地上と魔界を同心円上に重なり合う天球宇宙として考えたんだ。それらの同心宇宙は霊的に重なり合っている。

一寸《ちよつと》、書くものを貸してくれないか？」

すると平賀はポケットからメモとペンを出し、ロベルトに手渡した。

ロベルトは三つの同心円を描いた。

太陽がめぐっている大きな円の内側には、月が巡る円、そして地上世界の円がある。

「肝心の魔界は何処なんです？」

平賀の問いに、ロベルトは地上世界の円の下側に、大きな穴を描き入れた。

「ここが地獄の入り口で、地獄すなわち魔界はそこからずっと奥へ入った、地球の中心に位置しているという ね。堕天使たちの都も、そこに移されたそうだ」

「地獄の入り口は、南極にあるのですか」

「そうらしいね。地獄の入り口は巨大な漏斗形に開いた穴なんだが、元々は魔王ルシファーが天から落下した時に出来たものだそうだ。その衝撃が余りに巨大だったために、地球の内部の地殻が盛り上がり、地獄の穴の周辺には巨大な山脈が作り出された。それが『煉《れん》獄《ごく》の山』と呼ばれるところだ。その真裏には、『地上の楽園』があるともいうね」

「南極の穴といいますと……」

平賀は目を瞬き、話を継いだ。

「北極と南極に巨大な穴が開いていて、そこが地底世界の入り口になっているという噂もありますよね。地底には『地底の太陽』が輝いていて、極地で見られるオーロラは、この地底の太陽の光が、入り口である穴から漏れて地上の大気に映ったものだというのです」

「それって、地球空洞説かい？」

「ええ、それですよ。地球の内部には大きな空洞があり、そこには古《いにしえ》の知恵と限りないパワーを持つ長老達が住んでいるという、地底王国伝説です。

地球空洞説は、天動説と地動説に並ぶ学説だったんです。多くの科学者がそれを信じていたんだとか。

十八世紀の天才数学者レオンハルト・オイラーも、その一人でした。地球の内部は空洞で、中心には太陽があり、居住可能で、生物も存在すると考えていたんです。

ところがです。万有引力の法則によれば球状に対称な凹面の殻の内部というのは、殻の厚さに関わりなく、全ての地点で無重力となります。従って、空洞内の地表に人や建物が存在するような世界は、物理的にあり得ないのです。

この大いなる矛盾を解消すべく立ち上がったのが、かのハレー彗星《すいせい》を発見したエドムンド・ハレーです。彼は、地球の一部が空洞なのだと唱えました。

つまりですね、水星と同程度の直径の中心核の周りに、火星と同程度のサイズで厚さ五百マイルの内核と、金星サイズの内核とが同心円状に重なり、殻同士が空気の層で切り離されていると仮定したのです。各々の殻が磁極を有し、異なる速度で自転しているとすればば……」

平賀はそこまで言うと、ハッと閃《ひらめ》いたように手を打った。

「その内核同士の間こそ、魔界なのかも知れませんね」

「……かも知れないね」

ロベルトはワインを呑《の》み、熱くなっている平賀に、冷えた柿を勧めた。

「まあ、それだけ大勢の人間のイメージに訴えかけるということ自体、何らかの意味があるんだろう。

地底王国説は相当古くからあってね。古代バビロニアの伝説にも登場する。仏教の理想郷シャンバラは『雪と氷に閉ざされた北にある』とされ、やはり北極を入り口とする地底世界じゃないかと言う者もいる。

シャンバラの秘密を握る者が世界の覇者となると信じたアドルフ・ヒトラーが、大規模な探査プロジェクトに乗り出したエピソードは有名だ。シャンバラの探検隊を編成して、世界の各地に送り出したという。

そのほか、ヨーロッパではトゥーレ伝説が有名だ。トゥーレというのは果ての国という意味だ。やはり北極を入り口とする地底世界という説がある。

古代ヨーロッパの説明や地図によれば、トゥーレは遥《はる》か北、しばしばアイスランド、恐らくはオークニー諸島、シェトランド諸島、スカンジナビアにあると考えられてきた。あるいは中世後期やルネサンス期には、アイスランドやグリーンランドにあると考えられていた。当時の人々はトゥーレに熱い関心を注いでいたようだよ。ゲーテも『トゥーレの王』いう詩を書いている。

伝説の地『トゥーレ』から命名された『トゥーレ協会・ドイツ性のための騎士団』は、スワスチカ（ハーケンクロイツ）と剣をシンボルマークとした秘密結社で、その思想はナチスに引き継がれていった。

なんだか大勢の人間が同じ夢でも見ているみたいな不思議さがあるよね」

「実際、他人と夢を共有することは可能なんでしょうか？」

平賀は首を傾げた。

「どうかな……。心理学者のカール・グスタフ・ユングによれば、人類は深いところで普遍的な無意識を共有しているというね。

人間の無意識の深層には共通する元型的なイメージが予《あらかじ》め存在し、その結果として、個人の夢や空想にも共通したイメージが現われる。だからこそ、様々な時代や民族の神話に類似性があるのだと。

僕も色んな古文書を読んできたが、互いに交流のない離れた場所によく似た伝承があったり、そっくりのシンボルが存在したりするのは事実なんだ」

「成る程、そうかも知れません。逆に、もし人類が共通するイメージを持っていなかったとしたら、貴方《あなた》と私のような異国の人間同士が、同じバレエや音楽、映画などを見て同じ所で笑ったり泣いたりするのもおかしいという理屈が成り立ちますものね」

「そうなるね。もっとも一部の神秘主義者たちは、人類が共有しているのは無意識ではなく、我々が日常生活を営む三次元の物質世界の外側に存在するアストラル界の記憶だ、なんて主張しているよ。そこには肉体を持たない多くの生命が住んでいて、霊、幽霊、悪魔などと呼ばれて来たんだとね」

「アストラル界ですか。そんな物があるなら見てみたいものです」

平賀は真面目な顔でワインを呑んだ。

3

その頃、ニュルンベルクではトビアス神父が孤軍奮闘していた。

——話は八日前に遡《さかのぼ》る。

ヘンリエッテの悪魔祓《ばら》いは早くても二カ月先になること、バチカンに協力を要請することをキルヒナー市長に告げたベックマン司祭であったが、市長は納得しなかった。

今すぐ行動を起こせと圧力をかけられたベックマンは、ひとつの条件を出した。「悪魔祓い中、ヘンリエッテの身にもしもの事が起こっても、教会への責任は決して追及しない」という一筆を市長から取付けたのである。

その上で、司祭はトビアス神父にエクソシズムを命じたのだ。

トビアスはそれを引き受けた。

上司の命令だったから、だけではない。苦しむヘンリエッテを目の当たりにし、何とか助けてやりたいと思ったからである。

準備を整えたトビアスは、ヘンリエッテのいる別荘を再び訪れた。

「身を清める為の部屋をお借りしたいのです」

トビアスの申し出に、ヘルマ夫人は頷《うなず》いた。

「客用の寝室がございます。そちらをどうぞご自由にお使いください」

「有難うございます」

トビアスは部屋に案内された。

「私は何をすれば良いのでしょう？　娘の側にいればよいのですか？」

夫人は不安げに訊《たず》ねた。

「いえ。これから悪魔祓いを始めると、悪魔は私ではなく側にいる貴方を攻撃したり、誘惑して悪魔祓いを止めさせようとするかも知れません。それでは却《かえ》って危険です。貴方は邸《やしき》の皆さんと共に、離れた場所で待機していて下さい。用事があればお呼びします」

トビアスの言葉に夫人は頷いた。

案内された客間で、トビアスは道具の入った鞄《かばん》を開いた。

まずは部屋に祭壇を作る所から始める。

テーブルに白布をかけ、十字架とマリアの小さな像を置く。そして、水と花と蠟燭《ろうそく》と聖書をそれらに手向け、清めの香を焚《た》いた。

祭壇に祈りを捧《ささ》げると、トビアスはエクソシズムの儀礼用の白い法衣《ほうえ》を纏《まと》った。

紫のストラを首にかける。

トビアスは聖書と香炉と聖水を手にし、ヘンリエッテの部屋に向かった。

ヘンリエッテは醜悪な鼾《いびき》をかいて眠っているところだった。

トビアスはそっとベッドへ近づき、サイドテーブルに香炉を置いた。

そして、ストラの一端を彼女の首にかけた。このことによって、霊的な縛りと防御が出来るのである。

そして自らに聖水を振りかけると、悪魔祓いの儀式を始めた。

まずは旧約聖書の詩篇五十四を読み、神の加護を祈り、感謝を捧げる。

「神よ御名によって私を救い、力強い御業によって私を裁いてください。

神よ、私の祈りを聞き、この口にのぼる願いに耳を傾けてください」

するとヘンリエッテの鼾がピタリと止まり、その目がカッと見開かれた。

『くそったれめ！』

ヘンリエッテの口から、緑色の吐瀉物《としゃぶつ》が噴き出し、トビアスの顔にかかった。

トビアスは思わず後ずさりながらも、何とか詩篇を読み続け、神の恩寵《おんちょう》を嘆願する誓言を行った。

そして強い口調でヘンリエッテに命じた。

「汝《なんじ》、悪魔よ。汚れし霊よ。ヘンリエッテ・キルヒナーの体より出て行け！」

トビアスの声に応える様に、今度は部屋中がガタガタと揺れ動いた。

まるで地震でもきたかの様だ。

トビアスは内臓が縮むような恐怖を感じつつも、聖水を手に取り、ヘンリエッテに振りかけた。

そうして震える手で聖書を開き、朗読を続けた。

ヘンリエッテは手足を振り回し、奇声を発している。

そうかと思うと突然、顔を両手で覆い、しくしくと泣き始めた。

「痛いよう……息が苦しいよぅ……」

ヘンリエッテは愛らしい少女の声で、普通のドイツ語で言った。

トビアスはハッと驚き、思わず息を呑んだ。

それこそ悪魔祓いを妨害しようとする悪魔の策略と分かっていても、目の前の少女の涙に動揺してしまう。

「大丈夫かい？」

そう言った瞬間、ヘンリエッテは俊敏に飛びかかり、防ぐ間もなくトビアスの首筋に噛《か》み付いた。ギリギリと歯を立て、首の皮膚を食い千切ろうとする。

トビアスは堪《たま》らず呻《うめ》き声をあげ、ヘンリエッテを引き剝《は》がした。

ヘンリエッテは再びベッドの上に飛び乗り、高らかに叫んだ。

『食い物を持って来い！　俺様は空腹だ！』

（なんと油断ならない悪魔だろう……。だが恐れるな。信仰をしっかりと保てば、主が守ってくださる）

トビアスは萎《な》えそうになる心を奮い立たせ、聖書を読み続けた。

そうしてその日の悪魔祓いは終了し、トビアスは夫人の部屋を訪ねた。

夫人はトビアスの首元を見て顔をひきつらせた。

「お怪我をなさって……。お医者様に見せませんと」

「いえ、これしきの傷、ご心配には及びません。それより、ヘンリエッテ嬢に憑いた悪魔は強力です。目を離すのも心配です。悪魔祓いが終わるまで、客室をお借りしていいですか？」

トビアスは不退転の決意を固めたのであった。

「そうして頂けると、私共も助かります」

夫人はそう言うと、ハンカチで目頭を押さえた。

その夜。

疲労からぐっすりと眠っていたトビアスは、ヘンリエッテの叫び声を聞いて、びくんと目覚めた。

どうやらまた悪魔が活動を再開したようだ。

祭壇に祈りを捧げる為に立ち上がると、どうしたことか、十字架が倒れ、マリア像が床に転がり落ちている。

トビアスは冷や汗を流した。

まさか、悪魔の手が祭壇に及んだというのだろうか。

いや、そんな筈《はず》はない。奴らは神聖なものには手を出せないのだ。

トビアスは心を鎮め、十字架とマリア像を元の配置に戻し、祈りを捧げた。

それから法衣とストラを身に着け、ヘンリエッテの部屋へと急いだ。

トビアスの姿を見ると、ヘンリエッテは野太い声で叫んだ。

『キリストの守護なんぞ、何の役に立つものか！』

『俺は空腹だ、何かもってこい！』

ヘンリエッテは涎《よだれ》を流し、叫び続けている。その歪《ゆが》んだ形相がベッドサイドのライトに照らされた様は、まさしく悪魔のようだ。

間違いなくこの部屋には悪魔が生息している、とトビアスは思った。

聞き取れない息づかいが響きわたり、なにかの視線が絶えずトビアスを監視しているのを感じるのだ。

ざわざわとした嫌な予感が足元から這いあがってくる。それはいうなれば、純粋な恐怖の塊というべきものであった。

だが、エクソシストが悪魔を恐れては、悪魔にその心の弱さにつけ込まれる。

トビアスは恐怖を鎮める為、深呼吸を繰り返した。

背筋の強張《こわば》りは、昼間の疲れと夜の寒さのせいに違いない、と自分に言い聞かせる。

「イエスキリストよ、尊き霊達よ、我が身を守り給え」

トビアスは十字架を翳《かざ》しつつ、ヘンリエッテに歩み寄った。

ヘンリエッテは不快そうな唸《うな》り声を発して壁際に下がり、トビアスから遠ざかろうとする。

二人は暫《しばら》く距離を置いて睨《にら》み合っていたが、ヘンリエッテは突然、扉に駆け寄ると、部屋の外へ飛び出した。

トビアスがその後を追う。

ヘンリエッテは素早い動作で階段を下り、玄関ホールの水槽に駆け寄ると、水中に腕を突っ込み、熱帯魚を手摑《てづか》みで口へ運んだ。

「や、やめるんだ！」

トビアスは思わず叫び、彼女を背後から羽交い締めにしようとしたが、ヘンリエッテはするりと腕の間をすり抜け、次々と魚を貪《むさぼ》っていく。

やがて空腹が満たされたのか、ヘンリエッテは動きを止め、その場に倒れ込んだ。

騒ぎを聞きつけた執事によって、失神したヘンリエッテの身体は部屋へ運ばれ、暫くするとかかりつけの医師が呼ばれてきた。

医師は鎮静剤でヘンリエッテを深く眠らせ、その身体をチェックすると、枕元に夫人とトビアスを呼び寄せた。

「これを見て下さい」

医師がパジャマをまくる。

すると、蚯蚓腫《みみずば》れや青痣《あおあざ》が無数についたヘンリエッテの腹部に、野球ボール大のしこりのようなものが突起している。

「これは……？　腫瘍《しゅよう》でしょうか？」

トビアスは思わず訊《たず》ねた。

「いえ、こんな物は私も見たことがありません」

医師が答えた時だ。

その腫瘍らしきものが、もぞりと動いたのである。

夫人はひぃっと小さく叫んだ。

トビアスは固唾《かたず》を呑《の》んだ。

医師は溜息《ためいき》を吐いた。

「彼女に施すべき治療が何か、私には思い当たりません。錯乱状態や自傷行為が酷《ひど》いようでしたら、入院させ、昏睡《こんすい》状態に留め置くことはできるでしょうが……。仮にそうしたところで、本人が少しずつ弱っていくだけでしょうな」

医師はすっかり匙《さじ》を投げた様子であった。

だが、トビアスは諦《あきら》めなかった。

翌日も、その翌日も彼女の側で聖書を読み続けた。

全ては信仰心の問題だ。自分の信仰が試されているのだと思いながら……。

だが悪魔の気配は弱まるどころか、どんどん強くなっていくように感じられた。


数日後、トビアスは、悪魔を回し香炉で燻《いぶし》の刑にかけることを決断した。

ローズマリーの香をベッドの四隅に焚《た》きしめ、さらに回し香炉で、部屋中を燻《いぶ》すのだ。

ヘンリエッテの部屋は、もうもうとした煙で満ちあふれた。

ヘンリエッテはさかんに咳《せ》き込《こ》んだ。

(悪魔は弱ったただろうか?)

トビアスは聖水で、ヘンリエッテの額に十字を描いた。

そして彼女の首にストラを巻き付け、訊ねた。

「汝が名、および汝が憑依《ひょうい》した理由を言え、および汝が退去する日と時間とを何がしかの合図によって、我に示すべし」

げげげげげっ

ヘンリエッテは奇声をあげ、トビアスに緑色の臭い液体を吐きかけた。

その中には虫の死骸《しがい》のようなものが多数混じり、髪の毛が束になってトビアスの胸元に張り付いた。

トビアスはそれから数時間に亘《わた》って、神の名による厳しい命令と祈り、そして尋問を繰り返したが、悪魔は口が堅く、正体を割ることはなかった。

時折、ペッペッと、唾《つば》をトビアスに吐きかけ、大笑いする。

夕方になり、トビアスの気力にも限界が訪れた。

なにしろヘンリエッテの状態に応じて、昼夜を問わず悪魔祓《ばら》いを続けている為、もう何日もろくに眠っていないのだ。

その夜から、トビアスは金縛りに襲われるようになった。意識はあるのに、身体がピクリとも動かないのだ。

燻の刑に対して、悪魔が怒っているのだろう。

(悪魔よ、私は決して屈しない……)

心の中で祈りを唱えていると、今度は何者かが部屋に入って来る気配がした。

身体が動かない為、目だけをどうにか動かすと、黒い霧のような人影が一人、二人、三人、四人と体をくねらせて近づいてくる。

影達は笑いながら輪をつくり、トビアスを取り囲んだ。

ある者はトビアスを鞭打《むちう》ち、ある者はせせら笑った。キリストを痛めつけたローマの兵士のように、茨《いばら》の冠をトビアスに被《かぶ》せ、ギリギリと締め上げる者もいた。

そうして夜中じゅう、彼を痛めつけ、騒ぎ続けたのだ。

朝の日差しが窓から差し込むと、影達は波が引くように遠ざかり、トビアスの身体も呪《じゅ》縛《ばく》が解けたかのように動くようになった。

ほっと安堵《あんど》し、ベッドから立ち上がったトビアスは、足の裏に違和感を覚えた。

冷たいのだ。

足元を見ると、カーペットに大きな水の染みが出来ている。

(水漏れだろうか？　それとも悪魔の仕業……)

彼は祭壇の前へ行き、跪《ひざまず》いて祈った。

「おお、主よ。私を試さないでください。私の側にいて私をお守りください」

トビアスは聖水と香で身を清め、長い間祈り続けた。

またある日。トビアスは全身に、蚊に刺されたような痒《かゆ》みを感じた。

たまらず、腕や腹を掻《か》きむしると、大して力も入れていないのに、蚯蚓腫れが出来、血が滲《にじ》んだ。

（身体がだるい……）

トビアスは思った。

疲れた身体を引きずるようにしてシャワーを浴び、体を清める。

そうして浴室の鏡で、自分を見ると、その顔色の悪いことと言ったら、まるで死人のようであった。

それに、寝ている時に掻いたのだろう。顔や首筋に引っかき傷がある。

その顔が、かき傷だらけのヘンリエッテの顔と重なった。

死という言葉が何故か頭を過《よぎ》り、思わずぞっとする。

もっと精神の力を高めなければと、トビアスは自分に言い聞かせた。

しかし、底無し沼のような恐怖に彼の身体は半ば浸《つ》かっていた。

このところ、彼は昼間でもふと意識が飛んでしまうことがあった。

教会への定時報告を忘れてしまう日もあった。

恐らくは疲労のせいだろう。何やら目も霞《かす》んでいる。

少しは休憩を取るべきだろうか。

そう思った時、トビアスの両足の膝《ひざ》に、刺すような痛みが走った。

「ぐぅっ」

痛みの余り呻《うめ》き、膝を見ると、血が滲んでいる。

霞む目を凝らすと、自分の膝小僧から数本の針が突き出しているではないか。

悪魔は明らかに、トビアス自身にも攻撃をしかけているのだ。

トビアスは苦悶《くもん》に顔を歪《ゆが》ませながら、膝小僧から飛び出した針を、一本一本、膝から抜き取った。

そうして息を整え、身なりを整えて、ヘンリエッテの部屋へと向かう。

トビアスは部屋に香を焚きしめ、祈禱文《きとうぶん》を読み続けた。

しかしながら、上手《うま》く舌が回らず、ラテン語の発声が不完全にしかできない。

違和感を覚え、トビアスは部屋にある鏡の前に立った。

口を開き、舌を捻《ねじ》ってみると、膿《うみ》を抱いた黄色い出来物が三つばかりできている。

舌の色も悪く、青ずんでいる。

その時、部屋の照明が消えた。

トビアスはその場に凍りついた。息が喉《のど》につまり、背中に冷たい汗が噴き出してくる。

突然、辺りに甲高い笑い声が響いた。

ヘンリエッテの声ではない。他の何者かの声だ。

トビアスは耳に氷を突っ込まれたように身震いし、後ろを振り返った。

影が立っている……。

「何者だ?」

トビアスは十字架を握りしめながら訊ねた。

「名前を名乗る訳にはいかないな」

影は不敵に答えた。

黒い影は、まるで顔だちなどが分からないにも拘《かか》わらず、にたにたと笑っているのが分かった。

「キリストの名によって、汝《なんじ》に命じる。その名と憑依の目的を答えよ」

トビアスはできる限りの威厳を持って問うた。

「糞《くそ》キリストの名など、俺にはなんの意味もないものだ」

そう低い声で男が答えたと同時に、男の腕が飛び出してきて、トビアスの肩を摑《つか》んで引き寄せた。

「やっと捕まえたぞ。糞神父」

おぞましい声が耳元で囁《ささや》いた。

トビアスが恐怖に呑《の》み込まれそうになった時、大きな電子音が響いた。

ハッと、トビアスは我に返った。

そして、自分自身が客間の入り口付近に倒れているのに気がついた。

ヘンリエッテの部屋へ向かおうとして、途中で気を失ったらしい。

ベッドサイドテーブルの上で、携帯がけたたましく鳴っていた。

トビアスはよろよろと立ち上がり、携帯電話を取った。

「はい……トビアスです」

『朗報だぞ、トビアス。先程、バチカンから連絡があった』

それはフラウエン教会のベックマン司祭の声であった。

「バチカンから……？」

『そうだ。エクソシストの派遣が決まった。明日にもこちらへ到着するそうだ』

「ほ、本当ですか……？」

安堵のあまり全身の力が抜け、トビアスは床にへたり込んだ。

『本当だとも。なんでもサウロ大司教の知人であるベテランエクソシストと、大司教の直弟子が来るそうだ』

トビアスはその知らせに、思わず嬉《うれ》し涙を流した。

4

ロベルトは、ジャンマルコ・ジャンニーニなるエクソシストを迎えに行く為、彼の住処《すみか》であるナポリへと向かった。

ローマテルミニ駅から高速鉄道に乗り、約七十分。

到着したナポリ中央駅を一歩出ると、ペンキのはがれた建物群と落書きだらけの壁、そこらじゅうに生ゴミと粗大ゴミがうち捨てられた通りが目に入る。

怪しげなアラブ音楽がどこからともなく聞こえ、街角にズールー語を話すアフリカ系の男達が屯《たむろ》していたかと思うと、路上で怪しげな盗品を並べて売っている者がいる。

流石はイタリアで最もいかがわしいと呼ばれる町だ。

通りを暫《しばら》く西へ歩き、密接する建物の隙間を通って、頭上に洗濯物がはためく狭い路地を進んだ先にあるオレンジ色のアパートが、ジャンマルコの家であった。

ロベルトは緊張しつつ、一〇二号の呼び鈴を鳴らした。

「入って来い」と、中から声がする。

「お迎えにあがりました、ロベルト・ニコラスです。失礼します」

ロベルトが扉を開くと、六十代前半と思われる司祭が、大きな十字架が架かった壁を背に、安楽椅子に座っていた。

がっしりした身体つきで、頭は丸坊主。顔は四角く、首は太く、腕も丸太のように太い。窪《くぼ》んだ眼窩《がんか》から覗《のぞ》く細い目は、やけに眼光鋭い。異様な迫力を全身から放っている。

司祭服を着ていなければ、マフィアと見間違えそうだ。

肌の血色は大変良かった。その理由は、手に持っているグラッパの大瓶にあるのだろう。

「ふむ。お前さんがサウロの弟子の、エクソシストか」

ジャンマルコは掠《かす》れた声で言うと、グラッパを呷《あお》った。

「いえ、その……。僕は普段、サウロ大司教の許《もと》で、古書の研究などをしています。エクソシズムについては、養成講座を受けただけで、ほとんど初心者です」

「ほう。つまりはエクソシスト見習いだな」

「……はい、そういう事になります。宜《よろ》しくお願いします」

「依頼を引き受けたからには、そうしよう。さて。見ての通り、わしは年も取り、体力も気力もすっかり衰えた。エクソシストはもうやらんと思っていたが、サウロに頼まれ、うっかり引き受けてしまった。なんで愛するナポリを離れ、ドイツくんだりまで行く気になったものか、わし自身にも謎だ。こういうのはな、理屈じゃない。ハートの選択だ」

「ハート……ですか」

「そうとも、ハートだ。そいつが大事なんだよ」

ジャンマルコはニッと笑い、立ち上がった。


ナポリから空路でミュンヘンへ。ICE（特急列車）に乗り換えて約七十分。

二人がニュルンベルク中央駅に到着したのは夕刻であった。

雪のちらつく空は暗鬱《あんうつ》で、アルプスから吹き下ろしてくる風は冷たい。南イタリアと比べ、十度は寒いだろう。

ホームにはビジネスマンや観光客のほか、移民らしき家族連れの姿が目立っていた。トルコ語、ギリシャ語、アルバニア語などが辺りを飛び交い、ヒジャブを髪に巻いたイスラム女性や、東欧系らしきロマ（ジプシー）の姿も見られる。

ドイツは移民を積極的に受け入れてきた国だ。

第二次世界大戦後の復興期、深刻な労働者不足に陥った西ドイツは、出稼ぎ労働者をトルコなどから大量に招き入れた。彼らの多くは仕事を終えても国に帰らず、母国から家族や親戚《しんせき》を呼び寄せ、そのままドイツに留《とど》まった。

一九九〇年、東西ドイツが統一されると、東ドイツの再建が財政負担となって、ドイツの景気は悪化し、街には失業手当や生活保護に依存する外国人失業者が溢《あふ》れた。

その上、崩壊した東欧やソ連、内乱の続くユーゴスラビアからは多くの難民がドイツに押し寄せた。ドイツはナチ時代にユダヤ人を排斥した反省から、難民庇護《ひご》を義務として受け入れ、多くの難民がドイツに留まることになった。

その結果、国内の治安は乱れ、一時はネオナチ（ナチズム復興運動）による外国人襲撃事件が頻発して百人以上の外国人が命を落とすという事態に発展した。

そしてまた現在、「第三次移民ブーム」ともいうべき現象がドイツで起きている。

原因は、ドイツの好景気と近隣諸国の失業問題だ。失業率二十五パーセント超というギリシャやスペインなどEU加盟国から、職を求めてドイツに長期滞在する人が急増している。二〇一三年には百十万人余りもの外国人がドイツ国内に流入した。

経済大国ドイツを頼って来るのは、難民も同様だ。イスラム国の勢力拡大、コソボ問題、シリア内戦、ウクライナ情勢の悪化などの国際情勢から、ドイツに保護を求める亡命者の数はますます増え、二〇一五年には八十万人に達する見込みだ。

今やドイツ国内在住者の五分の一余りが移民の背景を持ち、一日平均二千人という難民がドイツに押し寄せている。その一方で、「ドイツ人」の人口は少子高齢化によって減少の一途を辿《たど》っている。

昨今は経済的圧迫、治安の悪化、将来への不安等から、移民や難民の受け入れに反対する過激団体『Pegida《ペギーダ》（西欧のイスラム化に反対する欧州愛国主義）』が登場したり、難民の保護施設に対して放火、襲撃、ナチスのシンボルを落書きする等の事件が半年間に二百件を数えるなど、ドイツ国内の鬱憤《うつぷん》は様々な形で燻《くすぶ》りを見せている。

移民を制限せよという声が高まる一方で、飲食業や介護などのサービス業は移民なしには成り立たないという問題もあり、ドイツ政府は難しい舵取《かじと》りを迫られている。

ロベルトは人種の坩堝《るつぼ》のような駅のホームを眺め、複雑な思いであった。

その時、恰幅《かっぷく》のいい司祭が、揉《も》み手《で》をしながらロベルト達に近づいてきた。

カバのようにずんぐりとした、どこか愛嬌《あいきょう》を感じさせる巨体の持ち主だ。つるりとした頭に、薄い白髪が載っている。

「ジャンマルコ司祭とロベルト司祭でいらっしゃいますね？　お待ちしておりました。

私はフラウエン教会のエッカルト・ベックマンです」

「ジャンマルコだ。お前さんがこの街のエクソシストか」

ジャンマルコはずいっとベックマンに顔を近づけ、据わった目つきで言った。

ロベルトはヒヤリとした。ジャンマルコは「飛行機が落ちる」などと恐がり、機中でずっと飲酒していたからだ。この時点で、グラッパ二本分は空けているだろう。

ベックマン司祭はジャンマルコの迫力に後ずさりながら、首を横に振った。

「いえいえ、私はフラウエン教会の主任司祭です。エクソシストは部下のトビアス神父でして。本来なら、彼がお二人の迎えに来る筈《はず》だったのですが、現場から手が離せない様子でして、代わりに私が」

「で、現場というのは何処なんだ？」

ジャンマルコは性急に訊《たず》ねた。

「後ほど車でお送りしますので、まずは私共の教会へお立ち寄り下さい」

「うむ」

「それで、貴方《あなた》がバチカンからいらした、サウロ大司教の愛弟子《まなでし》という……」

ベックマンが満面の笑みでロベルトを見た。

「ロベルト・ニコラスです。ジャンマルコ司祭の補佐として参りました」

ロベルトはそつなく言った。

「大司教ゆかりのエクソシストがお二人も来て下さるとは、本当に有り難い。おお、神よ。これでニュルンベルクも救われます」

ベックマンは大袈裟《おおげさ》なことを言った。悪魔に憑《つ》かれた少女がニュルンベルク市長の娘だからだろう。

その時、ロベルトはふとホームの前方に、奇妙な物を発見した。

大きな魔方円が、うっすらと光を反射して浮かび上がっているのだ。

遠くて細部は分からないが、本格的な感じだ。いくつかのシンボルが見て取れる。

「あそこに魔方円が見えませんか？」

ロベルトの問いに、ベックマンはぶるりと身体を震わせた。

「実は、この駅には呪いがかけられたようなんです」

「何ですって？」

「ここ一ヵ月で五回も人身事故が起こってるんです。それも決まって、九時九分の列車に、人が飛び込むんです。呪いじゃないかと、街では噂でもちきりです」

「警察は何と言ってるんです？」

「ニュースによれば、事故と殺人の両面で捜査中だとか」

ロベルトは駅の怪に少し興味を覚えたが、ジャンマルコが苛立《いらだ》った足踏みをしているのを見て、話を切り上げた。

「成る程。お引き留めしてすみません。先を急ぎましょう」

三人が駅から地上へ出ると、目の前には大きな道路があり、その向こうには赤煉瓦《あかれんが》の城壁と見張り塔が聳《そび》えていた。

ニュルンベルクは城壁に囲まれた古都である。神聖ローマ帝国のカール四世を始め、多くの皇帝がニュルンベルクを好んで居館に選んだ。

マイスタージンガーのハンス・ザックスや、画家アルブレヒト・デューラーに代表されるように手工芸の技術にも優れ、地理的条件も良いことから、交易商業都市としても発展してきた。

中世で最も美しい都市と讃《たた》えられたニュルンベルクは、それ故ナチス党政権時代においてナチス党大会が開催されるなど、ナチスドイツを象徴する都市となる。そして一九四五年、米英空軍による爆撃目標となり、旧市街は広範囲において破壊された。

オリジナルの建物の大半は失われたが、戦後、かつての都市を復元する形で街の再建が進められ、今では城壁に囲まれた中世の面影を残す美しい町並が再現されている。

ケーニヒ門を潜るとすぐ、昔の職人の家を再現した通りがある。

小さな木組みの家が建ち並び、レストランや人形、アクセサリー、アンティークなどの手作りの品々を売る店が集まっている。

どこからかトントンとリズムの良い木槌《きづち》の音が聞こえてきた。

ロベルトが音のする方へ目をやると、店先で職人らしき男が何かを作っている。

「彼はマイスターです。あの店では、子ども向けの木工玩具《がんぐ》を作っているんです」

ベックマン司祭が話しかけてきた。

「流石はマイスターの街ですね」

「ええ。マイスターの起源は今から約八百年前といわれています。中世ドイツの都市には手工業者が沢山住んでいたのですが、それぞれの技法と技術を守り、継承するために、いつしか徒弟、職人、そしてマイスターという三つの身分ができあがったそうです。

徒弟が数年間の修業をつんで、試験に合格すると職人になり、職人がさらに修業をして、もっと上の試験に合格すると、マイスターになるという具合です。

ドイツには手工業マイスター、工業マイスター、農業マイスター、家政マイスター、海運マイスターなど沢山の職種のマイスターがいます。

マイスターを他の言葉で言い換えるなら、名人、達人、傑出した専門家、指導者、あるいは単純に『すごい人』というところでしょう」

ベックマンは嬉《うれ》しそうに言った。

一行が石畳の小径《こみち》を抜けると、メインストリートであるケーニヒ通りへ出た。

煉瓦色の大きな建物が左右に並び、歩道の中央には屋台が出ている。ソーセージやホットドッグを売る屋台の前には、謝肉祭の大きなポスターが飾られていた。

そのポスターに描かれたキャラクターを見て、ロベルトはふと微笑んだ。ウサギに角と羽が生えた珍獣ヴォルペルティンガーだ。

通りを進んでいくと、ロベルト達は謝肉祭の仮装行列に出会った。

魔女やピエロ、中世騎士の仮装をした人達や、好みの仮面を被《かぶ》った人、動物の着ぐるみを着た人達が練り歩いている。ここでもヴォルペルティンガーの仮装は少年少女に人気のようだった。

街を横断するペグニッツ川の石橋を渡ると、中央広場だ。

紅白のテント屋台の下では野菜や果物、花、ソーセージなどが売られている。

ベックマン司祭は、広場に立つ塔の前にロベルトとジャンマルコを誘った。

それはゴシック教会の尖塔《せんとう》のような格好をしており、金色、赤色、緑色にけばけばしく彩られた装飾に、七人の選帝侯や中世の英雄、聖人などの像が配されている。

「伝説の黄金井戸塔、美しの泉《シェーナー・ブルンネン》です。井戸を囲む鉄柵《てっさく》の細工をご覧下さい。素晴らしいでしょう？　それに、ほら、ここに真鍮《しんちゅう》製のリングがはめ込まれているでしょう。このリングは継ぎ目がない造りで、『金の指輪』と呼ばれているんです。リングを三回まわしながら願い事を唱えると、願いが叶《かな》うといわれ、観光客に大人気なんです。ただし、こちらの金のリングは観光用で、本物は反対側にあるんですがね。

　ところで皆さんは『金の指輪』の伝説をご存知ですか？

　その昔、若い鍛冶屋《かじや》の徒弟が親方の娘を嫁に欲しいと言い出したんです。親方は『継ぎ目のない鉄の輪が作れるようになったなら娘をくれてやろう』と言い残し、旅に出てしまいます。暫《しばら》くして親方が旅から戻ってみると、若い徒弟は既に親方の娘を連れて出ていったあとでした。そして広場の泉の柵には、継ぎ目のない見事な黄金の輪が嵌《は》められていたのです。どうです？　マイスターの街らしい伝説でしょう？」

　ほくほくと語るベックマン司祭の背後で、ジャンマルコが「ケッ、俗物め」と呟《つぶや》いたのをロベルトは聞いた。

　ベックマンはそれに気付かず、誇らしげに続けた。

「我がフラウエン教会を背景にした美しの泉は、ニュルンベルクを代表する風景です。お二人とも、ここで記念写真をお撮りになりませんか？」

そう言ったベックマンの背後で、ジャンマルコは今にも爆発しそうな顔をしている。

ロベルトは慌てて首を横に振った。

「いえ、それはいずれ別の機会に……。司祭、そろそろ教会へ参りませんか」

「ええ、そうですね」

ベックマン司祭は歩き出した。

フラウエン教会は、正面の大時計の意匠を除けば、平均的なゴシック様式だ。内部はリブ・ヴォールト構造の三廊式で、薔薇窓《ばらまど》やステンドグラスが多用されている。

ただ要所要所に木の彫刻が施されているのが、いかにもマイスターの街の教会らしい。

がらんと広い聖堂に、信者の人影は見えなかった。

「聖水の場所は何処だ？」

教会に入るなり、ジャンマルコが訊ねた。

ベックマンが主祭壇近くの聖水盤へ案内すると、ジャンマルコは大きめの瓶にその聖水を汲《く》み入れた。

「これでよし。さあ、さっさとわしを現場へ案内してくれ」

ジャンマルコは大声で命じた。

第二章　受肉した悪魔

1

キルヒナー邸に到着したロベルトとジャンマルコは、トビアス神父からこれまでの事情を聞くと、家人への挨拶《あいさつ》もそこそこにエクソシズムの準備を始めた。

手足を洗い清め、白い法衣《ほうえ》とストラを身に着け、三人は早速、ヘンリエッテの部屋へと向かった。

ジャンマルコが扉を開く。

中を一目見たロベルトは、息を呑《の》んだ。

荒廃、としか形容できない室内には異臭が立ち込め、食物の欠片《かけら》や吐《と》瀉物《しゃぶつ》が飛び散り、天井、壁、床の至る所に傷や凹《へこ》みがあった。

空気は淀《よど》んで湿っぽく、頭を押さえられるような重苦しさと息苦しさを感じる。

そんな部屋の中央には痩《や》せこけたミイラのような少女が、ぼろぼろに切り裂かれたベッドシーツの上で、異様に大きな鼾《いびき》をかいて眠っていた。写真で見た愛らしい少女の面影は、全く失われている。

悪魔憑《つ》きの映像なら授業でいくつか見たロベルトだったが、実際の現場となるとその異様さが五感に食い込んでくるようだ。

「ようやく先程、眠ったのです。それまでは奇声を発して荒れ狂っていました」

トビアス神父は窶《やつ》れ、疲れた声で言った。

「悪魔は自分の名を語ったか？」

ジャンマルコがエクソシズムに欠かせない要項を訊《たず》ねた。

悪魔が人に憑依《ひょうい》する時には、三つの段階がある。

神の三位一体をあざ笑って、悪魔もそれを真似するのである。

その最初が侵入だ。最初は身の回りに不可解なことが頻発する。

最も多いのは水による悪魔の洗礼だ。壁に水がしみ出てくることもあれば、床が理由もなく水浸しになることもある。

次に脅迫という段階が始まる。この段階で悪魔憑きの兆候がハッキリと現われてくる。

憑かれた人間の人格が一変し、身体に変調が現われる。少女でも怪力をふるい、卑猥《ひわい》な言葉や神を愚弄《ぐろう》するような言葉を叫ぶようになる。

そして最後の段階が憑依である。この時、悪魔とその人間の体が一体と化す。

エクソシズムは脅迫から憑依への『変化の時』以外は不可能だと言われる。

変化の時を見分けるには、悪魔に尋問するしかない。変化には悪魔もエネルギーを使うので、口を割りやすくなる。その時、悪魔の秘密の名と侵入の正確な時間を自白させるのだ。

「いえ……。何度も問いかけてはみたのですが、口を割りません。異様な食欲からみて、『暴食』の大罪を持つ、ベルゼブブの眷属《けんぞく》ではないかと考えているのですが……」

トビアスは自信なげに答えた。

「名は悪魔に訊《き》くしかあるまい。他に気になることはないかね？」

ジャンマルコが訊ねた。

「はい。一つ、見て頂きたいものが……」

トビアスはそっとベッドへ近づくと、眠っているヘンリエッテのパジャマを捲《まく》った。

その腹の一部が、異様なほどに突起している。

「この膨らみ……。私が初めて見た時より、大きくなっているんです」

トビアスの言葉にジャンマルコは顔を顰《しか》め、十字を切りながら少女に歩み寄ると、腫《は》れた腹部にそっと掌《てのひら》で触れた。

「かなり固いな」

ジャンマルコが呟いた時だ。

掌の真下にあった筈《はず》の腫瘍《しゅよう》が、まるでジャンマルコから逃げるように移動したのである。

異様な眺めに、ぞっとロベルトの背筋が震えた。

次の瞬間、ヘンリエッテの目がカッと見開かれた。白目であった。

『薄汚い神父め！　私の子供に触れるな！』

ヘンリエッテの口から、怒濤《どとう》のようなわめき声が上がった。

彼女は体をガタガタと揺すり、その力で大きなベッドが揺れ動いた。

「お前は何者だ？　名を告げろ！　キリストに従え！」

ジャンマルコは激しい口調で誰何《すいか》し、ロザリオを腹部の膨らみに押し当てた。

ヘンリエッテは手足を振り回し、苦しげに呻《うめ》いた。

「ぎぇぇぇぇぇ！」

怪鳥のような悲鳴が、少女から発せられた。

ジャンマルコはヘンリエッテの左手をぐっと摑《つか》み、ロザリオの数珠《じゅず》でヘッドボードの柱部分に縛り付けながら叫んだ。

「ロベルト、右手を拘束しろ！　トビアス、悪魔祓《ばら》いの祈禱《きとう》だ！」

「はい！」

「分かりました！」

ロベルトは暴れるヘンリエッテの右手を摑み、ジャンマルコと同じようにロザリオで拘束した。

トビアスは祈禱を続けている。

ジャンマルコは聖水を少女の腹部に何度も振りかけた。

ヘンリエッテの表情がみるみる歪《ゆが》み、悪魔のような顔つきになる。

ロベルトは辺りの空気が鉛のように重くなるのを感じ、清めの香炉を手に取った。

ヘンリエッテは激しく手足を動かした。ロザリオが食い込み、血が滲《にじ》むのも意に介していない様子だ。

ロベルトは清めの香炉をゆっくりと回しながら、ベッドの周囲を回った。そしてトビアスの祈禱に寄り添うように唱和した。

二人の祈禱の声はユニゾンし、美しい調べとなった。

ヘンリエッテは世界を呪うような陰気な唸《うな》り声をあげている。

「侵入の時は？　いつだ！」

ジャンマルコが何度か力強く悪魔を攻め立てた時、ヘンリエッテの口から、緑色の粘液のようなものが吐き出された。ジャンマルコは素早く身を躱《かわ》し、それを避《よ》けた。

『五月蠅《うるさ》い！　五月蠅い！　五月蠅いぃぃぃ！』

ヘンリエッテは何度も何度も絶叫すると、不意にぐったりと意識を失った。

ふぅ、とジャンマルコは溜息《ためいき》を吐いた。

「さて、こちらも一時休戦とするか」

「あの、休んでもいいんでしょうか」

トビアスがおずおずと訊ねる。

「悪魔も我々との対決に備えて休んでいるのだろう。こっちも休まなきゃ倒れるぞ。丁度、飯の時間だしな」

「分かりました」

ロベルトとトビアスは、思わずほっと安堵《あんど》の息を吐いた。

ジャンマルコは夫人を呼び出し、ヘンリエッテの食事を一日一食に制限するよう命じた。兵糧攻めで弱らせようという作戦である。

「あの……余計にあの子が暴れたりしませんか」

夫人は戸惑いながら訊ねた。

「その時の為に、わしがいる。悪魔に都合のいい事ばかりしていてはいかんのだ」

ジャンマルコは毅然《きぜん》と答えた。


ロベルト達はメイドの案内で、広いダイニングに通された。そこに食事が運ばれる。豆と野菜のスープにサラダ、パン、ハムとチーズの盛り合わせ、ニュルンベルガー・ソーセージ、大きなシュヴァイネハクセとクネーデルポテト、大皿のデザートと、次々運ばれてくる食事の量にロベルトは驚いた。

「パスタが無いのか。トマトも無しとは……」

ジャンマルコは不満そうに呟《つぶや》きつつも、がつがつと食事をかきこんでいる。

トビアスもペロリと皿を平らげていく。

部屋中に飛び散った吐瀉物と、少女の奇態を見たあとで、二人ともよく食欲があるものだ、とロベルトは思った。

「食欲、あまりないみたいですね」

ぼんやりとした顔でスープを飲んでいたロベルトに、トビアスが話しかけてきた。

「ええ……。まだショックが抜けきらなくて」

「分かりますよ。私も最初の数日はそうでしたから。でも最近はよく食べるようになったんです。ロベルト神父もそのうち馴《な》れますよ」

トビアスは慰めるように言った。

「有難う」と、ロベルトは曖昧《あいまい》に微笑んだ。

「それにしてもトビアス神父、今までお一人で戦い続けていらしたんですね。講座の同級生として、心から尊敬します。大変だったでしょうに」

するとトビアスは照れたように微笑んだ。

「ただ必死だっただけです。分からない事だらけで、ずっと不安でした。ですから、お二人が来て下さって本当に嬉《うれ》しいんです」

トビアスは小さく咳払《せきばら》いすると、ジャンマルコの方を見た。

「ジャンマルコ司祭、改めてお礼を言わせて下さい。貴方《あなた》に来て頂いて、どれほど力強いことか。本当に有難うございます。

一つ、質問しても宜《よろ》しいでしょうか」

「何だ」

「ロザリオによる緊縛は、やはり行った方が良いのでしょうか。私はヘンリエッテを傷つけるのが不安で、縛るという覚悟が出来なかったものですから」

トビアスの問いに、ジャンマルコは腕組みをした。

「どちらとも言えん。今日はそうすべきと思ったのだ」

「何故そう思われたのです？　ご判断の基準を教えて頂ければと」

「それを聞いてどうする。お前は女を口説く時もマニュアルどおりにやるのか？」

ジャンマルコは聖職者らしくない喩《たと》えを言った。

「それは……マニュアルがないという意味でしょうか」

トビアスはおずおず訊《たず》ねた。

「マニュアルってもんは、あるようでいて、ない。ないようでいて、ある。いずれにしても、道標はある」

「道標とは、一体？」

「わしのハートだ」

断言したジャンマルコに、トビアスとロベルトは目を瞬いた。

「……そう……ですか。もう一つ、質問があるのですが」

「何だ」

「やはり悪魔に名を訊ねる時は、ジャンマルコ司祭のように激しい口調で問い詰めた方が良いのでしょうか」

「それも、どちらとも言えん」

ジャンマルコはデザートのケーキをぱくりと食べ、テーブルに肘《ひじ》をついた。

「頭でっかちなエクソシスト見習い共に、一つ教えてやろう。

エクソシストはいくら知識を持ち、訓練を受けた司祭でも、同じように上手《うま》くいくとは限らん。それが何故だか分かるか？

本や授業で得られる情報は、基本的には悪魔についての知識だ。無論、それも必要だ。だが、敵を知っただけで戦いに勝てると思うか？　わしは違うと思う。

敵を知ることも大事だが、それではまだ半分だ。己を知るのが肝要なのだ。そしてだ。己を知る方法には、これといった近道はない。特効薬もない。手探りだ。

無論、一つの流派に属し、そこから技術を学び、教えを請うのもいい。悪魔祓いにも色んな流派がある。そういう所に蓄えられた経験則は学ぶに値する貴重なものが多い。だが、最後の最後は己と向き合わねばどうしようもないのだ。知識を蓄えた上で、自分なりの戦い方を見つけるしかない。

わしの知るエクソシスト達は、多かれ少なかれ、己の編み出した独自の除霊方法を持っている。中には少しばかり異教的な力を借りる者もいる。それもまた人の知恵だと、わしは思う。

つまりさっきのトビアスの質問に答えるならば、わしの悪魔祓いはナポリ流という訳だ。分かったか、坊主」

「はい。貴重な教えを、有難うございます」

トビアスは頬を紅潮させ、元気よく答えた。

ジャンマルコとロベルトにはファミリー用の客間が用意された。

これからの本格的な悪魔祓《ばら》いに備え、少しでも休むべきだとベッドに入ったロベルトだったが、ヘンリエッテの野太い声が耳の奥に染みついているせいか、うとうとと寝入ろうとしては不気味な悪夢に目を覚まさせられる。

目覚めては嫌な疲れを感じ、再び眠るのを繰り返した後、ロベルトはとうとうベッドから起き上がった。

そして隣のベッドにジャンマルコの姿がないのに気付いた。

続き間から明かりが漏れている。

行ってみると、ジャンマルコは書机に向かって書き物をしていた。小さく四角い紙に、次々と何かを書き入れている様子だ。

思わず興味を持って眺めていると、気配に気付いたジャンマルコが振り返った。

「起きていたのか」

「はい、ほんの少し前に。お邪魔でしょうか」

「別に構わんよ」

「失礼します」

ロベルトは少し離れたソファに腰を下ろした。

「何をお書きになっているのか、訊ねても構いませんか？」

するとジャンマルコは書き終えた紙をロベルトに見せた。そこにはヘブライ文字とシンボルが描き込まれている。どうやら護符らしい。

机の上には既に百枚近い護符が書き上げられ、積まれていた。

「ずっと起きてそれを書いていらしたんですね」

「ドイツのベッドが合わなくてな。寝具はイタリア製に限る」

ジャンマルコは本気か冗談か分からない口調で言った。

その後もジャンマルコは護符を書き続けていたが、流石に疲れたらしく、大きく伸びをした。

「やれやれ、全く、年には敵《かな》わん」

ジャンマルコは愚痴っぽく呟いた。

「いえ、司祭はとてもお元気そうです」

「なんの。昔はもっと元気だった」

ジャンマルコの言葉にロベルトは微笑んだ。

「ジャンマルコ司祭、サウロ大司教とはどういうお知り合いなのです？」

「若い頃、何度か一緒に悪魔と戦った。いわば戦友だな」

やはりそうか、とロベルトは思った。

「ジャンマルコ司祭は、ご自分の悪魔祓いをナポリ流と仰《おつしや》いました。サウロ大司教はどのような悪魔祓い師だったのでしょう？」

「護符でも何でも使うわしとは違って、サウロはオーソドックスなタイプだな。派手さはないが、粘り強く敵を追い詰め、諦《あきら》めない。歩みは慎重だが、時に大胆だ」

その言葉は、ロベルトの知るサウロという人そのものを表しているようだった。

「成る程……。有難うございます」

ロベルトが温かい気持ちになった時だ。

邸《やしき》に絶叫が轟《とどろ》いた。

「始まったか」

ジャンマルコとロベルトは立ち上がった。

「ぎぃぃぃぃぃぃえぇぇぇぇぇぇ！」

ヘンリエッテは横たわったまま、ベッドの上でバネのように上下している。

ベッドに拘束された両手の指先は反り返っている。

少女は身をくねらせたかと思うと、次の瞬間には猛烈な力でベッドに押し倒されたように、音をたててマットに沈み込んだ。

「悪魔が彼女に何かしているのだろう。ロベルトは聖書を頼む」

「はい」

ロベルトは聖書を手にベッドの足元に立ち、福音書を唱じ始めた。

ジャンマルコは聖水を自分の右手にかけ、その手を彼女の額に載せた。

「我、汝《なんじ》を祓《はら》う。汝、最も下劣なる霊よ。我等が敵の具現よ。全き亡霊よ。我その軍勢の全てを祓う」

厳かに宣言すると、ジャンマルコは十字を切った。

「イエスキリストの名によりて、これなる神の被造物より出て去り行くべし！」

ジャンマルコは香りの強い蠟燭《ろうそく》に火を点《つ》け、サイドテーブルに置いた。

そして護符を一枚一枚、ヘンリエッテに翳《かざ》し、その身体に触れさせながら、キリストの名において、護符の中へ入るよう悪魔に命じた。

そして手応《てごた》えがあったと感じた符を火にくべた。

符はめらめらと燃え上がり、ガーゴイルのような姿になって燃え尽きていく。

その度、ヘンリエッテは苦しげな声で呻《うめ》いた。

何十枚目かの符を火に入れた時だ。

突然、照明が瞬き、ガタガタとサイドテーブルが震えた。

ヘンリエッテは絶叫し、恐ろしい力で太いロザリオを引きちぎった。

驚いたロベルトが、思わず聖書を読む声を止める。

次の瞬間、天井の照明が一斉にバリンと音を立てて砕け散った。

暗闇の中、無数の硝子《ガラス》の破片がロベルトとジャンマルコの頭へ降り注いだ。

あーっはっはっはっはっはは！
お前らを殺す方法をじっくり考えてやる
ゆっくりとした死を、ひどい腐敗を与えてやる

お前のくだらない人生を浄化し洗い流してやる

悪魔の勝ちほこった嘲笑《ちょうしょう》と、地の底から響くような不気味な声が部屋に木霊《こだま》した。

その時、背後でドアが開く音がした。

「遅れてすみません！」

トビアス神父だ。

廊下の明かりが部屋に差し込み、ロベルトとジャンマルコは硝子にまみれたお互いの姿を確認した。出血している傷もいくつかある。

暗闇の中でこのまま悪魔祓いを続行するのは困難だ。

ジャンマルコは時計を確認した。夜明けまで一時間足らずだ。

「ひとまず引こう。朝を待って、悪魔祓いを再開する」

ジャンマルコは宣言した。

2

翌朝、トビアスは身体の不調を訴えて部屋から出て来ず、悪魔祓いはロベルトとジャンマルコに委《ゆだ》ねられた。

「トビアスもこれまで気を張ってたんだろう。ゆっくり寝かせてやれ」

片付けている。

ジャンマルコの言葉に、ロベルトも頷《うなず》いた。

ヘンリエッテの部屋はカーテンが開け放たれ、メイド達がベッドや床に散ったガラスを片付けている。

大きな電気スタンドが四つ、他の部屋から運び込まれた。

拘束を解かれたヘンリエッテは、朝の光を忌み嫌うようにベッドの隅に身を寄せ、手足の関節を異様な方向に曲げている。

その奇怪な姿に眼を奪われながら、ロベルトは香炉に火を入れた。

メイド達が部屋を出ると、ジャンマルコは祈禱《きとう》を開始した。

ヘンリエッテはイヤイヤをするように首を振り、縮こまっている。

ジャンマルコは十字架を翳し、ヘンリエッテに近づいた。

「神ご自身が汝に命ず、汝らを天の高みより地の淵《ふち》へと堕《おと》したまいたる御方が、神、汝に命ず、海に、風に、嵐に命ずる御方が」

ジャンマルコの声が次第に迫力を帯びていく。

「聞きて恐れよ、おお、サタン、信仰の敵よ、人類に仇《あだ》なす者よ。死を引き起こし、命を盗み、正義をこぼつ者、悪の根源、悪徳を焚《た》き付ける者、人間を誘惑する者、妬《ねた》みを煽《あお》る者、貪欲《どんよく》の源、不調和の因《もと》、悲観《くじ》をもたらす者よ。

主なるキリストが汝の力を挫きたまうことを知りながら、何ゆえに汝は立ちて逆らうや。彼を恐れよ、イサクとして犠牲になり、ヨセフとして売られ、子羊としてほふられ、人間として十字架にかかり、その後に地獄に打ち勝ちたまいたるかの御方を」

祈りが佳境に入った時だった。

ヘンリエッテの顔つきが朦朧《もうろう》とし始めた。

トランス状態に入った印だ。悪魔も力を弱めているのだ。

悪魔に尋問するチャンスが訪れた。

「汚れし霊よ、キリストの名において問う。汝の名は！」

ヘンリエッテは「ぐぅぅぅ」と、獣のように小さく呻いた。

ジャンマルコは語気を強め、尋問を続けた。

「汝に問う！　汝はどこからやって来た！　汝の名は！」

その時、ヘンリエッテのベッドが大きく揺れ動いた。

そして壁の一点に黒ずんだ染みが現われたかと思うと、ロベルトとジャンマルコの目の前で、見る間にそれが広がっていった。

まるで壁の穴から次々と黒い虫が這《は》い出し、のたうちながら列をなして移動していくかのように、壁に文字が浮き上がっていく。

我が名は、貪《むさぼ》るもの
魔界の三天から来しもの
邪魔をするなら、お前も我が餌食《えじき》とする

神の指が十戒を書いたように、悪魔の指先によって書かれたおぞましい脅迫文だ。

しかしそれは悪魔が徐々に弱り、エクソシズムに屈しつつある証拠であった。

「油断するな。偽名かも知れん」

ジャンマルコがロベルトを振り向き、言った。

悪魔は嘘つきなので、偽名を名乗ることがある。

二人はさらなる悪魔祓《ばら》いを続けた。


翌日。ロベルトはまだ部屋から出て来ないトビアスを心配し、扉越しに声をかけた。

「トビアス神父、大丈夫ですか？　病院へ行かれては？」

すると、「……今はいいです」と、くぐもった声が返ってきた。

「食事を部屋へ運ぼうか？」

「……いえ、結構です」

ロベルトは首を傾げつつ、エクソシズムの支度をした。

トイレに行くと言ったジャンマルコに、「では、僕はあちらの部屋のカーテンを開けておきます」とロベルトは言い、先に客間を出た。

ヘンリエッテのドアを開けると、少女の姿が見当たらない。

毛布はくしゃくしゃになって床に落ちていた。

（あの下なのか？）

ロベルトは部屋を見回しながら、毛布の側へ近づいていった。

身を屈《かが》めて毛布を拾い上げようとしたロベルトの目に、ベッドの下から覗《のぞ》いているヘンリエッテの憎しみに満ちた顔が飛び込んできた。

「ぎぇぇぇぇぇ！」

奇声と共に少女がロベルトに飛びかかった。

ロベルトの身体は窓にぶつかり、その拍子に両開きの窓が開いた。

ヘンリエッテはもの凄《すご》い力でロベルトの首を絞め上げ、腹を蹴《け》り上げてくる。

ロベルトは少女の腕を摑《つか》み、引き剝《は》がそうとした。だが一瞬、意識を失い、彼の上半身は大きく窓の外へせり出した。

下手をすれば少女ごと転落する。

ロベルトは咄嗟《とっさ》に両手で窓枠を摑んだ。

無抵抗になったロベルトの首をヘンリエッテが絞め上げる。

臭い息が顔にかかったかと思うと、ヘンリエッテは大きな口を開けてロベルトの耳にかぶりついた。ギリギリと歯を立て、嚙《か》み千切ろうとする。

ぐうっ、とロベルトは呻《うめ》いた。

「悪魔め！　離れろ！」

その時、怒声と共にジャンマルコが部屋に駆け込んで来た。

霞《かす》んだロベルトの視界の先で、ジャンマルコが拳銃《けんじゅう》を構えているのが見えた。

次の瞬間、大きな銃声が轟《とどろ》いた。

ヘンリエッテがビクリと反応し、力を緩める。

ロベルトは彼女を引き剥がし、床に膝《ひざ》をついてぜいぜいと息をした。

ジャンマルコは少女に向かって突進したかと思うと、護身用の催涙スプレーを浴びせかけた。

「ぎゃあああああああああ！」

少女が絶叫し、噎《む》せながら床を転げ回る。

ジャンマルコはその身体に馬乗りになり、何度も頬を打った。

「悪魔よ、立ち去れ！」

「ぐぇぇぇぇぇぇ！」

ヘンリエッテは苦しげに呻《うめ》いた。ジャンマルコの巨体にのしかかられて、かなり辛《つら》い様子だ。

ようやく息を整えたロベルトは、ジャンマルコを止めなければと思った。

「ジャンマルコ司祭、やり過ぎです！」

そう言って二人に近づこうとしたロベルトに、ジャンマルコは「黙っていろ、わしは医者だ！」と叫んだ。

「悪魔が寄主と一体になろうとしている時、寄主の体の痛みや苦しみが、悪魔の痛みと苦しみになる。悪魔を苦痛に追い込んでこそ、悪魔祓いは可能なのだ」

ジャンマルコは厳しい声で言った。

「ひっ、ひぃっ、ひぃっ、ひっ、ひっ……」

ヘンリエッテは髪をふり乱し、奇妙な息を吐き始めた。

「水……水を頂戴《ちょうだい》……」

ヘンリエッテは少女の声で言った。

ロベルトはテーブルに駆け寄り、水差しとコップを手に取った。

ヘンリエッテの目の前で水をコップに注ぐ。

ヘンリエッテはコップを見詰め、苦しげに喉《のど》を波うたせた。

「水ぐらい飲ませてあげるべきです」

ロベルトの言葉に、ジャンマルコは「仕方あるまい」と答え、少女の上から身体を退かせた。

ロベルトが少女の口元へコップを近づける。

少女は横たわったまま一口それを飲み、不意に痙攣《けいれん》し始めた。

そして大きく口を開いた。

「げぇっ、げぇぇぇっ」

蛙のような声と共に、ヘンリエッテは血の混じった吐《と》瀉物《しゃぶつ》を噴水のように吐き散らした。

「大丈夫かい？」

ロベルトは窒息しないよう、少女の身体を抱き起こし、背中をさすった。

その時だ。

ヘンリエッテの口から血塗《ちまみ》れの物体が、ずるりと吐き出された。

ぬめぬめと血に塗れた内臓のような何かだ。

ずるり、ずるり、と少女の口から吐き出され、三十センチ程に及んだそれは、床に落ちたと思った瞬間、ゴムボールのように弾んで、開いた窓から落ちていった。

一体、何が起こったのか、ロベルトには分からなかった。

ジャンマルコも呆然《ぼうぜん》とした顔で立ち竦《すく》んでいたが、暫《しばら》くすると、ふらふらと窓に近づき、地面を見下ろした。

「……何もないぞ」

ジャンマルコは呻くように呟《つぶや》いた。

ロベルトは腕の中でぐったりしているヘンリエッテの容態を見た。

顔色は蒼白《そうはく》だ。

呼吸が停止している。

「ジャンマルコ司祭、救急車を呼んで下さい！」

ロベルトは叫ぶと、人工呼吸と心臓マッサージを開始した。

3

ドイツ、ミュンヘン——。

平賀と父親の壬《じん》は、良太を今日どこへ連れ出すかについて張り合っていた。

「良太は科学博物館に行ってみたいですよね」

「良太、ドイツで最も美しいオペラハウスに行ってみないか？」

「ライト兄弟の最初の飛行機や潜水艦のUボートを見たくありませんか？」

「レジデンツ劇場なら、クラシックコンサートと食事が両方楽しめるんだよ、良太」

良太はテーブルに頬杖《ほおづえ》をつき、楽しそうにそれを見ている。

長期入院中の良太に外出許可が出たのをきっかけに、平賀の家族は久しぶりに集合していた。そして一家は昨日から、市内のホテルに部屋を取ったのだ。

長い入院生活を送っている良太には、それだけでも大旅行の気分だった。

「父さん、兄さん。僕の意見を言ってもいい？」

良太が言った。

「ええ、勿論《もちろん》ですよ」

「行きたい所が決まったのかな？」

平賀と壬は口々に言った。

「僕、フラウエン教会に行きたい」

良太は答えた。

ミュンヘンのフラウエン教会（聖母教会）は、市の中央に建つシンボル的な教会で、ミュンヘン・フライジング大司教区の司教座教会でもある。

赤煉瓦《あかれんが》造りで、玉ねぎ形の円蓋《えんがい》を持つ百メートルもの尖塔《せんとう》が二本、高く聳《そび》えている。

入り口を入ると、身廊の左右に二十二本の白い八角柱がずらりと立ち並び、背の高い白壁のように見えた。

入ってすぐの床の石には、大人の足跡のような灰色のくぼみがある。

「これが『悪魔の足跡』ですよ」

平賀が言った。

「悪魔の？」

「ええ。足跡は奥の祭壇に向かっているでしょう？　丁度その足跡の場所に立つと、二十二本の柱が壁のように重なって見え、側廊も両脇のステンドグラスの窓も、柱の陰に隠れてしまい、見えなくなります。

しかも建設当初は前方に、ルネサンス様式の巨大な祭壇があったので、正面のステンドグラスも見えない作りになっていたんです」

「窓が一つも見えなかった、ってこと？」

良太の問いに、平賀は「はい」と微笑み、良太を足跡の上に立たせた。

「本当だ。でもどうして、これが悪魔の足跡なんだろう」

「それはだね、良太」

と、今度は壬が話し出した。

「この教会が長い時をかけて造られ、いよいよ献堂式を迎えるという前日のことだ。

一人の悪魔がこっそり、この教会を覗《のぞ》きに来たんだよ。

だって街の真ん中に教会だなんて、悪魔には邪魔だし、むかむかするだろう？　だから
どんな建物なんだろうって、偵察に来たんだ。

悪魔はこの足跡の場所で立ち止まり、聖堂の内部を見回した。

するとどうだろう、たった一つの窓もない。

悪魔は大笑いした。

『あっはっは！　これはさぞかし不便だろうよ！　人間共ときたら、あれだけ長い時間を
かけたのに、こんな出来損ないの建物しか造れないなんてな！』

と、そう言ってね。

すっかりいい気になった悪魔は、自分の足跡を床に残したんだ。

そうして勝ち誇った気分でもう一歩、足を踏み出した瞬間だ。

柱の陰に隠れていた沢山の窓から明るい光が一斉にさしこみ、悪魔を包み込んだ。

『ぎゃあああああ！　なんて光だ、これはたまらん！』

悪魔は悲鳴をあげた。

それから腹が立ってきた。

そこで悪魔は大風に変身し、教会を吹き飛ばしてやろうと考えた。

だけど教会は神様が守っているから、どんな大風にもびくともしない。

悪魔は今でも隙を狙って、教会の塔の周りを飛び回っている。

だからフラウエン教会の塔の周りでは、びょうびょうと大風が吹いているんだ」

壬が語り終えると、平賀がパチパチと拍手をした。

「今でも悪魔がこの周りにいるなんて……」

良太は少し怖がってしまったようだ。

「大丈夫ですよ、良太。どんなに怖い悪魔がいても、主が私達を守って下さいます」

平賀はそう言って良太の手を取った。

良太がほっと息を吐く。

三人は内陣の礼拝堂を回り、「受難のキリスト」のステンドグラスや、かつての大祭壇画だった「マリアの昇天」、ヴィッテルスバッハ家の地下霊廟《れいびょう》を見て回った。

教会の南の塔にはエレベーターで上ることができる。

三人はそこからミュンヘンの街並を一望した。

教会を出た三人は街歩きをしながら、手頃なビアホールを見つけた。

「管楽器の生演奏があるらしいぞ。此処《ここ》に入ろう。良太も少し疲れただろう」

壬が言った。

「そうですね。日暮れも迫ってきましたし、寒くなってきました」

平賀と良太も頷《うなず》き、三人は早めの夕食を摂《と》ることにした。

シュニッツェルとグラーシュとサンドイッチ。それから、壬はビールを、平賀はワインを、良太はアインシュペナーを注文した。

「『悪魔の足跡』、不思議だったね」

良太はコーヒーに載った生クリームを掬《すく》いながら言った。

「ええ、興味深いです。如何《いか》なる力が、石にあのような足跡を刻ませたのか……」

平賀は難しい顔で呟くと、話を継いだ。

「悪魔といえば、良太、貴方《あなた》が会いたがっていたロベルト神父は今、悪魔祓《ばら》いの為にドイツに来ているんですよ」

「ロベルト神父が？　悪魔祓い？」

良太が驚いた時だ。

彼の手に持っていたグラスが突然、音を立てて割れた。

「熱っ……」

「良太！」

平賀は良太の手を取り、拭《ふ》いた。

「氷と布巾《ふきん》を貰《もら》ってくる」

壬が立ち上がる。

「良太、大丈夫ですか？」

心配そうに訊《たず》ねる平賀に、良太は青ざめた顔を向けた。

「兄さん、ロベルト神父の所に行ってあげて」

「何故、急にそんな事を？」

平賀は驚き、目を瞬いた。

「分からない……。けど、きっとそうした方がいいんだと思う」

「彼を心配してくれているんですね。では、まずは連絡を取ってみます」

壬が店員と共に良太の手当をする間、平賀はロベルトの携帯に電話をかけた。

『平賀、えっ、どうしたの？』

ロベルトの第一声は驚きの声だった。

「はい、平賀です。一寸《ちょっと》、気になってお電話しました」

『驚いたよ……。で、そっちは楽しくやってるかい。良太君はどうしてる？』

「ええ。良太は元気です。実は、良太が貴方を心配して、私にそちらへ行ってあげてと言うんです」

『良太君が？』

「はい。昔から少し勘の鋭い子なので、もしかして、貴方に何かあったのかと」

すると電話口から、ふーっと長い溜息《ためいき》が聞こえた。

『まずは良太君に有難うと伝えてくれ。それと、僕は元気だ。心配しないで』

「そうですか？　悪魔祓いの件はどうなっています？」

『それがなかなか複雑でね。又今度、ゆっくり話……』

ロベルトの声を遮って、獣の吠《ほ》え声のようなものが電話口から聞こえた。

「どうなさったんです？　今の声は？」

『トビアス神父だ。ごめん、一寸行かないと。又連絡するよ』

電話はプッツリと切れた。

平賀は険しい顔で考えこんだ。

列車の時刻表を調べると、ミュンヘンからニュルンベルクへは一時間に三便の特急列車が出ている。所要時間は七十分。

行ってみよう。ロベルトに何もなければ又、ここへ戻って来ればいい。

心を決めた平賀は、ホテルに戻って神父服に着替えると、ミュンヘン駅へと走った。

＊　＊　＊

電話を切ったロベルトは、トビアス神父の部屋へ駆けつけた。

「トビアス神父、どうされました⁉」

扉を叩《たた》いてみるが、反応がない。

執事を呼び、鍵《かぎ》を開けてもらおうと思ったその時、扉が内側から勢いよく開き、目を血走らせたトビアスが、ロベルトを突き飛ばした。

そしてそのまま凄《すさ》まじい勢いで階段を駆け下りていく。

ロベルトは、開かれた扉と目の前に広がった室内を呆然《ぼうぜん》と見た。

トビアスの部屋からはむっとする異臭が漂い、緑色の吐瀉物《としゃぶつ》を吐き散らした跡があちこちにある。十字架とマリア像は床に落ち、シーツはビリビリに破れていた。壁にも無数の掻《か》き傷がついている。

ヘンリエッテの部屋にそっくりだ。

部屋の隅には缶詰の空き缶の山、ジャガイモの絵が描かれた空の木箱、スナック菓子の空き袋などが散乱していた。恐らく、邸《やしき》のパントリーから拝借してきたのだろう。

「どうした、何事だ⁉」

騒ぎに気付いたジャンマルコが部屋から飛び出してきた。そして荒れ果てたトビアス神父の部屋を見、よろよろと後ずさった。

「これは……」

すると階下から女性達の悲鳴が聞こえてきた。

ロベルトとジャンマルコはハッと我に返り、声のする方へ駆けつけた。

奥の部屋からメイド達が逃げ出してくる。

「トビアス神父様が……!」

一人のメイドが助けを求めるようにロベルトの腕を摑《つか》んだ。

「彼は何処に？」

「奥の調理場です」

ロベルト達が調理場に入ると、準備中の夕食がずらりと並んだテーブルに、トビアスが覆い被《かぶ》さり、次から次へと手摑みで食べ物を貪《むさぼ》っている。

食べ散らかされた食事は床に飛び散り、割れたグラスや皿が散乱していた。

ロベルト達が余りの驚きに動けずにいると、トビアスは冷蔵庫へ突進し、中の物を手当たり次第摑んで口へ運び始めた。

「トビアス神父、止めるんだ！」

ジャンマルコが背後からトビアスの肩を摑むと、トビアスはくるりと振り返った。

トビアスはぼろぼろと泣いていた。泣きながら、生の食材を貪り食っている。

「助けて……下さい……」

トビアスはひとこと言うと、床に崩れ落ち、意識を失った。

二人はトビアスを客間のベッドに横たえた。

「ヘンリエッテに憑いたのと同じ悪魔かも知れん」

ジャンマルコは顔を顰《しか》めた。

「ええ。行動もよく似ていましたし」

トビアスが彼女のように暴れるのかと思うと、ロベルトは暗鬱《あんうつ》な気持ちになった。

た。

「今のうちに彼を拘束しておこう」

ジャンマルコは祈りの言葉を唱えると、ロザリオでトビアスの両手をベッドに縛り付けた。

その時、邸のメイドがおずおずと部屋に入って来た。

「病院にいらっしゃる奥様からお電話です」

執事が差し出した電話をロベルトは受け取った。

「はい、ロベルトです」

『ヘンリエッテのことで、先生が神父様とお話がしたいと。今から替わります』

電話口からごそごそとした異音が聞こえ、男の声がする。

『医師のボーンシャルトです』

「ロベルトです。ヘンリエッテ嬢の容態は？」

『ICUで治療中です。最悪の状態は脱しましたが、予断を許しません。現在、腹部からの出血を止める為、止血剤を入れながら、保温と輸血措置を行っています。体力回復を待って各種検査を行い、最悪、手術となるでしょう』

「そうですか……。彼女の意識は？」

『未《いま》だ戻りません。彼女が倒れた時、側にいた神父というのは貴方ですか？』

「ええ」

ロベルトは医師に問われるまま、ヘンリエッテが倒れた時の状況を話した。そして、彼女が意識を取り戻した時、暴れる可能性があることを医師に告げた。

『それは大変危険ですね。分かりました、注意して対処します』

医師は答えた。

再び電話を替わった夫人に、トビアス神父の異変を告げ、ロベルトは電話を切った。そして、心配そうに彼を見ているメイドに「ヘンリエッテ嬢は無事です」と伝えた。

メイドが一礼し、部屋を去る。

ロベルトはジャンマルコにヘンリエッテの容態を詳しく伝え、最後に訊ねた。

「彼女に取り憑《つ》いた悪魔は去ったのでしょうか？」

「いや、油断はできん。まだ悪魔の本当の名も、侵入の時も告白させておらんのだからな。しかも……新たにエクソシストが悪魔に取り憑かれるとは……」

ジャンマルコは疲れたような溜息を吐いた。

4

午後六時五分。平賀はニュルンベルク駅九番ホームに到着した。

ホームは様々な人種の人混みで溢《あふ》れ、ざわめいていた。遠くから来る電車のぼうっという音と、通りすぎる電車のごうっという音が騒がしい。流石は中央駅である。

ロベルトに連絡を取ろうと携帯を取り出した平賀の目の前を、一人の少女が宙に浮くような足取りで横切った。

こけた頬、定まらない目つき。青ざめた顔。

気分でも悪いのだろうかと平賀が思ったその瞬間、少女はふらりと何かに吸い寄せられるかのように、向かいの線路へ飛び込んだ。

見ると、列車がホームに滑り込んで来ている。

「危ない！」

平賀は思わず線路へ飛び降り、ホーム下の空間に向かって、少女を勢いよく突き飛ばした。

列車はもう目の前に迫っている。

平賀は頭を抱えて線路の上に低く伏せた。

平賀の身体の上を、何両もの列車が、ブレーキ音を軋《きし》ませながら通過していく。

プシューッという音と共に列車はようやく停止し、平賀は恐る恐る顔を上げた。

どうにか無事だったようだ。

平賀は列車の下から這《は》い出し、少女の許《もと》へ駆け寄った。

「大丈夫ですか？」

すると少女はパチパチと不思議そうに瞬《まばた》きをした。

「……あの……私、どうしちゃったんでしょうか……」

「ご無事で良かった。貴方《あなた》は私の目の前で、線路に飛び込んだんです」

「あっ……」

少女はハッとしたように自分の腕時計を見、ガタガタと震えだした。

時刻は六時六分を指していた。

ホームに悲鳴やざわめきが木霊《こだま》する中、平賀と少女の許に駅員が駆けつけ、二人は一旦《いったん》、駅長室へ運ばれた。

「お二人とも、暫《しばら》くそのままお待ち下さい」

駅員に言われるまま待っていると、間もなく私服姿のいかつい男がやって来た。

「この駅で頻発している連続人身事故の調査をしている、レオン刑事だ。事情をお聞かせ願いたい」

レオンは身分証を翳《かざ》して言った。

「いえ、私は……」

ただの通りすがりです、と言いかけた平賀の手を、少女がぎゅっと摑んできた。

「心細いの……。一緒にいて下さい」

そう言われては拒むこともできず、平賀は「分かりました」と頷《うなず》いた。

そして少女は平賀の手を取ったまま、聴取に応じ始めた。

「名前は」

「ミア。ミア・ボーム」

「年齢は？」

「十六歳です」

「学生か？　どこの学校だ」

「いえ、レストランで働いています」

「住所は」

「ガイセ通り一七五五番」

「ホームから転落したのは、誰かに押されたからかな？」

「……覚えていません」

ミアは首を横に振った。

「君は目撃者だそうだが、状況を詳しく聞かせてくれ」

レオン刑事は平賀に訊《たず》ねた。

「私の目の前をミアさんがふらふらと歩いていって、線路へ飛び込んだんです」

平賀は率直に答えた。

「彼女の周りに不審な人物はいなかったかね？　誰かが彼女の背中を押したとか」

「さあ、どうでしょうか。私は気付きませんでした」

「参ったな……」

レオン刑事はガリガリと頭を掻《か》いた。

「なあ、おい、何だって、列車に飛び込むなんて馬鹿な真似をしたんだ？」

レオンの責めるような口調に、ミアは椅子の上で身を縮こまらせた。

「……分かりません」

「参ったな。これじゃ何も分からん。一連の事件と関係するのか、しないのか」

レオン刑事は溜息《ためいき》を吐いた。

「刑事さん、この駅で何が起こっているんです？」

平賀が横から訊ねた。

「この一ヵ月あまりで五回の人身事故が起こってるんです。それも最初の三回は九時九分の列車に、ここ二回は六時六分の列車にと、必ず決まった時間にです」

「それは不気味ですね」

平賀は眉《まゆ》を顰《ひそ》めた。

「ええ。ホームには魔方円っていうんですか、おかしな落書きもありましてね、街の人は呪いだなんて言い合ってるんです。まさかそんな筈《はず》はありませんがね」

刑事の言葉に、ミアがハッと顔を上げた。

「呪いは、本当だと思います……。悪魔の仕業なんです、全部……」

ミアは震える声で言ったが、刑事はうんざりした溜息を吐き、ペンを置いた。

「ミアさん、貴方はショックが強くて混乱しているんでしょう。ひとまず今日のところはこれで結構です。何か思い出した事があれば、私に連絡するように」

刑事はミアと平賀に名刺を渡した。

「大丈夫ですよ、ミアさん。たとえ悪魔が側に来ようと、私達は常に主によって守られていますからね」

平賀は優しく微笑むと、ミアの為に十字を切って祈った。

それから平賀はタクシーでミアを家まで送ることにした。

ミアの家は街の中心部から少し離れた、古い公営団地の一角にあった。

どこか淀《よど》んだような空気が漂い、酔っ払いの喚《わめ》く声が辺りに木霊している。

錆《さ》びた鉄条網に囲まれた空き地には、『難民は国へ帰れ』、『ここに亡命希望者の保護施設は要らない』、『難民保護は我々の義務』、『もっと移民を受け入れろ』等、正反対の主張が書かれたプラカードが地面に刺さっている。その側では二十名ばかりのいかつい若者が焚《た》き火を囲んでいた。

ひび割れた団地の壁には髑髏《どくろ》やハーケンクロイツの落書きと、『神は試練しかくれないが、悪魔は全てをくれる』という大きな文字が躍り、ちらつく街灯がそれらを照らしている。

かなり治安が悪い地域のようだ。

「危険ですから、家の玄関までお送りします」

平賀の申し出を、ミアは薄く笑って断った。

「もう大丈夫。あの人達は私の知り合いだから」

ミアは全身刺青《いれずみ》を入れたマッチョな男達を指さした。平賀は小さく驚いた。

「彼らはいつも怒ってるけど、無理もないのよ。私らは薄給の仕事を移民と奪い合ってるっていうのに、難民は政府に衣食住を提供されて、月々のお小遣いも貰《もら》えるんだって。神様は残酷だし、政府は不公平。なんで私達ばっかりが我慢しないといけないんだろう」

ミアはそう言って爪を噛《か》んだ。平賀は悲しげな顔をした。

「命からがら逃げて来た方々が羨《うらや》ましいのですか？　本当に？」

「でも、難民が近くに来たら悪い病気が流行《はや》るって噂もあるのよ」

「それは根拠のない、悪質なデマですよ」

「ふうん、そうなんだ……」

ミアはタクシーの天井を暫く見上げていたが、不意に平賀の頰にキスをした。

「ここまで送ってくれて有難う。一寸《ちょっと》神様を見直したわ。神父さん、さようなら」

タクシーを降り、走り出したミアの後ろ姿を見送りながら、平賀はロベルトに連絡を取った。

＊　＊　＊

キルヒナー邸に到着した平賀を、ロベルトは驚きと困惑と喜びの混じった、複雑な顔で出迎えた。

そして平賀の神父服に汚れと擦り切れがあるのを見て、顔を顰《しか》めた。

「やあ……平賀。何かあったのかい？」

「一寸、人助けを。それよりロベルト、大丈夫ですか？」

「心配かけてごめん。君は自分の家族と貴重な時間を過ごしてる筈じゃ……」

「もう充分持てました。それに家族は逃げません。又、いつでも戻れますから」

平賀は柔らかく微笑んだ。

するとロベルトは、ほっと緊張の糸が解けたように「有難う」と微笑み返した。

「本音を言えば、一寸、誰かの冷静な意見を聞きたいと思っていた所だ。今回の案件はくれぐれも内密にと言われ、相談相手もいない状態でね」

「私で良ければお話を聞かせて下さい」

「ああ、頼むよ」

二人は水槽の近くにあるソファに腰を下ろした。

ロベルトの長い話を、平賀は相槌《あいづち》を打ちながら聞いていたが、ヘンリエッテの口から何かが飛び出したというくだりで、大きく目を見張った。

「それって、悪魔祓《ばら》いの最中に、寄主の体内から出てきたんですよね？」

「そうなんだ。けど、それが何かはサッパリ分からない。気にはなったけど、深く考える暇もなくてね。ずっと異常なことばかりが続いているから、僕も感覚が麻痺《まひ》してるみたいだ」

「ロベルト、それこそが悪魔の正体じゃないんですか？」

平賀はズバリと言った。

「だけど、従来、悪魔には肉の体は無いと言われてきたよ」

「新発見かも知れません」

平賀は瞳《ひとみ》を輝かせた。

「ロベルト、これはもう奇跡調査の域ですよ。この悪魔憑《つ》きを解明することによって、悪魔を科学し、後の悪魔祓いを大きく飛躍させ得る可能性があります」

平賀の言葉に、ロベルトは息を呑《の》んだ。

「悪魔を科学……」

「ええ。私は以前から気になっていた事があります。それは宗教改革の端を開いたマルティン・ルターの逸話です。

彼の著書には、自分が悪魔に出会った話が良く出てきます。悪魔は蛇や星の形でルターの前に現われ、豚のような鳴き声を立てたり、悪臭を振りまいたりしたそうです。どうやらルターの部屋にはしょっちゅう悪魔がうろうろしていたようなんです。

彼がワルトブルクの城で聖書の翻訳をしていると、悪魔が現われ、固い木の実を天井に投げつけたり、樽《たる》を階段から転がしたりして五月蠅《うるさ》く邪魔をするので、かっとなったルターは、机の上のインク壺《つぼ》を摑《つか》んで、悪魔にぶつけたといいます。

それを読んだ時、私は思ったんです。インク壺がぶつかるなら、悪魔にも実体があるんじゃないかって。今こそ、それを検証する機会です」

平賀は拳《こぶし》を握りしめた。

「ロベルト、それで、ヘンリエッテ嬢の体内から出てきた悪魔はどうなったんです？」

「どうって……窓の外に飛んでいって、見失ってしまったよ」

「くっ」

平賀は悔しげに呻《うめ》いた。

「ただ……。実はもう一人、同じ悪魔に取り憑かれたかも知れない寄主がいるのだけど、彼の様子を見てみるかい？」

「はい。是非。その方も同じように、悪魔を体内に宿しているかも知れません」

平賀はすっくと立ち上がった。


二人はトビアス神父の許《もと》を訪ねた。

トビアスはぐったりとベッドに横たわり、ジャンマルコは側のスツールに腰掛けて、強い香を焚いていた。

「ジャンマルコ司祭、平賀を連れて来ました。彼は僕と同様に、サウロ大司教の直弟子です。そして、科学者であり、医学の心得もあります。トビアス神父を診させてやっても宜《よろ》しいでしょうか」

ロベルトが平賀を紹介した。

「平賀です。宜しくお願いします」

平賀がペコリとお辞儀をする。

「構わんが、余り刺激はするなよ。今、鎮静効果のある香を焚いている所だ」

「分かりました」

平賀は頷《うなず》き、トビアスの全身をつぶさに観察し始めた。それが終わると、息の音、心臓の音、脈拍などを診る。

そして不意にくるりとジャンマルコを振り返った。

「ジャンマルコ司祭、ヘンリエッテ嬢の腹部には腫瘍《しゅよう》のようなものがあり、触るとそれが動いたと聞きましたが」

「その通りだ」

ジャンマルコは頷いた。

「それは腹部のどの辺りですか？」

平賀の問いに、ジャンマルコは自分の腹の一部を指さした。

「概《おおむ》ね、この辺りだ」

「成る程。どのような手触りでしたか？」

「かなり固いと感じた」

「成る程……」

平賀は神妙な顔でトビアス神父の腹部を暫《しばら》く触った後、顔を上げた。

「少し固い部分があるような、ないような。ハッキリしませんね」

「分からん訳か」

「いいえ、レントゲンを撮れば分かるでしょう。悪魔の正体を探るには、それが最も良い方法だと思います」

平賀の言葉に、ジャンマルコは目を見開いた。

「レントゲン……だと？　悪魔を相手にか？」

「はい」

平賀は真っ直ぐジャンマルコを見た。

それにしても、ベテランのエクソシストに「レントゲンで悪魔の正体を探れ」というのは、彼のプライドを傷つけないだろうか。ロベルトはハラハラと成り行きを見守った。

ジャンマルコは顔を顰めて暫く唸《うな》っていたが、突然、パンと膝《ひざ》を打った。

「よし、試してみよう。それが突破口になるなら、試す価値はある」

「有難うございます」

平賀はニッコリ微笑んだ。

「トビアス神父のレントゲンを撮ったとして、悪魔が体内にいると分かったら、どうするつもりだい？」

ロベルトが訊《たず》ねた。

「合理的に考えるなら、摘出手術を行うのがいいのではないかと思うのです。それが悪魔なら、悪魔の標本が手に入るわけです。彼らの実体を研究する良い材料になるのではないでしょうか」

平賀は大真面目に答えた。

第三章　謝肉祭の夜

1

翌日、トビアス神父の身柄はヘンリエッテと同じ中央病院へ移された。

トビアス神父には身よりがない為、後見人であるフラウエン教会のベックマン司祭が呼ばれ、治療への同意書にサインを求められた。

目を血走らせ、涎《よだれ》を垂らしながら暴れるトビアスの姿にベックマンは絶句しつつ、書面にサインを書いた。

そうしてトビアスは、暴れないように麻酔を打たれ、意識を失ってから、レントゲン室へと運ばれて行ったのである。

ベックマン司祭が所用の為に教会へ戻り、その一時間後。平賀とロベルト、ジャンマルコは診察室に呼ばれた。

ボーンシャルト医師はシャウカステンにX線写真を吊《つ》るしながら、渋い顔をして言った。

「私にも判断し難い、実に奇怪な事例だ」

医師は指さし棒で、胃の下部辺りを示した。

平賀達はそれを食い入るように見た。

「本来なら十二指腸がある筈《はず》の場所に、奇妙な骨の影が写っている。これが何かは私には判断ができない。レントゲンには背骨、肋骨《ろっこつ》、頭部が確認できる」

医師は緊張した声で言った。

確かにレントゲンには有るはずのない骨の影が、ぼんやりと写っていた。明らかに人体ではない骨だ。

「これは大発見です。やはり悪魔はトビアス神父の体内にいたようですね」

平賀が呟《つぶや》いた。

ロベルトと、彼の通訳によって会話を聞いたジャンマルコは、ヘンリエッテの口からぬるりと出てきたものの姿を思い出し、冷や汗を流した。

「これは生きてるんでしょうか？　多分、生きている筈ですよね？」

平賀の問いに医師は首を傾げつつ、顎鬚《あごひげ》を撫《な》でた。

「患者の体内に異物があるのは事実だ。摘出手術という方策も、妥当かと思われる。ただ、これは極めて異例の事態だ。手術は各種検査の後、三名態勢で行いたい」

「その手術はいつ頃、して頂けるんでしょうか」

「早ければ二日後だ」

医師は予定表を見ながら答えた。

「その手術に、私も立ち会わせて頂けないでしょうか。彼に取り憑いている状態の悪魔の姿を確認したいのです。もし立ち会いが無理なら、ビデオを撮って頂けるでしょうか？　それと、摘出した異物も頂きたいのです。できれば生きた状態で」

平賀は身を乗り出し、熱心な顔つきで言った。

「それらについては、チームと相談の上で連絡する。それに、アレを生きたままで渡せるかは分からない。我々はあくまで患者の安全を優先する」

医師は冷たく答えた。

「はい、当然です。それで構いません」

平賀は頷いた。

診察室を出た三人は、ヘンリエッテを見舞いに行った。

彼女はまだＩＣＵにいたが、ヘルマ夫人によれば、状態は回復に向かっているそうだ。

ロベルトが夫人にトビアス神父の状態を話すと、夫人は眉《まゆ》を顰めた。

「一体、どういう事なんでしょう……」

「分かりません。もしかすると、ヘンリエッテ嬢に取り憑《つ》いていた悪魔が、トビアス神父に乗り移ったのかも知れません」

平賀が横から答えた。

「何てことでしょう。今は娘からも目が離せませんし、二人に何かがあった時の事を考えますと、神父様方にも病院の近くへ移って来て頂ければ、安心なのですけれど」

夫人の申し出は、ロベルト達にとっても有り難いものだった。

三人が同意すると、夫人は直ちに近くのホテルを二室、手配したのだった。

＊　＊　＊

「悪魔をこの目で見られる日が来るなんて夢のようです。摘出後もなるべく体内に近い環境に置けば、悪魔は生存し続けるでしょうか」

ホテルの部屋に入るなり、平賀が言った。

「どうかな……」

ロベルトは曖昧《あいまい》に答えた。

「その時の為に、準備にかからねば」

平賀はバチカンに電話をかけた。

奇跡調査の任が下る迄《まで》には時間がかかる為、まずは科学部上司のウドルフに状況を説明し、事前調査の許可を求める。

『だが、君は休暇中だろう？』

うんざりした声で応じるウドルフを熱意と執念で口説き、『好きにしたまえ』と許可を得る。

平賀は必要機材のリストを作り、それらをホテルに送るよう、再びバチカンに連絡を取った。

その間、窓の外が次第に騒がしくなってきたのに、ロベルトは気付いた。

カーテンを開くと、謝肉祭のパレードが始まっている。

金ピカの衣装で着飾った吹奏《すいそう》楽隊。

バトンを持って踊る子供達。

長いスティルツ（高足）を着けて行進するピエロの群れ。

馬に乗った騎士と、甲冑《かっちゅう》姿で槍《やり》を構えた兵士達。

ハプスブルク朝のドレスとカツラで着飾った人々の中には、女性だけでなく大柄な男性の姿も大勢あった。

晴天に恵まれたケーニヒ通りは、人々の歓声で賑《にぎ》わっている。

続いて通りには、風船や花で飾られたフロート車の列がやって来た。

先頭には市長と役員らしき人物が乗り、沿道に並んだ人々にキャンディーを投げている。

ピカピカ光る電飾をつけた大きな車の上では、仮面をつけた人々が謝肉祭劇を演じている。

大きなピエロやぬいぐるみを積んだ車もあれば、牛や豚のリアルな張りぼてを載せた車、美女を乗せたクラッシックカーも列を成していた。

その後を行くのは、黒い仮面に箒《ほうき》を提げた魔女達だ。その周囲を尻尾《しっぽ》のある小さな悪魔に扮《ふん》した子供達が飛び跳ねている。

一輪車に乗りながら華麗な技を見せる髑髏《どくろ》男や、ジャグリングを披露するミイラ男の姿もあった。

通りにはお面を売る店や、カーニバルメイクをする露店が出、そこで一寸《ちょっと》した仮装に身を包んだ人々が、パレードの後ろにぞろぞろ歩きで付いていく。

ロベルトは思わず頬を緩めてそれらを見送った。

パレードが終わった後も、街は熱気に包まれていた。

設置されたステージで、ダンスや音楽のイベントが開かれ、屋台からは肉を焼く煙がもうもうと上がっている。

トビアス神父とヘンリエッテ嬢の容態も安定している今、ロベルトは息抜きを楽しみたい気分になった。

「平賀、一寸外へ出てみないか？」

ロベルトは平賀の背中に声を掛けた。

「いいですね。私も丁度、行きたい所があるんです」

「行きたい所？」

「ニュルンベルク駅です。又、事故があったようなんです」

平賀は振り返り、読んでいた地方紙をロベルトに差し出した。そこに見出しの文字が躍っている。

『ニュルンベルク駅の怪。昨夜九時九分に六人目の死者』

「あの駅の呪いは本当だと、全ては悪魔の仕業だと、ミアさんは私に言ったのです」

「ミアさん……というと？」

眉を顰《ひそ》めるロベルトに、平賀は駅でミアを助けた経緯を話した。

「君、そんな事をしてたのか。そういえば、僕もホームで魔方円らしき物を見かけたけど」

「やはりそうなんですね。現場をよく調べれば、悪魔の痕跡《こんせき》が見つかるかも知れません。行ってみましょう」

平賀は声を弾ませ立ち上がった。

2

ニュルンベルク駅は二十五の番線を持つ、バイエルン州最大級の鉄道駅だ。一日七百本の列車が停車し、およそ十八万人の人々が利用すると言われている。

ネオバロック様式の荘厳な建築物で、貝殻石灰岩で出来たアーチ形の大きなファサードの上には、翼のついた車に乗る英雄神の像が飾られていた。

一歩内部に入ると、近代的なコンビニや飲食店で賑わっており、壁には精巧なモザイク、天井は化粧漆喰《しっくい》が特徴的なアール・ヌーヴォー様式になっている。

二人はミュンヘンからの列車が到着する、九番ホームに向かった。

「ここからミアさんが飛び込んだんです」

平賀はホームと、その向かいの線路を見詰めて言った。

「僕が見た魔方円は、あそこだったんだが……。もう消えているようだ」

ロベルトがホームの端を指さした。

二人はその側まで近づき、それらしき痕跡を探した。

平賀は這《は》うような姿勢でホームに顔を近づけ、あれこれと眺めてから言った。

「肉眼では判別できませんね。ですが、試薬やALS光源を使えば見えるかも知れません。私の荷物の到着が待ち遠しいです」

「そうだね。僕がちらりと見た感じでは、ソロモンの魔方円のようだった」

「その魔方円によってここに悪魔を呼べるかどうか、検証すべきでしょうか」

平賀が物騒な事を言い出したので、ロベルトは小さく咳払《せきばら》いをした。

「それより平賀、この駅は見かけよりずっと設備が新しいと思わないか？　監視カメラがあちこちにある」

ロベルトが指し示したカメラを、平賀も見上げた。梁《はり》の装飾模様の間に、カメラが備え付けられている。

「あれに撮られた映像を見たいですね。そうすれば、誰が魔方円を描いたのか分かりますし、実際ここに悪魔が呼ばれたかも分かります」

平賀はハッと思い出したように、ポケットから刑事の名刺を取り出した。レオン・ブフナーという名前と携帯番号が書いてある。

「この人に頼んで、駅のカメラの映像を私に見せてもらえないでしょうか」

「ふむ……。では、僕がやってみよう」

ロベルトは名刺の番号に電話をかけた。

『レオンだ』

「刑事さん、平賀という名はご記憶ですか？　ニュルンベルク駅で一昨日、ミア・ボーム嬢を助けた、例の連続事件の目撃者です」

『覚えているぞ、小柄な神父さんだろう』

「良かった。実は彼が、犯人らしき人物の顔を思い出したようなんです」

ロベルトの言葉に驚き、「えっ、違いますよ」と言いかけた平賀を、ロベルトは「しっ」と指を立てて制した。

『本当か！』

電話口のレオン刑事は興奮した様子だ。

「ただ、記憶が少し曖昧なようなので、良ければ彼に、ホームの監視カメラの映像を見せて、確認させてやって欲しいのです」

『平賀君が協力すると言っているんだな』

「ええ」

「一ヵ月余りという短期間に七度も飛び込みが起こるなんて、その原因が何であれ、異常事態には違いない。その全ての映像を見ることができれば、君ならきっと何かに気が付く

「それはそうですが……」

「なら、そうすればいい」

「それは勿論《もちろん》、確認したいです」

君はその目で確認したくはないかい？」

「ねえ平賀。事故当時、ホームに不審な人物が居たか否か、悪魔の痕跡があったか否か、

平賀は困り顔で訴えた。

仕業ではないのでしょうか」

「ロベルト、嘘は良くないです。私は犯人の顔なんて見ていませんし、第一これは悪魔の

ロベルトは通話を切った。

「ええ、お待ちしています」

『私も今、構内にいるので、すぐ迎えに行きますよ』

「ニュルンベルク駅の九番ホームです」

急に刑事の語調が丁寧になったことに、ロベルトは苦笑した。

『バチカンの……？　そうか。それでお二人は今、どちらにいらっしゃるんです？』

「平賀と同じバチカンの司祭で、ロベルトといいます」

『ところで、君は？』

だろう」

　ロベルトは確信的に言った。

　間もなくやって来たレオン刑事は、二人を中央警備室へ案内した。

　近代的なその部屋は、まるで管制室のようだ。

　ずらりと並んだモニタとコンソールの前に、制服を着た警備員と駅員達が座っている。

　壁には駅の各所に繋《つな》がる電話が百台余りかけられ、巨大なサーバーや緊急放送用のマイク、他にも見慣れない機材や計器が所狭しと置かれていた。

「アラン、監視カメラの映像を見たいんだがね」

　レオン刑事が声をかけると、一人の若い駅員が振り向いた。

「はい。どの映像でしょう？」

「一昨日の六時六分、九番ホームだ。例の未遂事故の映像を頼む」

　レオンが命じると、アランは手元を操作して、大きなモニタにその時の映像を表示した。

　平賀とロベルトがじっとそれに見入る。

「あれがミアさんです」

　混み合うホームの人波の中から、平賀は画面の上方に立つ少女を見つけて指さした。

　ミアは携帯をいじりながら、列車を待っている。特に不審な様子はない。

　六時五分、隣の線路に平賀を乗せた特急が停まり、降車客を吐き出した。平賀の姿もちらりと見えた。

ミアはふらふらと平賀の前を横切り、線路へ落ちた。

それを追って平賀が線路に飛び込むと、その上を列車が通過していった。

ロベルトは思わず肝を冷やした。過去の事と分かっていても、心臓に悪い。

「もう一度、見ていいですか？　今度はもう少し前から再生して下さい。ゆっくり見たいのですが、スロー再生はできますか？」

平賀はその辺の椅子に腰掛けながら言った。

二度、三度、四度と再生は繰り返された。だが、平賀は一言も口を利かない。

「何か分かったかね、平賀神父」

レオン刑事が痺《しび》れを切らして声をかけた。

「いえ、まだです」

平賀は上の空で答えた。

イライラと足踏みをするレオン刑事に、ロベルトが声をかけた。

「レオン刑事、貴方《あなた》はこの一連の事件が同一犯の犯行だとお考えですか？」

「ああ、普通はそう思うだろう」

レオンは無愛想に答えた。

「しかし新聞によれば、被害者に共通点もないとか」

「うむ。年齢性別職業は皆バラバラだ」

「しかも、犯人の目撃者もいないのですよね？」

「そこは駅の警備を強化し、刑事も張り込ませてるが、まだ手応《てごた》えがない」

「犯人は本当に人間なんでしょうか？」

ロベルトの言葉に、レオンは嫌そうな溜息《ためいき》を吐いた。

「呪いだ何だと騒いでる輩《やから》が大勢いるのは知ってる。けったくそ悪い話だ」

「九番ホームに描かれていた魔方円についてはどうです？」

「どうせガキの落書きだろう」

「本当に呪いではないと言い切れますか？」

ロベルトはひっそりと低音で呟《つぶや》いた。

「馬鹿を言うな。ニュルンベルク駅にはテロ予告を窺《うかが》わせるメールも届いているんだ。バチカンの神父さんがご存知かどうかは知らんが、今ドイツではペギーダを始めとするネオナチ的な愛国団体が、あちこちで騒ぎを起こしてる。奴らの狙いは移民や難民……つまりは経済的にドイツに負担をかけてる外国人だ。中央駅にはそういう奴らがごまんといるだろう？」

「では、被害者は移民だけなのですか？」

「完全な移民は二名いた。国籍がドイツの移民系が二名だ。移民を狙ったテロとは言えんが、それに便乗した無差別テロって線が濃厚だ。

とにかくこれは呪いなんかじゃない。犯人は必ずどこかに潜んでいる筈《はず》だ」

「成る程……。でしたら、他の六回の事件現場も平賀に見せてやれば如何《いかが》です？」

「何だと？」

「監視カメラには死角があります。一昨日の現場のカメラに犯人が映っていなくても、たとえ犯人が常にカメラの死角を利用していたとしても、これだけ犯行を続けていれば、一度ぐらいはミスを犯しているかも知れません。そして、平賀ならそれが分かる筈です」

「ふむ。それは一理ある」

レオン刑事は、他の人身事故の映像も平賀に見せるよう、アランに命じた。

平賀は繰り返されるそれらの映像を食い入るように見詰めた。

「怪しい人物はいたか？」

レオンが度々平賀に声をかけるが、最早《もはや》彼の耳には届いていない様子だ。

四十分が過ぎ、一時間が過ぎた頃、とうとうレオンは苛立《いらだ》った声を上げた。

「平賀神父、まだ分からんのか！」

その時、レオンの携帯が鳴った。暫《しばら》く何かを話し込んだ後、レオンは平賀とロベルトを振り返った。

「すまんが一寸《ちょっと》、席を外すぞ。アラン、後は頼む」

レオンはバタンと大きな音を立てて警備室を出て行った。

ロベルトは小さく溜息を吐いた。

すると、平賀の隣で退屈そうにしていたアランが、ロベルトを振り返った。

「さっきの神父様のお話、僕は本当かもって思います。本当に呪いではないと言い切れるかと、仰《おつしや》ったでしょう？」

「ええ」

「上司やレオン刑事は否定的ですが、教会に除霊を頼んだ方がいいんじゃないかと考えてる仲間も結構いるんです。実際、霊らしき物を見た人もいますし、警察もあてにならないようですし。何もしないより、その方がずっといいと思いませんか？」

アランの言葉に、何人かの若い駅員も振り返って小さく頷《うなず》いた。

「そうですね……。正式にご依頼頂ければ、僕達エクソシストも動けるのですが」

残念そうに言ったロベルトに、アランは瞳《ひとみ》を輝かせた。

「神父様がエクソシスト？」

「僕はただの見習いですが、僕の上司がそうなんです」

「それは凄《すご》い。本当なら、すぐにお願いしたいぐらいです」

「ですが、僕が勝手に話を請け負う訳にはいきません。ところで、あの九番ホームの魔方円が描かれた時の映像というのはあるのですか？」

ロベルトはそっと訊《たず》ねた。

「はい、ありますよ。九番ホームには四日前に、六番ホームには一ヵ月前に、同じ魔方円が描かれたんです。ご覧になりますか？」

「ええ、是非」

アランは頷き、四日前のデータを再生し始めた。

時刻は深夜二時。

貨物車が通過した後のホームに、黒マントをつけた七人の人物が現われた。

彼らは各々、奇妙な形の帽子を被《かぶ》り、白いウサギらしき仮面をつけている。

中央の一人だけは杖《つえ》を持ち、嘴《くちばし》のある鳥に似た仮面を被り、中世のペスト医師のような姿をしていた。恐らく彼が魔術師だ。

ペスト医師とは、黒死病が蔓延する中世都市に派遣された特別な医師で、その姿は惨事と不吉の象徴である。

彼らは悪性の空気から身を守る為、蠟《ろう》をひいた重布か革のガウンで全身を覆い、つば広帽子を被るという保護服を着用していた。仮面の嘴部分には、アンバーグリス、バームミント、ショウノウ、クローブ、アヘンチンキ、没薬、バラの花びら、エゴノキなどのハーブを詰めることで、悪い空気を濾過《ろか》するフィルターになると考えられていた。

また、木の杖は患者に触らず診察する為の道具であり、治療者のシンボルである。古来治療者であった魔女や魔法使いがワンド（杖）を持つのもこうした意味からである。

その魔術師を取り囲むように六つの人影が移動していき、ホームの端にやって来ると、一人の人物が小さな切り株を置いた。

魔術師はこれに鎌を突きたてた。

紐《ひも》の一端に鎌を結び、もう一方の端に短剣を結わえた、魔方円を書く専用の道具である。

そこに大きな硝子《ガラス》瓶から液体を滴らせた。

そうしてその液体をインクとして、魔術師は、紐をコンパスのように使って、黒柄の短剣で円を描き始めた。

そうしてさらに円を中心とする東西南北に小さな円を描いた。

外側の円にはペンタクルなどの決められた記号と、その間に神々の名が書かれる。

東南には、神聖なテトラグラマトンであるＹＨＷＨ。南西の間にはＡＨＩＨ。西南の間にはＡＬＶＩＮ。北東の間にはＡＬＨ。

そしてこれらの円の外側に四つの角が四方を向くように、四角形が描かれた。

だが、その線の間には切れ目がある。

魔術師はそれらを描き終わると、さらに魔方円の脇に行き、映像では判別のつかない何かを、瓶の液体と太い筆でもって書き綴《つづ》った。

それから魔術師が魔方円の中心に戻ると、彼を取り巻く男たちが、線の切れた部分から魔術師の許に集まり、切れた線の部分を、魔術師の持っていた筆で繋《つな》いでいった。

そのどれもが本物の、召喚魔法の所作だとロベルトは確信した。

さらに彼らは黒く大きな鼠と、カラスを生贄《いけにえ》として切り裂いた。

そうして皆で香を焚《た》き、呪《じゅ》を唱えている様子だが、カメラに音声は入っていない。

そこまで見たとき、平賀がロベルトを振り返った。

「どう思いますか、ロベルト」

「彼らはかなり本格的な黒魔術師だね。魔方円の描き方も所作も、基本に則《のっと》って行われている」

「さらなる調査が必要ですね」

平賀は呟くと、再び画面に意識を集中した。

「画質が荒くて見づらいが、あの仮面のウサギには角があるようだね」

ロベルトの呟きに、アランが振り返って頷いた。

「ええ、ヴォルペルティンガーでしょう」

「よくご存知ですね」

「街のあちこちで売っている仮面ですよ」

「確かに、僕も何度か見かけました」

二人が話していると、レオン刑事が警備室へ戻って来た。そして、モニタに魔方円を描く人物が映っているのを見て、顔を顰《しか》めた。

「何をしてるんだ？　おい、アラン、何を見せてる！」

刑事に怒鳴られ、アランは身を硬くした。

「いえ、僕がお願いして、その映像を見せてもらってたんです」

ロベルトは、アランを庇《かば》うように前へ出た。

「私に無断で勝手はしないでもらおう」

レオン刑事は憤慨して言った。

「申し訳ありません。ただ、公共の駅に魔方円を落書きするような不道徳な輩《やから》が、面白半分に悪質な事件を繰り返しているかも知れないと思ったものですから……」

　ロベルトは殊勝に詫《わ》びた。

「ふん。当然、我々も愉快犯の線は疑っているさ。奴らが人込みに紛れ潜んで、突き落とし行為を繰り返している可能性は高い。いや、そうに違いないんだ。だが、奴らの正体が分からん。あの通りウサギや鳥の仮面を被ってるんじゃあ、顔も分からんしな」

「ええ、そうですね。まさか彼らが仮面を被っているだなんて、予想外でした」

　ロベルトは項垂《うなだ》れた格好をした。

　レオンは「ふん、素人め」と、鼻を鳴らした。

「平賀神父、君は犯人を見つけられたのかね」

　レオンは平賀に詰め寄った。

「いえ、まだよく分かりません」

　平賀はくるりとレオンを振り返り、率直に答えた。

「くそっ……駄目か」

　レオン刑事は悔しげに拳《こぶし》でコンソールを打った。

「レオン刑事、諦《あきら》めてはいけません」

　平賀はキリリと表情を引き締めた。

「私は諦めません。もっと何度も映像を見ていれば、きっと分かってくることがあります。

私にこの映像のコピーを頂けないでしょうか？」

　平賀の訴えに、レオンは首を横に振った。

「それは許可できん。持ち出しは禁止だ」

「ですが……」

　と言いかけた平賀を、ロベルトはそっと制した。

「平賀、今日の所はここまでとしよう。レオン刑事、また思い出したことがあれば、ご連絡させて頂きます」

　二人は警備室を後にした。

　平賀は口元に手を当て、考えこんだ顔で口を開いた。

「映像を一通り見た限りでは、私には誰かが被害者達を突き落としたようには見えませんでした。ロベルト、貴方《あなた》はどう思われました？　誰かが突き落とし行為などをしていると考えられますか？」

「いや、僕にもそんな単純な犯罪だとは思えないね」

　ロベルトは首を横に振った。

「ここへ来て、却《かえ》ってその思いが強まったよ。呪われた駅の呪われた時刻となれば、誰もが身構えている筈《はず》だ。そんな中で、一度も人目に付かず人を転落させるなどという芸当を繰り返すなんて、そう何度も出来るとは思えない」

「そうですね……」

「それに、あの魔術師達が何者かも気がかりだよ」

「ええ」

平賀は目を伏せ、何かを考えている様子だった。

3

その頃、カーニバルに浮かれた街でも異変が起こっていた。

六歳の少女ビアンカは、街角で角のある大きなウサギに出会った。

ふわふわの毛皮に黒い羽根をつけた姿で、可愛く踊ったり跳ねたりしながら、子供達にキャンディーを配り歩いている。

ビアンカはウサギからキャンディーをもらい、その後ろに付いて行った。

同じような少女達がいつしか列になってウサギに続いていると、ウサギがくるりと振り返った。

「ボクに付いて来られるかな？」

そう言ってウサギは駆け出した。

ビアンカ達も「わあっ」と歓声をあげ、走り出した。

ウサギは時折立ち止まり、キャンディーを配ったり飛び跳ねたりする。ビアンカ達は夢中になってウサギを追った。

ところが、とある角を曲がると、ウサギの姿は忽然《こつぜん》と消えてしまった。

そしてそこには古い倉庫がぽっかりと口を開けていた。

天井の電灯は、ジジジと音を立てて点《つ》いたり消えたりを繰り返している。

点滅する明かりに照らされた床には、大きな白い円と三角と、見たこともない記号や文字が描かれていた。

「気味が悪いよ……」

誰かが言った。

「あれって、魔法の円じゃない？」

また誰かが言った。

「魔法の円って？」

「悪魔を呼び出す印なんだって」

「えっ……」

ビアンカ達が不安になって、互いに身を寄せ合った時だ。

どこからか低く呪文を唱える声が聞こえてきたかと思うと、床に描かれた模様の中心に、ぼんやりとした灰白色の影が現われた。そして、見る間にそれが長い尻尾《しっぽ》と蝙蝠《こうもり》の羽根を持つ、悪魔の姿へと変化した。

ビアンカ達は息を呑《の》み、身体を強《こわ》ばらせた。

「キャーッ！」

誰かの悲鳴をきっかけに、少女達は見えない手に突き飛ばされたかのように、ある者は転びながら、ある者は泣きながら、必死に街へ向かって逃げ出したのだった。

その頃、ヴィルマーとクラーラという若いカップルは、その日の別れを惜しみながら、ペグニッツ川のほとりを歩いていた。

「寒くなってきたわね」

雪が降り始めた暗い空を見上げ、クラーラが言った。

「あそこで少し、休んでいかないか？」

ヴィルマーは川にかかる屋根付きの橋を指さした。

「そこは……」

クラーラは戸惑った。そこが「死刑執行人の橋」と呼ばれる場所だったからだ。

「こんな時間じゃ観光客も来ないし、二人きりになれる」

ヴィルマーの言葉に、二人は手を取り合って歩き出した。

暫《しばら》くすると、クラーラは橋にいる人影に気付いた。

「ヴィルマー、待って。先客がいるわ」

「本当だ。でも、何か様子がおかしいぞ」

黒っぽいその人影は、上半身を揺らしながらこちらの岸へやって来たかと思うと、また折り返して向こうへと戻っていく。時々、頭を揺らしたり、ふっとかがみ込んで姿が見えなくなったりと、酷《ひど》く頼りない足取りだ。

「嫌だわ。きっと酔っ払いの変質者よ」

クラーラは顔を顰めた。

「早く家に帰るよう、注意してやればいいさ」

足を進めたヴィルマーだったが、その時、奇妙な事に気がついた。

視界が雪で悪いせいなのか、その人影の向こうが半分、透けて見えるのだ。

クラーラも異変に気付いた様子だ。ヴィルマーの手を強く握った。

次の瞬間、その人影はかき消すように姿を消した。

思わず橋のたもとに駆け寄った二人の前には、何もない空間だけが広がっている。

「幽霊……だったのか……？」

二人は青ざめた顔を見合わせた。


カイザーブルク城の警備員ギードは、この道三十年のベテランである。

街を見下ろす高台に聳《そび》えるこの城は、神聖ローマ皇帝ハインリヒ三世以降、約五百年に亘《わた》って皇帝の滞在する城となり、帝国議会の会場としても使われた場所だ。十七世紀の三十年戦争の折には、幾度もの戦火を浴びても陥落することがなかったという。

第二次世界大戦後に再建された際には、ロマネスク様式の二重礼拝堂や見張り台のジンベル塔を始めとする八十もの塔が復元され、東側の穀物庫はユースホステルに改築されている。城内にある五十メートルもの深井戸は、ツアー客に人気のスポットだ。

　ギードはいつものように懐中電灯を構え、城内を巡回していた。

　壁の所々には神聖ローマ帝国の紋章である双頭の鷲《わし》や、狼の身体に鷲の羽と嘴《くちばし》を持つ異形の怪物などが彫り込まれている。

　武具や甲冑《かっちゅう》等の展示物は博物館で保管されている為、城内はがらんとして寒々しい。

　床の白い石が冷たく光る「騎士の間」を抜け、部屋の片隅にストーブが置かれただけの「皇帝の間」を通り、ギードは礼拝堂へ入った。

　その時、彼の照らす懐中電灯の光の円の中に、奇妙な図柄が浮かび上がった。

　どうやら魔方円のようである。

「誰かがつまらん落書きを……」

　と言いかけたギードは、同じ落書きが描かれたニュルンベルク駅で起こっている連続事故のことを思い出し、ぞっと背筋を凍らせた。

　おまけに不気味な葉音のようなものがざわざわと四方から響いてくるではないか。

「いやいや、ただの気のせいだ」

　自分を奮い立たせるように呟《つぶや》くと、ギードは天井の明かりのスイッチを点《つ》けた。

　その瞬間だ。

　ギーッという異様な叫び声と共に、天井のアーチや四方の物陰から無数の黒い影が一斉に飛び出して来、ギードの頭上を右へ左へと飛び交った。

それは蝙蝠の群れであった。

昨日まで蝙蝠など見かけた事もなかったというのに、一体どこからどうして集まったというのだろう。

黒い大群は次々に鋭い牙《きば》をむき、ギードを威嚇してくる。

ギードは悲鳴をあげながら、懐中電灯を振り回し、這々《ほうほう》の体で礼拝堂を逃げ出した。


自宅の窓からぼんやり雪を眺めていたローザは、工事中のビルの足場に現われた三つの人影を見た。

大人より一回り細くて小さいその影は、青年のものらしい。

恐らくお祭り騒ぎで酔った若者達が、ふざけて度胸試しをしているのだろう。

だが、ビルの足場はゆうに六階ほどの高さがある。しかも、鉄骨の足場は雪に濡《ぬ》れ、いつ彼らが足を滑らせるか分からない。

危ないから下りなさいと、叫んで注意すべきだろうか。

それとも警察に連絡し、彼らを保護してもらうべきだろうか。

ローザが逡巡《しゅんじゅん》していると、三人の若者は一列になって、鉄骨の尖端《せんたん》に並んだ。

雪明かりに照らされた彼らの顔は、やけに白かった。

素顔ではない。皆、白い仮面を被《かぶ》っているのだ。

右端の人物が両手を広げた。すると、彼の背中からは蝙蝠に似た羽根が生えてきた。

何事かと思う間もなく、その人影は、ひらり、と地上へ向かって飛び降りた。

ローザは青ざめ、思わず椅子から立ち上がった。

慌てて窓へ駆け寄ったローザの目の前で、人影は蝙蝠のように風に乗り、隣のビルへと飛び移った。

次に二人目の人物が、やはり翼を広げて飛び、ふわりと隣のビルに着地した。

奇妙な夢でも見ているのか、それとも映画の撮影かも知れない、とローザは辺りを見回した。

その間に、三人目も同じように両手を広げて飛び降りた。

しかし彼は、ふわりと風に舞いはしなかった。

その身体は真っ直ぐ降下し、地面に叩《たた》き付けられた。

ぐしゃり、と嫌な音がして、雪の地面に血の染みが広がっていく。

「嫌ぁ――っ！」

ローザは目の前で起こった惨劇に耐えきれず叫んだ。


フラウエン教会のベックマン主任司祭は、遅い帰宅の途につこうとしていた。

教会を出ると、はらはらと雪の舞うハウプトマルクト広場にはまだ明かりが灯《とも》り、ワインやソーセージの屋台が人々で賑《にぎ》わっている。

ベックマンは微笑み、自分もワインを一杯もらおうと屋台へ近づいて行った。

「今度の選挙、君はどの党に入れるんだい？」

「まだ内緒ですが、ちゃんと決まっていますよ。僕はこれでも観る目があるんです。何が悪で何が善で、何が愚かな行為なのか」

「勿体《もったい》ぶらずにハッキリ言えよ」

「では言いましょう。『蒼《あお》い森の党』ですよ」

見知らぬ男達の会話をぼんやり聞きながら、ベックマンが注文の列に並んでいると、どこからか暗鬱《あんうつ》な音楽が流れてきた。

さあ、殿方も僕《しもべ》も
すべてはここで踊るのだ
老いも若きも、美しき人も、皺《しわ》の寄った人も
すべてこの踊りの家に入らねばならぬ
それは赤ん坊とて例外ではない
生まれたばかりの子供
お前の命はこれまでだ
世間はお前に徒《あだ》な望みを抱くかもしれないが
お前は揺りかごの中で死ぬほうがいい
この世はなんでも長続きしない

お前は世間の重荷を避けたのだ
長い執行猶予が与えられようが
そんなものはここでは何の役にも立たぬ

「なんと、嫌な歌だ……」

ベックマンが小さく溜息《ためいき》を吐いた、その時だ。

ドン、ドン、と地面が突き上げるように二度、揺れた。

「じっ、地震か！」

ざわめきと緊張が辺りに走った。

ベックマンは逃げ場を探して辺りを見回した。

すると今度は、人々が上方を指さし、叫んでいる。

「ああっ、なっ、何だ、あれは⁉」

「悪魔だ！　悪魔がいるぞ！」

ベックマンがそちらを振り仰ぐと、ゆうに三メートルはあろうかという巨大な悪魔の影が大きな翼を羽ばたかせ、広場に面したホテルの手前をゆっくりと横切っていくではないか。

皿やコップの割れる音、人々の悲鳴とどよめきが飛び交った。

嫌らしい硫黄《いおう》の臭いがベックマンの鼻先に漂ってくる。

主の助けを求めてフラウエン教会へ逃げ込もうとした人々は、教会の入り口で押し合いへし合いしている。

ベックマンの姿に気付いた街の人々は、我先にと彼に縋《すが》り付いた。

「司祭様、どうかお助け下さい！」

「ベックマン司祭様！」

だが、忌わしい悪魔の姿を目の当たりにしたベックマンは、ロザリオを握り締めてひたすら佇《たたず》むことしか出来ずにいたのだった。

4

翌朝、ロベルトの目を覚ましたのは、フロントからの電話であった。

『バチカンからお荷物が届いております。お部屋にお運びして宜《よろ》しいでしょうか』

「ええ、お願いします」

そう答えてから時刻を確認すると、八時である。よく眠ったなと思いながら、ロベルトは伸びをして立ち上がった。

平賀はベッドに腰掛け、新聞に釘付《くぎづ》けになっている様子だ。

「何か気になるニュースでもあったのかい？」

ロベルトは平賀の手元を覗《のぞ》き込んだ。

すると、ハウプトマルクト広場に出現した悪魔の記事が目に飛び込んできた。大きな口を開けた悪魔の横顔と、教会に駆け込む人々の写真も掲載されている。

「あっ。おはようございます、ロベルト神父」

平賀はハッと気付いたように顔をあげた。

「どうなってるんだい。いよいよ悪魔が人前にも出現とは」

「ええ。複数の証言によりますと、出現した悪魔はアウスグス、つまりガーゴイルのようなものだったそうです。

広場が地震のように揺れた後、巨大な影を見た人、ゴボゴボと水を吐くような音を聞いた人、強い硫黄の臭いを嗅《か》いだ人などがいます。それで気分が悪くなったり、将棋倒しになって怪我をしたりした人達が十六名、病院へ搬送されたようです。

そこでフラウエン教会では、救済を求める人達の為に臨時ミサを開くとか」

「それは気になる話だが、平賀。君の荷物が間もなく届く。早く準備をしよう」

「分かりました」

二人は早速、いつものように部屋造りに着手した。

合理的に並べられた家具の配置は、そのままで十分機能的であったが、荷物が入りやすいように少し位置を調整する必要があった。

暫くするとドアチャイムが鳴った。

廊下には大きなバゲージカートが五つと、それを押すポーター達が立っている。

「お荷物をお持ちしました」

「有難う」

たちまち部屋に木箱と段ボール箱の山が築かれ、その梱包《こんぽう》を解く作業が始まった。

電子顕微鏡、小型の成分分析器、ALS照明、試験薬やフラスコやシャーレ。ヒーター入りの爬虫類《はちゅうるい》飼育用水槽、肉類の缶詰、ドッグフード、クーラーボックスに入った輸血用血液パックまである。平賀は本気で悪魔を部屋で飼うつもりらしい。

ロベルトは冷や汗を流しつつ、いつものように書机一つをベッドサイドに確保して自分のスペースとした。

平賀の机の上にはパソコンと各種の化学反応を見る試験薬、ビーカー、フラスコ、電子顕微鏡、用途別の写真機、成分分析器などが並べられていく。

ほっと息を吐いた時、再びドアチャイムが鳴った。

扉を開くと、ジャンマルコが立っている。

「隣室から、やけに物音がするので来てみたが、こりゃ何事だ」

ジャンマルコは物だらけの室内を見回し、顔を顰《しか》めた。

「おはようございます、ジャンマルコ司祭。トビアス神父の体内から悪魔のサンプルが入手できたら、色々調べなくてはと思いまして」

平賀はぺこりとお辞儀をした。

「それで、この大荷物という訳か」

「はい。私は科学者ですので、科学的に悪魔祓《ばら》いを補佐できればと思いまして」

平賀は悪びれた様子もなく答えた。

「ジャンマルコ司祭、昨夜の悪魔騒ぎをご存知ですか？」

ロベルトは新聞を訳してジャンマルコに伝えた。

「そいつはまたおかしな話だな……」

ジャンマルコは鼻をひくつかせた。

「ええ。ヘンリエッテ嬢とトビアス神父の悪魔憑《つ》きに続いて、また悪魔騒ぎです」

「それに、ニュルンベルク駅で起こっている連続事故のことも気になります」

ロベルトと平賀が口々に言った。

「サウロは何か言ってきたかね？」

「いえ、私から正式調査を申請していますが、お返事はまだです」

「一度、わしからも話をしておこう」

ジャンマルコはそう言うと、一旦《いったん》部屋へ戻って行った。

「さて。病院の面会時間にはまだ早いことだし、朝食でも」

言いかけたロベルトを平賀が遮った。

「その前に、ハウプトマルクト広場へ行ってみませんか？　悪魔の痕跡《こんせき》を調べるなら早い方がいいです」

「まあね……。僕もフラウエン教会のベックマン司祭に、トビアス神父の手術予定日を伝えなきゃいけないと思っていたところだ」

「では、行きましょう」

平賀は元気よく立ち上がった。


昨夜の悪魔騒ぎが覚めやらぬハウプトマルクト広場は不穏げにざわめいていた。地面のあちこちに皿やコップの破片が落ち、血の痕《あと》などもある。

カメラを構えた大勢のマスコミが詰めかけ、道行く人にマイクを向けている。

平賀もカメラを構えつつ、広場を歩き回り始めた。

ロベルトはそれらをざっと見回した後、教会に向かった。

扉を開くと、教会内部は人で溢《あふ》れかえっている。

主祭壇では、ベックマン司祭と二人の神父が祈りを捧《ささ》げていた。長椅子に座った人々も深く頭《こうべ》を垂れ、救済を乞《こ》う祈りを唱えている。

厳かにパイプオルガンが奏でられ、聖歌の合唱が始まる。

普段ならほっと心洗われる気分になれるというのに、ロベルトは何やら憂鬱《ゆううつ》であった。

彼の脳裏にふと、この教会の由来が甦《よみがえ》ってきた為である。

フラウエン教会とハウプトマルクト広場の一帯は、かつて湿地帯であった。

ニュルンベルクはその中央を流れるペグニッツ川に向かって、南と北から斜面を成した地形だ。北端の高台に建つカイザーブルク城から、街は次第に南へ発展し、十四世紀になると、川を越えて南斜面にまで街が広がった。南のロレンツ地区と合併して川に橋がかけられると、それまでは街はずれだった湿地帯が、中心地に変わったのだ。

ところが商業都市の例に漏れず、この地にはユダヤ人も多く居住しており、湿地帯はユダヤ人居住区でシナゴーグが建っていた。

そしておぞましい虐殺の惨劇が起こる――。

一二九八年、「リントフライシュ王」と名乗る騎士が、「聖体に対する冒瀆《ぼうとく》の容疑でユダヤ人を絶滅させる使命を天から受けた」と宣言。彼の指揮の下に扇動された群衆が暴徒と化し、各地のユダヤ人街を襲撃。バイエルン地方、シュヴァーベン地方などで百四十六もの町を破壊し、ニュルンベルクでは六百九十八名のユダヤ人が犠牲となった。

これを「血のホスチア事件」という。

ホスチアとはキリスト教のミサで用いられる薄焼きのパンで、キリスト教徒によってイエスの体（聖体）の象徴と見做《みな》される。ユダヤ人がこれを冒瀆しているという噂は各地で囁《ささや》かれ、パリでは「ユダヤ人夫婦が、秘密の部屋で、床が血で溢れるほどホスチアを刺している」という中傷が元で、夫婦が火刑に処せられる事件まで起こった。

ニュルンベルクでは一三四九年、評議会と皇帝カール四世が結託して、ユダヤ人を追い出す目的で、中央市場を設立する。

さらに十二月五日の夜。ユダヤ人居住区が封鎖され、家々に火がつけられた。焼死を逃れた者は捕えられ、惨殺された。その犠牲者は六百人ともいわれている。

シナゴーグも焼け跡もろとも埋め立てられた。だから、現在のグランドレベルは、当時より六メートル高い。

虐殺命令を下した皇帝カールはその場所に教会を建て、ニュルンベルクに寄進した。これがフラウエン教会の由来である。

忌わしい過去と虐げられた人々の怨念《おんねん》が地面から湧き出てくるような気がして、ロベルトはぞっと背筋を強《こわ》ばらせた。

ミサが終わって退場しようとするベックマン司祭を呼び止め、ロベルトはトビアス神父のことを彼に話した。

「神の僕《しもべ》たる神父の身に悪魔が巣くうなどと、教会を頼りにする信者達に知られたら……。その話は絶対に内密にして下さい。そしてどうか、一刻も早くトビアスの悪魔祓いをお願いします」

ベックマンは青い顔で両手を組んだのだった。

ロベルトが教会を出ると、平賀はメモを構えてマスコミらしき相手と話し込んでいた。

それが終わるのを待ち、ロベルトは彼の背中に声をかけた。

「やあ、何か分かったかい？」

すると平賀は深刻な顔で振り返った。

「ロベルト……昨夜、街のあちこちで不審な事件があったようなんです」

平賀はメモを読み上げた。

カイザーブルク城の礼拝堂に現われた蝙蝠《こうもり》の群れ。蝙蝠に似た羽根を羽ばたかせて飛んだ人間と、墜落死した少年。古い倉庫に描かれた魔方円と、そこに出現した悪魔のこと。死刑執行人の橋で目撃された幽霊のこと。

それを聞いたロベルトは、眉《まゆ》を顰《ひそ》めた。

「この街で一体、何が起こっているんだ……」

「そうなんです。他にも複数の悪魔の目撃談や、影人間を見たという者、手に手に燭台《しょくだい》を持ち、ウサギ面を被《かぶ》った者達が街を徘徊《はいかい》しているという目撃談などが、朝からメールや電話でマスコミに寄せられ、大騒ぎだそうです」

「そいつは不気味だな」

「ええ。ロベルト、私は今聞いた話の裏付け調査と、駅の調査を行いたいです」

平賀が言った。

「分かった。僕はひとまず病院へ行かなければ」

「では、後ほど落ち合いましょう」

平賀はヒラヒラと手を振ると、広場の向こうへ駆けだして行った。

ロベルトとジャンマルコは、ヘンリエッテとトビアスの容態を見舞うべく、病院を訪ねた。

ヘンリエッテはＩＣＵから個室に移されていた。

至る所に包帯を巻かれ、体中に管をつけ、酸素マスクもつけているが、顔色は昨日より赤みを帯びている。全身を清拭《せいしき》された為か、以前の悪臭に変わってアルコール臭がした。安らかな寝顔から、二日前の狂態は想像できない。

枕元では看護師が生体モニタをチェックし、メモに数字を書き入れている。

「彼女の意識は一度でも戻りましたか？」

ロベルトが看護師に訊《たず》ねた。

「いいえ。まだ二、三日はこのままだろうと先生が」

「そうですか……」

看護師が部屋を去ると、ジャンマルコは眠る彼女の額に聖水で十字を描き、ロベルトと彼女の回復を祈って、ベッドの脇で聖書を読んだ。

続いてトビアス神父の個室を訪ねると、部屋は空であった。検査の為に出払っているのだろう。

今のうちにブランチを摂《と》ろうというジャンマルコの提案で、二人は病院内のレストランに移動した。

すると入院患者や看護師、見舞客らが大きなテレビの前に人だかりしている。

テレビ画面には、チェリーブラウン色の瀟洒《しょうしゃ》な校舎が映っていた。

ドイツトウヒが整然と植えられた前庭に、何台もの救急車が横付けされている。

カメラは次々と運び出されてくる担架と救急隊員、モスグリーンのブレザーとチェックのスカート姿の不安げな少女達、そして防毒マスクをつけたものものしい警官達を映し出した。

レポーターが緊迫した声でニュースを伝えていた。

『こちらはウィルシュテッター女学院前です。複数の生徒が悪魔を見たと訴え、次々と苦しみだして、四十三名の女子生徒と一人の教師が病院へ運ばれるという事件が起こっています。

本日午前九時半頃、ウィルシュテッター女学院で四年の女子生徒数名が悪魔の影を見たと訴え、教室で泣き叫んだりする興奮状態に陥ったということです。騒ぎに気付いて駆けつけた教師や隣のクラスの生徒なども次々異変に襲われ、過呼吸や失神などの症状を起こし、現場は騒然となっています。

ニュルンベルクでは、中央駅や政府関係施設、学校施設に対し、テロ予告を示唆するメールが送られるという事件も発生しており、現在、警察では有毒ガスによるテロ行為の可能性も視野に捜査を進めているということです。

ウィルシュテッター女学院は、ニュルンベルクでもアルベルトゥス・マグヌス・ギムナジウムに次ぐ名門校で、その歴史ある伝統校で起こった惨劇に、人々は恐怖と不安に戦《おのの》いています。繰り返します』

「また悪魔を見た者が現われたか……」

ロベルトは顔を顰《しか》めた。

ニュースの内容をイタリア語でジャンマルコに伝えていると、今度は階下から騒がしい物音と大勢の人の声が響いてきた。

救急車のサイレンが幾重にも響き、近づいてくる。

思わず廊下に出、吹き抜けから一階を見下ろすと、担架に乗せられた少女達が病院内に担ぎ込まれて来る所だった。

病院入り口に警備員が集まり、カメラを担いだマスコミ達と押し合っている。

「何やら、あちこちが騒がしくなってきたな」

ジャンマルコが呟《つぶや》いた。

ロベルトは得体の知れない不安を胸に、「ええ」と頷《うなず》いた。

第四章　魔術結社と灰色の水曜日

1

午後八時。ヘルマ夫人がヘンリエッテの看病にやって来たのと交代に、ロベルトは彼女の個室を出た。

その時ふと、廊下の前方から歩いて来る不審な男と、ロベルトの目が合った。

男は帽子を目深に被り、片手に携帯を持ち、肩から重そうな黒いバッグを斜めがけにしている。男は不自然な動きで顔を背け、廊下の角を曲がって行った。

恐らくマスコミだろう、とロベルトは思った。ウィルシュテッター女学院の事件を追って、この病院に入り込んだに違いない。

（ヘンリエッテのことがマスコミにバレると厄介だ）

ロベルトはヘンリエッテの名前が書かれたプレートを個室の入り口から外すと、個室に引き返した。

「ヘルマ夫人、マスコミがこの病院に入り込んだようです。ヘンリエッテ嬢の情報が漏れないよう、注意なさった方がいいかも知れません」

ロベルトは夫人にネームプレートを手渡した。

「分かりました。私共のプライバシーに一層配慮するよう、担当医と看護師長に通達しておきます。『市長の娘が悪魔憑《つ》きになった』などと騒がれでもしたら、スキャンダルによって夫の政治生命は絶たれるでしょう。夫に迷惑はかけられません……」

夫人は疲れた溜息《ためいき》を吐いた。

トビアス神父の個室で仮眠を取るというジャンマルコを残し、ロベルトは病院を出た。

平賀の携帯に連絡を入れる。

『はい、平賀です』

平賀の声の背後から、ざわめきと駅のアナウンスが聞こえてくる。

「今、ニュルンベルク駅にいるのかい？」

『はい。九番ホームで夜を待っています』

もう夜だろう、とロベルトは思った。

「今から僕もそっちへ行くよ」

『ええ、お願いします』

ロベルトが九番ホームに着くと、ホームはまだ人で混み合っていた。

会社帰りらしき人、家族連れ、清掃作業員などが往来するホームの先頭付近で、平賀は人形のようにちょこんと椅子に座り、膝《ひざ》にビデオカメラを置いて、虚空を見詰めている。

椅子の脇に置かれた奇跡調査用の大きなトランクが、やけに目立っていた。

「平賀」

声をかけると、平賀はハッと目を瞬かせた。

「お待ちしていました、ロベルト神父。これを見てください。昨夜蝙蝠《こうもり》が出たという、カイザーブルク城の礼拝堂なんですが、ここにも魔方円が書かれていたんです。それに、こんな言葉も」

平賀がカメラの画面を示した。そこに写っているのは、白いペンキで描かれた魔方円らしきものだ。だが図柄はかなり簡略化されている。落書きレベルと言っていいほどだ。

壁に書かれた文字は、悪趣味な予言めいた言葉だった。

主《あるじ》を無くした古井戸に大きな滴が五つ垂れるとき、
別のものがドイツの体制を保つだろう。
人々は二つに分かれる。獣となるものと、神となるものへと。

「次に、幽霊が出たという『死刑執行人の橋』にも行ってみましたが、やはり魔方円が書かれていました」

平賀は次の画面を示した。やはり落書きのような魔方円がペンキで描かれている。

「どちらもソロモンの魔方円を真似ているけど、本物とは言い難いね。しかも、使っている塗料はペンキじゃないかい？」

「そうなんです。ここのホームには血のようなもので描かれたようだったのに、何故でしょう」

「断定はできないが、礼拝堂と橋の魔方円は、模倣犯の仕業かも知れないね」

「そうですね。愉快犯、模倣犯……その可能性はあると思うのですが、それでも実際に怪異自体は起こっている訳ですから、一層不思議です」

平賀は小首を傾げた。

「他の現場はどうだったんだい？」

「残念ながら、他の怪異は起こった場所を特定できませんでした。そこでひとまず機材を持ってニュルンベルク駅に来、ここで四時間ばかりビデオを回していました」

平賀は淡々と答えた。

「何か気付いた事は？」

「まだ何とも言えません」

「それで、これから何をするつもりだい？」

「勿論《もちろん》、科学調査です。夜を待ち、ＡＬＳ光源を使ってホームの魔方円を調べ、あれを書いた人達に繋《つな》がる手掛かりを求めたいのです」

「もう夜だと思うけど？」

「言われてみれば、そうですね。随分、人も少なくなって来ましたし、始めましょう」

そう言うと平賀は立ち上がった。

「貴方《あなた》が見た魔方円の位置は、この辺だったんですよね？」

平賀はロベルトに位置を訊《たず》ねると、やおらトランクを開き、設置型のALS光源と三脚を取り出して、三脚にビデオカメラをセットした。

「光源はこの辺りに置いて下さい。電源は駅のコンセントをお借りしましょう」

平賀の指示に従い、ロベルトがALS光源をセットする。

一体、何が始まるのかと人々がざわつき、戦々恐々とした視線を送ってくる。

ロベルトは思わず冷や汗をかいたが、平賀は全く動じる気配もなくゴーグルを着用し、ALS光源が魔方円のあった場所に向けられているのを、指さし確認した。

「ALS光源は、ターゲットに特定の波長の光を照射することで、有機物なら殆《ほとん》どの物を発光させる事が可能なのです。そして邪魔な波長の光を遮断するゴーグルをつければ、その僅《わず》かな発光を確認することができるのです」

平賀はそう説明すると、ロベルトに光源のスイッチを押すよう頼んだ。

「じゃあ、点灯するよ」

ロベルトが言った瞬間、それまで目に見えなかった魔方円が平賀の目の前に浮かび上がった。

平賀は紫外線領域と赤外線領域まで撮影できるカメラでそれを記録すると、今度は浮かびあがった文字を綿棒でなぞり、塗料のついた綿棒をファスナー付きのビニールに納めるという作業を、何度か繰り返した。

平賀は一連の作業を終えると、ゴーグルをロベルトに手渡した。

「貴方も確認してください。私には魔方円の種類や意味が分かりませんので」

「分かった」

ゴーグルをかけたロベルトは、「あっ」と驚いた声を出した。

「これは……モーセの魔方円だ。オーソドックスなソロモンの魔方円と、モーセの魔方円が書かれている」

「モーセの魔方円とは？」

平賀が訊ねる。

「モーセ第六書と第七書。十八世紀のドイツで流行した魔術書に書かれ、最も凶悪な力を持つといわれた書式だよ」

「どんな風に強力なのですか？」

「君も知っての通り、聖書の『出エジプト記』には、モーセが起こした数々の不思議が書かれているよね」

「はい。例えばモーセとアロンがエジプトの呪術師《じゅじゅつし》と対決する場面では、ファラオの前で投げた杖《つえ》を蛇に変えたり、ナイルの川の水をすべて血に変えたり、他にもエジプト中を蛙で覆ったり、土の塵《ちり》がブヨになったり、あぶがエジプトを襲ったりしたといわれています。

また、主がモーセに『見よ、主の手が甚だ恐ろしい疫病を野にいるあなたの家畜、馬、ろば、らくだ、牛、羊に臨ませる。しかし主は、イスラエルの家畜とエジプトの家畜とを区別される』と告げられると、翌日、エジプト人の家畜はすべて死んだが、イスラエルの人々の家畜は一頭も死にませんでした。

そして、モーセが竈《かまど》の煤《すす》を天に撒《ま》くと、膿《うみ》のでるはれ物が人と家畜に蔓延しましたし、モーセが天に向かって杖を差し伸べると大量の雹《ひょう》が降り注ぎ、モーセがエジプトの地に杖を差し伸べると、東風が一昼夜吹いていなごの大群が襲ってきたといいます。

モーセが手を天に向かって差し伸べると、三日間エジプト全土に暗闇が臨み、人々は、三日間、互いに見ることも、自分のいる場所から立ち上がることも出来なかったが、イスラエルの人々の許《もと》には光があったといいます。

それに、主がモーセに『真夜中ごろ、私はエジプトの中を進む。そのとき、エジプトの国中の初子は皆、死ぬ。王座に座しているファラオの初子から、石臼《いしうす》をひく女奴隷の初子まで。また家畜の初子もすべて死ぬ。大いなる叫びがエジプト全土に起こる』と告げますと、王座に座しているファラオの初子から牢屋《ろうや》につながれている捕虜の初子まで、また家畜の初子もことごとく打たれました。死人が出なかった家は一軒もなかったので、大いなる叫びがエジプト中に満ちたといいます。

聖書の中でも非常に呪わしく、残酷な箇所だと思います」

「そうだね。エジプト王はモーセの力を恐れ、エジプト国内にそれ以上の災いが起きるのを防ぐ為、イスラエルの民を解放する決断をする。だが、やはりモーセの一行を後から追いかけた為、モーセが二つに割った紅海の底で、多くの兵士たちと共に溺死《できし》することになったんだ」

「はい、恐ろしい力です。そんな力がこの魔方円にはあると？」

「そうさ。いうまでもなくモーセは神から十戒を授かった。そしてまた、神に授かった知識によって『創世記』、『出エジプト記』、『レビ記』、『民数記』、『申命記』の五書を書いたのだけれど、モーセが本当に授かった書の数は十だった、という説がある。そして、聖書に登場しない五書は魔導書だったというんだ」

「えっ……本当ですか？」

平賀は声を潜めた。

「真偽は僕にも分からない。ただ言えることは、四世紀のパピルスに記された魔導書にもモーセの第八書に関する記述があるというぐらいだから、これは相当昔から信じられてきた話だし、その研究が長く秘密裏に続けられていてもおかしくはないって事だ。

元来エジプトで発展した魔導書だが、十字軍の遠征によってヨーロッパに流れ込み、アラビアからやって来た天界魔術と呼ばれる占星術、ユダヤ神秘主義のカバラ、キリスト教化された北欧から伝わった古代ルーン文字とゲルマン文化などが相俟《あいま》って、中世ヨーロッパには様々な魔導書が登場する。

中でも最も有名な魔導書は、やはり『ソロモン王の鍵《かぎ》』だ。ソロモンが神から授かった指輪を使って悪魔を使役し、神殿を完成させた方法なんかが書かれている。紀元一世紀から五世紀の作と謳《うた》われているが、実際は十四世紀頃に成立したというね。

一三五〇年頃、ローマ教皇イノケンティウス六世が『ソロモン王の鍵』を邪悪な本として禁書目録に設定すると、かえって民衆の人気の的となり、フランス語や英語、ドイツ語など各国語で翻訳されて世界に広まり、『レメゲトン』、『黒い雌鶏《めんどり》』、『小アルベール』、『ホノリウス教皇の魔導書』といった数々の魔導書を生みだした。

特にドイツでは、第六書と七書の人気が高かったようだ」

「第六書と七書が？　何故です？」

「富を得る力と、悪霊から身を守る強力な力が得られるからだ。モーセ第六、第七書は、モーセがエジプトで起こした奇跡を再現するものとして伝えられた。すなわち、モーセがエジプトに与えた呪いを実現する為の書なんだ。

実際にこの書に纏《まつ》わる事件も記録にある。例えば一九二四年、ドイツに住むフリッツ・アンゲルシュタインという男が家族八人を殺害するという事件が起こり、その男の自宅でモーセ第六、第七書が発見された。モーセ書の力によってフリッツが狂ったのだと人は噂したというよ」

「気味が悪いです。モーセがエジプトで起こしたような呪いと災いを、誰かがここで再現しようとしたなんて……」

平賀はぞくり、と身体を震わせた。

「魔方円や魔導書にどれほどの力があるか、僕には分からないけれど、確かにここには純然たる悪意が存在するね」

「ロベルト、その呪いはどうしたら解くことができるんでしょう？」

平賀が訊ねた。

「モーセの書に関しては、呪いをかけた本人でないと、召喚した悪魔たちを再び封印することが出来ないと言われている。それがこの呪いの、最も恐ろしい所だとね」

「では、これを書いた本人を見つけ、呪いを解かせるしかないのですね」

平賀の言葉に、ロベルトは頷《うなず》いた。

「モーセ書によってもたらされた呪いならば、そういう理屈になる」

ロベルトは夢の中で空足を踏むような焦りを感じた。

「分かりました。では、何としてでもヒントを見つけねば」

平賀はコクリと頷き、ピンセットを構えて床を這《は》い回り始めた。

その時、二人の背後から怒声が聞こえた。

「こら、何をしとるんだ！」

二人が振り返ると、レオン刑事が人混みから顔を覗《のぞ》かせている。

怒りの形相で平賀の許に歩み寄ろうとしたレオンにロベルトは駆け寄り、彼をゆっくりと押し返した。

「すみません、すぐ片付けますから」

「当たり前だろう！」

真っ赤になって叫ぶレオン刑事を、平賀は這ったままの姿勢で見上げた。

「丁度いい所でお会いできました、レオン刑事。ひとつお願いがあるのです」

「なっ、何だ？」

レオンはたじろいだように答えた。

「私のビデオカメラを一晩、ここに設置させて頂きたいのです。四十八時間、いえ二十四時間で結構です。ここで起こっている出来事を正確に記録し、分析……」

「いや、そんな勝手は許可できん！」

レオン刑事は平賀の言葉を遮って叫んだ。

「何故です？」

「只《ただ》でさえ事故続きで現場はピリピリしとるんだ。不審な物をホームに置いておくわけにはいかん」

「不審物ではありませんよ。私のカメラです」

平賀は言い張ったが、レオン刑事の険しい顔は動かない。

「平賀、いいから、今日の所は撤収しよう」

そう言った時だ。

ぐらり、と足元が揺れるのをロベルトは感じた。

（おかしいぞ……）

ロベルトの視界の先では、正面に立っていたレオン刑事が不意に身体のバランスを崩し、ロベルトのいる方へつんのめった。

ガツン、とロベルトとレオンは肩同士をぶつけ合った。その勢いでレオンは勢いよくたたらを踏み、ロベルトは蹌踉《よろ》けてホームの端の鉄柵《てっさく》に凭《もた》れかかった。

「こら、何を急にぶつかってきやがる！」

レオン刑事が喚《わめ》いた。

「いえ、今のはロベルトのせいじゃありません。私は見ていましたが、お二人とも、ほぼ同時にバランスを崩して、偶然にぶつかったんです」

平賀が言った時、ホームに滑り込んで来た列車がロベルトの背中を掠《かす》めた。

そして次の瞬間、キーッとガラスを掻《か》くような音が辺りに響き、すぐ近くでけたたましい複数の悲鳴があがった。

「事故だぁ！」

「また誰かが飛び込んだぞ！」

ロベルトは思わず時計を振り仰いだ。

時刻は午後九時九分を指していた。

薄い刃物で背中を撫《な》でられたような戦慄《せんりつ》が、ロベルトの全身に走った。

「おい……なんだ、どういうことだ、こりゃあ……」

レオン刑事は脂汗を流した。

ホームにいた人々は、潮が引くように後ずさっていく。

「くそっ！　邪魔だ、どけ！」

レオン刑事がわめきながら、人混みに突っ込んで行った。

平賀とロベルトも人波をゆっくり押し分けて前へと進んだ。

人垣が途切れたその先では、一人の駅員が車両の下を覗き込んでいた。

黒い枕木に飛び散った赤い血飛沫《ちしぶき》が、視界に飛び込んでくる。

砕け散った手鞄《てかばん》のような物が見えた。

車両の下にあるものを想像するだけで、口の中が粘るような厭《いや》な気分である。

それを見ている人々の中には泣きだす者もいる。

無残な人身事故の現場に立ち尽くす二人の目の前で、駅員達が事故処理を始めた。

「ニュルンベルク駅の呪いは本物ですね……」

平賀は青ざめた顔で呟《つぶや》いた。

2

ホテルに戻り、ロベルトがシャワーを浴びて一息吐いたところで、平賀が話しかけてきた。

「ロベルト、呪いとは一体、何なのでしょうね？」

「それはまた、えらく根本的な話だね」

ロベルトは冷蔵庫からペリエを取り出し、自分と平賀の前に置いた。

「ドイツには有名な呪いの話があります。U65という、第一次世界大戦中に作られた、呪われた潜水艦の話です。

この潜水艦は建設段階から忌わしい出来事に付き纏われていました。

例えば造船所の中でU65に取り付ける為の鉄骨をクレーンで動かしていた時、チェーンから鉄骨が外れて落下し、下に居る作業員二人を直撃しました。一人は即死、一人は両足が鉄骨の下敷きになって潰《つぶ》れたんです。

それから半年後、U65が完成し、進水式を間近に控えた折、三人の作業員がディーゼルの点検の為に機関室へ入ったところ、隔壁の扉が開かなくなり、閉じ込められてしまいました。周りにいた作業員達が必死に扉をこじ開けたのですが、既に三人は有毒ガスによって死亡していました。ところが、その有毒ガスがどこから漏れたのかも、そもそも扉が開かなくなった原因も、分からずじまいだったのです。

U65の初任務は決められたコースを回るパトロールでしたが、非常に丹念に整備点検が行われた上で実施されたといいます。お蔭《かげ》でU65は無事にブルッへの港へ帰港したのですが、ここで食料と弾薬、魚雷を積み込み、再び出航しようとした矢先、今度は積んだばかりの魚雷が突然爆発し、五人の死者を出したのです。

すっかり『呪われた船』と乗組員に噂されたU65でしたが、暫《しばら》くたって修理が完了すると、再び任に戻されます。

その時、魚雷の事故で亡くなった船員に代わり、新たに五人の乗組員が補充されましたので、乗組員の総数は以前と変わらず三十一人の筈《はず》でした。ところが次々とタラップを登る乗組員の姿を指揮官が数えると、三十二人いたというのです。

それ以降、U65は『悪霊に取りつかれた船』と呼ばれるようになります。

例えば一九一八年、イギリス海峡を航行する敵船を撃沈する任務を命じられたU65は、バッテリーの充電の為に浮上する際、三人の見張りが甲板に出たのですが、他の者が呼びに行くとそこには四人の人影があったといいます。そして頻繁に、居ないはずの人影が目撃される事態となるのです。

さらに航行を続けたU65ですが、魚雷砲手が突然発狂して海へ飛び込んだり、砲撃手が行方不明になったりといった事故が続き、いよいよ一九一八年七月、U65は突然消息を絶ってしまいます。

U65の最後に関しては、後日、アメリカの潜水艦の艦長から、海上で爆発するU65を目撃したという報告が入ります。それはこんな話です。

アメリカの潜水艦L2号はアイルランド西岸をパトロール中、偶然、敵軍であるドイツの潜水艦を発見し、潜望鏡で『U65』という番号を確認しました。L2号はすぐに攻撃態勢を取り、後は魚雷発射の艦長命令を待つだけというその時、海上のU65が突然、自然爆発を起こしたというのです。

さらに不気味なのは、L2号の艦長が潜望鏡でU65を確認した時、甲板に一人の男が立っているのを見たといいます。

その立っていた男とは、亡霊ではなかったのか。とうとう亡霊が潜水艦ごと全員を道連れにしたのではないかと、ドイツ兵達は噂したのだそうです」

「それは確かに、運が悪いという言葉では片付け辛《づら》い話だね」

ロベルトはペリエを開けるのをやめ、冷蔵庫からビールを取り出して、二人の前に置いた。

「呪いといえば、最も有名なのは十一人を呪い殺したツタンカーメン王だが、他にも一八七八年にキプロス共和国で発掘された豊穣《ほうじょう》の女神像が次々に人を呪い殺したという事例がある。

その女神像は紀元前三五〇〇年頃に作られたとされる古代の遺物だったんだが、発見後の最初の持ち主であるエルフォント卿《きょう》は、数年以内に一族七人全てが相次いで不審な死を遂げる。次に像の持ち主となったアイバー・マヌッチの家族も、僅《わず》か四年間で全員が死去してしまった。三番目の持ち主となったトンプソン＝ノエル卿の家族も次々と不幸に見舞われ、その四年後に一族は絶えてしまった。そうして四番目の持ち主、アラン・ビーヴァーブルック卿も像を購入して間もなく亡くなり、その妻と二人の娘も相次いで死亡したんだ。ここまで続くともはや偶然とは思いがたい。

残された息子二人は、周囲から、『この像は死の女神。持っている者は、その家族の命を奪うので、早く手放した方がいい』と言われ、エディンバラにあるスコットランド博物館に像を寄付したんだ。

寄付を受けた博物館の歴史学者達は呪いなど信じず、そんなものは単なる迷信か偶然だと片付けたのだけれど、それを展示した博物館の係長も、その直後に病に倒れて死亡したというね」

ロベルトはビールをぐいと飲んだ。

「『呪われた宝石』、ホープダイヤモンドの話も有名ですよね」

平賀もビールのプルトップを開け、一口飲んだ。

「そうだね。ホープダイヤモンドなんて名とは裏腹に、持ち主を破滅に導くとして有名な宝石だ。元はインドの寺院の女神シータ像が身に付けていたのを盗まれた為、僧侶《そうりょ》が所有者に対する呪いをかけたのが原因だそうだ。

ホープダイヤモンドの所有者の中でも特に有名なのが、フランス王ルイ十四世と、斬首刑となったマリー・アントワネットだね。ルイ十四世が宝石を入手した頃からフランス経済に衰退の兆しが現われ、ルイ十五世は天然痘で死亡、ルイ十六世とアントワネットはフランス革命で殺される運命を辿《たど》った。

他にもイタリア出身のサイレント映画俳優、ルドルフ・ヴァレンチノの宝石が呪われていたという話も有名だ。

ヴァレンチノは美男俳優として大成功していた一九二〇年、サンフランシスコの宝石店で呪われた指輪に出会い、強く惹《ひ》かれて買ってしまう。

その指輪を嵌《は》めて出演した映画は大失敗し、一度は指輪を外したヴァレンチノだったたんだが、余程それが気に入っていたのか、『熱砂の舞』という映画の撮影の時、指輪を小道具として使いたいと申し出る。そして、その後まもなく虫垂炎と消化性潰瘍《かいよう》を併発し、わずか二週間後に命を落としたんだ。

その指輪はヴァレンチノの形見として、人気サイレント映画女優のポーラ・ネグリに譲られた。だがその直後、ポーラは病に倒れて長期間の療養を強いられることになった。

それから一年後、ポーラはヴァレンチノに生き写しのラス・コロンボという男性に出会った。そして、彼に指輪を渡したのだという。

ところが指輪を嵌めた数日後、ラスは銃の事故に巻き込まれ死亡してしまうんだ。

ラスの形見としてこの指輪を受け取ったのは、親友で芸人のジョー・カジノだった。彼はその指輪が呪われていると考え、硝子《ガラス》ケースで保管していたんだが、呪いの噂もすっかり忘れたある日、うっかり指輪を嵌めてトラックにはねられ、死亡した。

その後、ヴァレンチノの伝記映画が作られることとなり、ヴァレンチノ役を演じる俳優がこの指輪を手にした途端、僅か十日後に奇妙な血液の病気で急死した。

ここでとうとう『この指輪は呪われている』と見做《みな》され、それ以上の犠牲者が出ないようにと、ロサンゼルス銀行の貸金庫に預けられることになったそうだ」

「それも凄《すご》い話ですね。ロベルト、呪いによって人が悪魔憑《つ》きになるという事例もあるのでしょうか」

「そうだねえ……。例えば海外で買った呪いの人形とか、持ち主が怪死した宝石だとか持っているど、そこから悪霊が取りつくなどという事例はあるかな。オークションサイトに出品された呪いの箱を手にし、憑かれてしまった少女とかね。

平賀。呪術《じゅじゅつ》とその祓《はら》いに基づいた行為は、先史時代から始まるものなんだ。昔から人間は、目に見えない超越的な力を信じていたし、その力が危険なものなら、祈りによって祓わなければならないと信じていた。

呪術の古い歴史は、旧石器時代の古い洞窟《どうくつ》画まで発祥を遡《さかのぼ》ることが出来るのさ。洞窟の壁に野獣の絵を描き、その絵に向かって矢を射るという行為が、そのままその動物の死という効果をもたらすとされていたりね。野獣の上に刻まれたり、描かれたりした矢もまた、明らかに呪いのシンボルだった。

あとはガルガス洞窟の夥《おびただ》しい手形は、その多くの指が切断されている。これらもおそらく、災厄を防ぐため、死者の復讐《ふくしゅう》を恐れるため、要するに何らかの悪霊を祓う為の犠牲だったと思われる。

旧石器時代の名高いレ・トロワ・フレール洞窟には、鹿の皮をまとって頭部に鹿の角をつけて踊る呪術師の絵が描かれている。

そうした儀式に参加していた原始人達にとって、その呪術師が扮《ふん》しているのは古い土着の神だったが、獣の姿を借りた古い土着の神はそれ以降のキリスト教によって敵視され、悪魔のイメージ創作に加担したといわれている。

また、文明の最も古い時代から、東地中海では自然の狂暴な力を具現化させた神々が崇拝されてきた。モアブ人の礼拝してきたバアル・ペオル、奇怪なペリシテ人の偶像ダゴン、ヘレスポントスの豊穣神プリアポス、フェニキア一帯に広まった偶像神バール、アモン人の礼拝するモロクなどがそうだが、これらの神々は、その信者に対して恐ろしい人間犠牲によって、大いなる力を振るうと見做されていたんだ。

勿論《もちろん》これらの神々は後のキリスト教において悪魔と呼ばれるものたちだ」

「とても興味深いです。洞窟の壁に描いた絵の獣を射れば、実際の獣が矢に射られるという話を聞いて、私はシェルドレイクの唱える、モルフォジェネティク・フィールド仮説なるものを思い出しました」

平賀はうっとりと瞬《まばた》きし、話を続けた。

「シェルドレイクは、生化学博士であり英国王立協会の研究員でもあった人物なのですが、『あらゆるシステムの形態は、過去に存在した同じような形態の影響を受けて、過去と同じような形態を継承する』、また、『離れた場所に起こった出来事も、他方の出来事に影響する』、『それは形の共鳴と呼ばれるプロセスによって起こる』と唱えています。

例えば、ダイナマイトの原料であるグリセリンは結晶化されないといわれてきましたが、ある日、ひとつの樽《たる》の中で結晶化がなされるや世界中のグリセリンがこの日を境に、どこで誰がやっても簡単に結晶化し始めたという逸話があります。実際、私の実験室でも、ある時までどうあがいても結晶化しなかったものが、一度固まるとそれ以後は簡単に結晶が出来る時があります。まるで結晶自身が固まることを覚え、その癖がついたようにです。

具体例でいえば、男子百メートル競走では九秒台の記録を出すのが困難で、長らく十秒の壁と呼ばれて来ましたが、カール・ルイスの登場を境に今や多くの選手が九秒台の記録を出しています。他の競技でもしばしばそのような現象が見られますよね。それが選手達の努力の結果であることは勿論ですが、やはり『一人が壁を越えれば、他の誰かも壁を越える』という現象は起こっているのです。

紙に折り目が一度つくと、次からも同じ形に折れやすくなりますね。それと同じように、時空間にも癖がつく、という訳です。

シェルドレイクは、『形の場』が一旦《いったん》出来あがると、それは時間と空間を超えて、これから発生する生物や物理と化学のシステムに影響を与え、過去に形成されたと同様な生物やシステムの形を組織化し、再現させようとするのだと考えました。

そんなシェルドレイクの説を支持したのが、現代理論物理学の先駆者であるデヴィット・ボームです。彼はアインシュタインが量子論学者に投げかけたEPRパラドックスで量子のスピンを測るという考え方から、二個の量子が時空間を超えて遠隔作用を及ぼす現象を観測しました。

もつれあった二つの量子においては、それがどれだけ遠くに離れていても、一方に対する操作が瞬時に他方にも影響を与える量子テレポーテーションという現象が起こります。

それは何故か。

ボームは宇宙が二重構造になっており、私達のよく知る宇宙の背後に、もう一つの見えない宇宙が存在するとして、前者を『明在系』、後者を『暗在系』と呼びました。明在系とは人間の五感が把握できる物質的な世界ですが、そこに存在する全ての物質や時間や空間と完全に等価であり、かつ変換可能なエネルギーが、暗在系には『素粒子の霧』のような状態で存在しており、そのエネルギーが絶えず明在系と行き来していると主張したのです。

例えば、私達が植物の種子を見る時、それは小さな粒に見えますが、土に蒔《ま》かれれば植物が予め秘めていた姿が出現します。つまり明在する種子は、植物の姿を暗在させている訳です。

或いは、明在系と暗在系は、海の波飛沫《しぶき》と海そのものに喩えられるかも知れません。浜辺にいる私達には、水面から跳ね上がった飛沫がよく見えますが、海の全容は見えません。しかし、海もまた一つの大きな水滴なのです。飛沫は海の一部であり、海という巨大な水滴から分離することによって、『飛沫』として私達の前に現われます。でも、この飛沫の正体は、海上と海面下を行き来する素粒子であり、エネルギーなのです。加えて、飛沫は海そのものの情報を内包しています。

肉体を持つ人間は、物質ではない現象を、物質としてしか五感で認知できません。私達は浜辺にうち寄せた波の質感や冷たさは知覚でき、海の存在を実感する事はできます。一方の海は、その一部である波を私達にぶつけることで、次また浜辺にうち寄せる波の形を変化させます。

ボームはまた、『現在』という瞬間も、宇宙全体の『投影《プロジェクション》』であると言っています。

事物の実在化とはすなわち、全体性の海からの干渉が私達が認識できるような形になって現われることであり、一瞬一瞬起こる宇宙全体の投影なのです。その繰り返しが起こり続けることで、私達が認識する時間軸であるとか、実在というものができるという訳です」

　平賀はコクリとビールを飲み、話を続けた。

「そのように考えますと、呪いというのは浜辺に立つ魔術師が、特殊な方法で波をキックすることで全体に干渉し、波の有り様を変えようとする行為かもしれません。

　私はネットでニュルンベルクで次々に起こっている怪異を調べましたが、それらは人の間を伝染するかのように、波紋のように広がっていっている、そんな印象を受けました。もし一つの呪いがそうやって他に干渉していくなら、その一つのきっかけがニュルンベルク駅での呪いなのだとしたら……」

　平賀は瞳《ひとみ》を瞬き、ロベルトを見た。

「魔術師が呪いをかける方法は、フラクタル理論で説明出来るかと思います」

「フラクタル理論？　えっと、図形の一部を取り出せば、それが図形全体の縮小図になっている図形のことだね」

「ええ、そうです。樹木や雲、海岸線などの自然界にある複雑な形状は全体像と図形の一部分が相似になる性質があります。代表的なものにマンデルブロー集合やコッホ曲線、ペアノ曲線、シェルピンスキー曲線、ドラゴン曲線などがありますが、近似的なフラクタルな図形は自然界のあらゆる場面で出現します。

例えば樹木の枝分かれです。大きな枝から小さな枝に分かれていくパターンは、小さな枝からさらに小さな枝にわかれていくのと似ています。複雑に入り組んだ海岸線も、狭い範囲で見たギザギザのパターンと広範囲で見たパターンとは類似しています。雪の結晶も、顕微鏡で見ると、結晶全体を作っている形のパターンと全体の一角に現われるパターンが類似しています。

こうしたフラクタルの数式は、コンピュータグラフィックスにおける地形や植生などの自然物形状の自動生成のアルゴリズムとして用いられることが多いのです。

もし、宇宙が反復パターンで作られているとすれば、あることを小さなスケールでインプットすることで、それと類似したパターンを持つ壮大なスケールのものに影響を及ぼす力となる事も、不可能ではないかも知れません。

つまり、プログラマーが魔術師、そして呪いの儀式がフラクタルの数式だと考えるのです。一度入力された数式は、ルールに従い自然増殖していくという訳です」

平賀の話に、ロベルトは「ほう」と感嘆の溜息《ためいき》を吐いた。

「実に面白いね。僕は君の話から魔術書の一節を思い出したよ。

『真なるかな、上なるものは下なるものの如し、下なるものは上なるものの如し。一なるものの奇跡を成就せんがため』。叡智《えいち》の神ヘルメス・トリスメギストスのエメラルド碑板に書かれた言葉だ。

人と天界が知られざる方法で繫《つな》がっているというのは魔術の根本原理の一つでね。カバラ主義者は、生命の樹セフィロトを形作るケテル（王冠）、ホクマー（知恵）、ビナー（理解）、ヘセド（慈悲）、ゲブラー（公正）、ティフェレト（美）、ネツァー（勝利）、ホド（栄光）、イェソド（基盤）、マルクト（王国）が世界精神の諸相を表しているという。それらは宇宙を動かす諸力にも現われるし、人間の内部にも宇宙や神が丸ごと投影されているのだから、人間を動かす力もそれによって表されるという。

魔術師は宇宙のひな形である自身を鍛えることで宇宙へ近づき、また心的イメージを客体化して現世に『投影』することで、イメージを具体化させるというよ」

「成る程……。私はまた魔術師というのはイメージするだけで物を動かしたり、何も無い所にポンと物体を出現させたりするようなものかと思い、それは物理法則に反するだろうと考えていたのですが、イメージという次元において干渉を行い、共鳴を呼び起こすというなら、理解できなくはありませんね。

ロベルトが以前に仰《おつしや》っていたように、人類全てが普遍的無意識を共有しているとするなら、そこに正しく訴える方法を以《もつ》てすれば、距離の離れたターゲットを何らかの形で共鳴させることも可能かも知れません」

「うん。まさにそれを試行錯誤し続けたのが魔術師達だし、先史時代から続く知識を明文化したのが魔導書というわけだね。人類に共通する無意識に強く働きかけるものとしては、シンボルなんて物もある。

僕にとって身近な例でいえば、悪魔祓《ばら》いにおいて神父が聖書を用いるのは、無論、神の言葉によって悪魔を祓《はら》う為なのだけど、それを読む神父も、対する悪魔憑《つ》きも聖書を知るカソリック教徒なわけで、両者の間に何らかの共鳴現象が起こるのかも知れないね。これは理屈ではないのだけれど、実際、聖書は『よく効く』んだよ」

平賀は「成る程」と言い、ポンと手を打った。

「つまりロベルトは、聖書も一つの魔導書だというんですね」

「いや、僕はそんな不敬なことは言っていないよ」

ロベルトは眉《まゆ》を顰《ひそ》めた。

「仰いましたよ」

「いや、言わないよ」

「…………」

二人は睨《にら》み合い、ビールをぐいっと呑《の》んだ。

「それにしても、誰が魔術や呪いなどを行っているのか、それが問題だ」

ロベルトの言葉に平賀は頷《うなず》いた。

「ええ、私も同感です」

「僕はドイツで活動する呪術的秘密結社のことなら、結構知っているつもりなんだがね」

「ドイツにそんな結社がまだあるのですか？」

「沢山あるとも。有名どころの名を挙げただけでも、ドイツ人共産主義秘密結社の正義者同盟、神智学協会の影響を強く受けたヴリル協会、アドルフ・ヨーゼフ・ランツにより設立された反ユダヤ主義の秘密結社・新テンプル騎士団など数多《あまた》ある」

「それは知りませんでした……」

「なにより現代のあらゆる魔術結社に影響を与えている『薔薇《ばら》十字団』の誕生の地もドイツだよ。

十字はいうまでもなくキリスト教にとって象徴的なシンボルだし、薔薇も神の愛と啓示、聖母マリアの象徴だ。さらに言うなら、十字は太陽の象徴、火風水土の四大元素の象徴で、薔薇は愛や純潔や美、女性原理、あるいは聖杯、血、秘密性を示唆している。

そんなシンボルを掲げる薔薇十字団の存在は、一六一四年、『ヨーロッパの全ての学者ならびに首長に宛てて書かれた、誉《ほま》れある薔薇十字団の名声』という冊子がドイツで刊行されたことで明らかになる。翌年には『友愛団の告白』、その翌年に『クリスチャン・ローゼンクロイツの化学の結婚』がドイツで印刷・刊行され、この三冊が薔薇十字団の宣言書として知られている。

それによると、薔薇十字団の始祖はクリスチャン・ローゼンクロイツという十五世紀の人物で、ドイツの貧しい貴族の家に生まれ、修道院で育ち、十代で東方を旅してイエメンで医学と数学と錬金術を学んだ後、エジプトとモロッコで魔術とカバラを教わり、ドイツに戻って一四〇八年、秘密の友愛の会を設立したという。そして七人の弟子に、自然の隠された力を学ぶ方法、錬金術と医術の習得方法、自然の魔術力をコントロールする方法などを教え、一四八四年に百四歳で亡くなったそうだ。

彼の遺志を継いだ薔薇十字団は、人知れず世の人々を救うことを目的に活動していたが、『人類史の大きな分岐点がすぐそこまで来ている』として、世の改革を呼びかけるメッセージとなる三冊の宣言書を刊行し、ヨーロッパに衝撃を与えたんだ。

実際、宣言書が発行された一六一四年の四年後にはドイツで『最初の国際戦争』と呼ばれる三十年戦争が勃発《ぼっぱつ》している。当時のドイツすなわち神聖ローマ帝国は、各々に割拠する独立性の高い諸邦の集まりだったが、帝位を持つハプスブルク家が帝国の大きな部分を直接支配していた。そのハプスブルク家の支配を脱しようとする諸小国の思惑、ルター派とカルヴィン派とカソリックの対立、さらには民族間対立といった様々な問題が火を噴いたのが、三十年戦争だ。もっともスウェーデンが参戦した一六三〇年以降は、ハプスブルク家、ブルボン家、ヴァーサ家による覇権争いへと発展したのだがね。

そんな一触即発の時代に世に出た薔薇十字団の三文書には、ヨーロッパ中の学者達が興奮し、薔薇十字運動に加わりたいと熱望したという。そして薔薇十字運動は燎原《りょうげん》の火の如くヨーロッパじゅうに広がり、以後数百年にわたって活動が行われることになる。

けど、薔薇十字団はいつになっても姿を現わさず、連絡方法もないままだった。

薔薇十字団の存在はやがて伝説化し、薔薇十字団への入団を希望する者だけでなく、薔薇十字団員に会ったという者が現われるようになる。また、薔薇十字団員を自称するカリオストロやサンジェルマン伯爵などの人物や、薔薇十字団を名乗る団体、薔薇十字団の流れを汲《く》むと自称する団体も現われるようになり、当時の人々を惑わした。

現在も多くの魔術結社がそのルーツを薔薇十字団だとしている。南ドイツには今も薔薇十字団があるそうだ。本家からは完全に独立した存在で、毎週日曜日にはキリスト教のミサや礼拝に似た儀式を独自に繰り広げているそうだよ。

僕が思うに、薔薇十字団の正体とは、錬金術師やカバラ学者が各地を旅行したり知識を交換したりする必要から作った、ギルドのような組織だったのではないかな」

「ギルドですか？　そういえばフリーメーソンも石工のギルドがその発祥だと聞いたことがあります」

「そうだね。普段は自分の都市を基盤として活動する石工の職人達も、工事の状況に応じて現場を渡り歩く必要がある。他所《よそ》のロッジに出向く際、同業者を見分ける手段として、暗号や符牒《ふちよう》が発達したんだ。

だからね、僕はこのドイツに多くの秘密結社があるのは、マイスター文化が根付いているる為じゃないかと思うんだ。

中世において、錬金術師やカバラ学者達は、ヨーロッパ各地を旅行したり、お互いに知識を交換したりする必要から、一種のギルドのような秘密組織を作っていたと考えられる。共有する情報と情報網によって、厳しい異端審問や焚刑《ふんけい》などの糾弾から逃れる術《すべ》も持っていたのだろう。教会から禁じられた学問を研究する知識人には、どうしてもそのような相互扶助の地下組織が必要だったんだ。

薔薇十字団も、そうした地下組織が発展した形だと僕は推測するね。

例えば十六世紀の天才的医師で魔術師でもあったパラケルスや、不老不死をなし遂げたというサンジェルマン伯爵だ。彼らがあれほどカソリックや保守勢力に憎まれ、多くの敵を周囲に持ちながら、ヨーロッパ各地の貴族や豪商の家を点々と渡り歩き、どこへ行っても冷遇されなかったのは、彼らが当時の何らかの力ある秘密組織に属していたからに他ならないだろう。

合い言葉やバッジなどを示しさえすれば、組織の加盟者は、どこへ行っても宿を貸してもらえたんだ。でなければ、混沌《こんとん》の中世に世界を股《また》にかけて悠々と放浪生活など楽しめるはずがない。

また逆に、それぞれの町の職人組合や秘密組織の方でも、未知の知識を吸収するために進んで外国人や他国者との交渉を持つことを望んでいた。

知識、技術、思想面における文化交流が、教会というものの目をくぐり抜けて中世の末期からルネサンス期に至るまで、社会の裏側でひそかに活発に行われていたんだ。

その中には技術を磨くための純粋な職人組合もあれば、教養や学問を深めるための学生団体もあった。かと思うと音楽家や画家の為の修業団体もあった。

彼らは各地を旅して名のある親方のもとに住み込んで見識を深めたり、腕を磨いたりしただろう。

こうした秘密団体を誕生せしめるのに好適な地盤をつくったのがドイツだった。

さらには、ドイツで盛んになったルターによるプロテスタント運動もその流れを手助けしたろう。つまり学問や技術に対する探究心と、カソリックに対する反感が結びついていったんだ。

　そうして登場したのが薔薇十字団と、そこから派生した様々な秘密結社だ。

薔薇十字の潮流は、まず二つに大別される。一つは社会的・科学的・哲学的な啓蒙《けいもう》思想運動。もう一つは、錬金術的なオカルティズム思想運動だ。オカルティズム思想運動はさらに『実践的魔術師』の潮流と『思弁的神秘主義』に分かれていく。

　具体的には、ドイツ人錬金術師ヘルマン・フィヒトゥルドの創立した『黄金薔薇十字団』や、ストゥディオンによってここニュルンベルクで結社された『福音十字団』、ナチスの母体の一つとなった『トゥーレ協会』などだ」

「成る程。そうしますと、薔薇十字団の流れを汲む魔術結社がニュルンベルクにあってもおかしくはないと」

「うん……。その素地はある訳だ。しかも厄介なことに、今は移民問題などもあって、この国は政情不安だというからね」

　ロベルトは呑み終えたビール缶をゴミ箱に投げ込んだ。

3

　翌日、トビアス神父の手術が始まった。

ロベルトとジャンマルコ司祭、トビアスの上司兼後見人であるベックマン司祭は手術室の前で待機している。

平賀は術衣を着、手術室へ入った。そして医師達が執刀する後ろから、その様子を見詰めていた。

まず、全身麻酔をされたトビアスの腹部が、むき出しにされる。

腹部にある瘤《こぶ》のような膨らみ。

そこをボーンシャルト医師が強めに触れると、瘤はぐにゃりと形を変えた。

患者に対する麻酔は、その体内に眠る悪魔には効いていないようだ。

そこへ大きな注射器を持った麻酔医がやってきた。

ボーンシャルトが指さす瘤の中心に、注射針が突き刺される。その時、瘤がぐにゃぐにゃと奇怪な動きをした。

ゆっくりと注射器の中の液体が押し込まれていく。

そうして暫《しばら》くすると、微《かす》かに動き続けていた瘤が固形の塊のように動かなくなった。

再びボーンシャルトがそれを触診する。

かなり強く触っても瘤の形状に変化はない。

ボーンシャルトが頷《うなず》いた。

すると、執刀医と看護師達が患者の周囲に集まった。

メスが手にとられ、患者の腹部が切られていく。鉗子《かんし》によって皮膚が引っ張られ、内臓が見えてくる。

せわしなく流血を拭《ぬぐ》っていく者がいる。

そうして施術口から内部をじっと見つけたボーンシャルトは呟《つぶや》いた。

「何ということだ……。こんな物は初めて見た」

ボーンシャルトはごくりと喉《のど》を鳴らした。

トビアスの胃の下方、十二指腸があるべき場所にはもう一つ、枝分かれした腸のようなものが存在していた。

それはトビアスの十二指腸より三倍ほども太く、扁平《へんぺい》した筒状をしている。

「二人がかりで、ゆっくりこれを引っ張って外に出すんだ」

ボーンシャルトの指令が飛ぶ。

すると手術技術者が鉗子を手にとり、それをトビアスの腹部に差し入れた。

慎重な手つきで、トビアスの内臓の一部を摘まみ上げる。

ある程度持ち上がったところで、鉗子が止まった。

異物の先端がトビアスの十二指腸と癒着しているのだ。

「よし。私が異物を切り離す」

ボーンシャルトがメスを構え、異物の先端に刃先を当てた時だ。

突然、異物が跳ねるように動いた。

ビシャッ、と音がして、血が辺りに飛び散った。

ボーンシャルトは思わず目を閉じ、手元から顔を背けた。

看護師によって顔の血を拭《ふ》かれたボーンシャルトが再びメスを構えると、その異物は既にトビアスの十二指腸から剥《は》がれており、トビアスの腸管に穴が開いている。

「腸管を縫合。異物を引き上げろ」

ボーンシャルトの声と共に、四本の鉗子に抓《つま》まれた二十センチほどの物体が、空中へ引き上げられた。

その姿が無影灯の明かりに照らされた瞬間、看護師達の間から、小さな悲鳴があがった。

それは血に塗《まみ》れた、巨大な蛭《ひる》のようだった。

異物はそれ自身が意志を持っているかのように、僅《わず》かに身体をくねらせている。その先端部分は二つに裂け、間に牙《きば》のようなものが垣間《かいま》見《み》えた。

奇怪なその物体を、手術技術者は鉗子と共に、金属製のバットに横たえた。

平賀はただちにその側に駆け寄り、バットの中身を凝視した。

「これを外へ運び出しても構いませんか」

平賀の問いに、ボーンシャルトが黙って頷く。

平賀はバットを手に、手術室を出た。

ロベルト、ジャンマルコ、ベックマンの三神父が平賀の周りに集まってくる。

「これがトビアス神父の体内にあった異物か……。旧約聖書には龍《りゅう》の怪物、リヴァイアサンが登場するが、これはその子供といったところだろうか」

ロベルトは異様な物体を前に、顔を顰《しか》めた。

「いやはや、この目で見ても信じられん。肉の体を持った悪魔など……」

ジャンマルコは呆然《ぼうぜん》と呟いた。

ベックマン司祭は無言で震えている。

平賀は用意していたカメラで、その異物を撮影した。

それから手袋をはめた手で、そっとその物体に触れた。

「あっ、悪魔に触るなど……！」

ベックマンは震える声で叫んだ。

「ピクリともしません。眠っている様子ですね。今の内に……」

平賀は素早い動きで鞄《かばん》からメスを取り出すと、その物体の身体の一部をそぎ取り、シャーレに入れた。

「何をしたんだい」

ロベルトはぎょっとした。

「また逃走されたり、もしくは意識を取り戻して魔法で消えたりされない内に、体組織を採取してバチカンに送り、DNAを鑑定してもらうんです」

平賀は淡々と答えると、鉗子でその物体を摘まみ上げ、用意していた爬虫類飼育用水槽の中へそっと入れた。その上からパックの血液を注ぎ入れる。

そして蓋《ふた》をした水槽を台の上に置き、紐《ひも》でそれをしっかり縛ると、穴の開くほど中を見詰め始めた。

「その悪魔をどうするつもりだね」

ベックマンが恐る恐る訊《たず》ねた。

「可能な限り飼養し、生態を調べます。悪魔の生態が分かれば、今後のエクソシズムにも役立つかと思うのです」

平賀は真顔で答えた。

「悪魔を飼うなどと、そんな無謀な……。そんなものを近くに置けば、貴方《あなた》がたのほうが悪魔に憑《つ》かれてしまうだろう。トビアスのように……。無謀なことは止めた方がいい。そんな物は早々に葬るべきだ」

ベックマンは青い顔で主張した。

「だが、肉の悪魔をどこへどう葬るというのだ？　こいつが死ねば、また悪霊と化すかも知れんぞ」

ジャンマルコは難しい顔をしている。

平賀はジャンマルコを振り返った。

「ジャンマルコ司祭。悪魔を飼う場合、注意すべきことはあるでしょうか」

「うむ……。わしの考えでは、セバスチャン・ミカエリスの用いた悪魔封じの魔方円と、聖水と清めの香で作った結界の中にそいつを置くことを勧める」

「ジャンマルコ司祭のご協力を頂けますか？」

「いいだろう」

「有難うございます」

平賀はニッコリ微笑んだ。

「なんてことを……。わ、私はバチカンに抗議しますぞ。私共がバチカンに依頼したのは悪魔祓《ばら》いであって、悪魔の飼育などではない。そんな危険なものをこの街に置いてはおけません。即刻、バチカンへお持ち帰り頂きたい！」

ベックマンは震える指を立てて叫んだ。

「ベックマン司祭がこの街を守ろうとなさるのは当然です。ですが、生態も分からない悪魔を航空機などでバチカンへ運ぶ間に事故が起きたら、甚大な被害となるでしょう。結界の強度がご不安なら、この街で一番頑丈な結界内で悪魔を保管するというのはどうでしょう？」

横からロベルトが言った。

「一番頑丈な結界とは？」

「神の家であるフラウエン教会です。そこなら悪魔も力をふるいようが無いでしょう」

ロベルトの言葉に、ベックマンは息を呑《の》んだ。

「確かにそうですね。皆の安全を考えるなら、大事を取ってそうするしかなさそうです。私の手元に置けないのは無念ですが……」

平賀は頷いた。

「とんでもない」と、ベックマンは叫んだ。「頑丈な結界というなら、やはりバチカンからいらした方々《かたがた》の祈りに勝るものはないでしょう」

「いえ、まさかそんな筈《はず》はありませんよ」

平賀は首を横に振り、微笑んだ。

「きょ……教会に預かるにしても、こちらにも準備が必要です。私の一存では決めがたい重大事態ですからな」

ベックマン司祭は裏返った声で言った。

「そうなのですか？　では、準備が整うまでは私が二十四時間態勢で監視しておくことにします。ロベルト神父、それで構いませんよね？」

うきうきと言った平賀に、ロベルトは渋々頷《うなず》いた。

「本来ならば、教会に預けるべき代物だとわしも思うがな。いずれにせよ、最終処分はバチカンのサウロと相談し、我々が責任を持とう」

ジャンマルコが宣言した。

4

ロベルトとベックマン司祭は病院に残り、トビアス神父を術後まで見届けることとなった。

平賀とジャンマルコは一足先にホテルへ戻り、悪魔の飼育準備にかかる。

ジャンマルコは悪魔封じの魔方円を書き、悪魔の入った水槽をその上に置いた。

そしてストラを首にかけ、香を焚《た》くと、水槽に向かって聖水を振り、平賀の聞き慣れない呪文《じゅもん》を唱えた。

「もう一つ、特別な呪を仕掛けておいてやろう」

ジャンマルコはそう言うと、鞄から銀細工の小箱を取り出した。

「それは何です？」

「除霊の為の聖柩《せいきゅう》といってな、わしの師匠から頂いたものだ」

ジャンマルコは小箱を掲げて三礼し、十字を切ると、水槽の側に小箱を置いた。

聖水をつけた筆で水槽と小箱を囲むように呪文のようなものを書く。

それが終わると小箱の近くにハーブの小枝で山を作り、その上に札を置いた。

「これに触ってはならんぞ」

ジャンマルコは厳しい声で言った。

「分かりました。でも、その小箱には何が入っているか、教えて頂けませんか？」

平賀は好奇心に目を輝かせて訊ねた。

「さてな。わしも知らんのだ。絶対に開けてはならんという師匠の教えでな」

「そうですか……」

平賀はしょんぼりとした。

その顔が余程おかしかったのか、ジャンマルコは大笑いをした。

「何かおかしいですか?」

「いや、何でもない。ところで君はこんなものを目にして、恐ろしくないのかね?」

ジャンマルコが悪魔を眺めながら言った。

「勿論《もちろん》、恐ろしいですが、それだけで済ませてしまうと、悪魔祓いにも進歩がありませんでしょう?」

平賀が真顔で答えると、ジャンマルコは「ほう」と感嘆の息を漏らした。

「さすがはサウロの弟子だ、勇ましいな。ところでサウロから連絡はあったかね?」

ジャンマルコの問いに、平賀はハッと目を見開いた。

「忘れていました。急いでサウロ大司教にご連絡しなければ。トビアス神父の体内から悪魔を取り出したら、すぐにご連絡する約束なのです」

平賀は慌ててパソコンに向かい、メールを書き始めた。

「メールより電話が早い。わしが連絡してやろう」

ジャンマルコは携帯を取り出し、サウロに直通の電話をかけたようだ。

二人は暫《しば》く低い声で会話していたが、電話を切ったジャンマルコは平賀を振り返り、ニッと笑った。

「ゴーサインが出たぞ。すぐに正式な依頼が入るだろう」

暫くすると、平賀のパソコンがメールを受信した。

正式な奇跡調査を開始せよ、との連絡だ。これで科学部への依頼もしやすくなった。

平賀はジャンマルコとサウロ大司教の素早い対応に、心から感謝した。

「有難うございます。これで早速、分析にかかれます」

平賀は切り取った悪魔の体組織を保冷剤とともに荷造りすると、パソコンの前に座り、奇跡調査の補佐役であるチャンドラ・シン博士にメールを送った。


　悪魔憑きの患者から摘出した悪魔と思《おぼ》しき生物の体組織をお送りします。

　科学班でＤＮＡ鑑定を行うよう、ご手配をお願いします。

　　　　　　　　　　　　　　　　　　　　　　平賀

悪魔の様子はと見ると、まだ動きがない。眠っている様子だ。

平賀は悪魔の動きを漏らさず監視できるよう、ビデオカメラを二台セットした。

それからフロントに荷物を出しに行こうと立ち上がった。

「ジャンマルコ司祭、私が荷物を出しに行く間、その悪魔を見張って頂いても宜《よろ》しいでしょうか」

「いいだろう」

平賀は微笑み、荷物を持ってフロントへ向かった。

＊　＊　＊

トビアス神父の手術を見届けたロベルトは、重い足取りで、得体の知れない悪魔が待つホテルに戻った。

部屋の扉を開くと、平賀とジャンマルコが身を乗り出して水槽を凝視している。

「ただいま……」

声をかけたロベルトを、二人は同時に振り返った。

「おお、いい所に戻ったな」

「ロベルト、丁度、悪魔が目覚めた所ですよ」

「そう……」

ロベルトはぞっと背筋を凍らせながら、水槽に近づいた。

水槽の中ではぬめぬめとした血塗《ちまみ》れの生き物が身を捩《よじ》らせている。目のないナメクジのような動きだ。胴の中央部は膨れ、大きく開いた口には鋭い牙《きば》が生えていた。

「これはお腹が空《す》いているのかもしれません。何か餌を与えてみましょう」

平賀は牛肉の缶詰を開け、フォークで刺して水槽の上部から差し入れた。

悪魔は一見、それに無反応に見えたが、肉が口に触れた途端、吸い込むようにそれを飲み込んだ。

ロベルトは思わず十字を切った。

「牛肉は食べるようですね。どれぐらい食べるでしょうか」

平賀は再び牛肉を悪魔の口元に触れさせた。

ごくり。音を立てて二切れ目も飲み込まれた。

そうやって、悪魔は一気に二缶の牛肉を平らげてしまった。

「まさしく暴食の所業だな」

ジャンマルコが呟《つぶや》いた。

「はい。口に何かが触れた途端、反射的に飲み込むような感じです。もしかすると、ヘンリエッテさんとトビアス神父の過食は、これが原因ではないでしょうか?」

「つまり、暴食していたのは悪魔だと?」

ロベルトとジャンマルコは声を揃えた。

「はい。この悪魔は、トビアス神父の胃のすぐ下辺りに潜んでいました。手術中に見たところ、十二指腸に牙を立てて食い付いていたような感じです。

通常、人間の体は食べたものが胃で消化され、腸で栄養を吸収されます。ところがこの悪魔が十二指腸に食い付き、胃の消化物を次々飲み下していたらどうでしょう。

寄主の腸には栄養が流れ込まず、慢性的な栄養失調状態になり、身体が危機を感じて空腹感を増大させるのではないでしょうか」

「その悪魔があたかも寄生虫のように寄主の栄養分を吸い取っているせいで、寄主に異常な食欲が出た訳か」

「はい。悪魔にとって、口を開けているだけで養分が流れ込んでくる寄主の体内は住みやすかったと想像されます。ですがヘンリエッテさんの悪魔祓《ばら》いをしている際、お二方は彼女の食事を制限なさったんですよね？　であれば、この悪魔もまた空腹になった筈《はず》です。食べ物を求め、新たな寄主を求めて胃から食道へ這《は》い上がり、口から飛び出したのかも知れません」

平賀の言葉に、ロベルトはヘンリエッテの口から悪魔が出て来た時のことを思い出した。あの時、ジャンマルコ司祭は彼女に馬乗りになり、激しく腹部を圧迫していた。悪魔は空腹と圧力に耐えかねて逃げ出したのだろう。

「寄主の暴食がこの悪魔のせいだったとして、他の異変や症状も説明できそうかい？　第一、コイツはどうやって寄主の身体に侵入したんだろう？」

ロベルトが首を傾げると、平賀はくるりとロベルトを振り返った。

「それは悪魔の生態を調べなければ分かりません。

一般的に言って寄生生物は身体を宿主に固定する為の構造が発達し、体内に寄生する内部寄生生物の場合は、使う必要のない運動器官や感覚器官が退化する傾向があります。体が生殖器官だけになるケースもあります。その点においては、悪魔と寄生生物は少し似ています。この悪魔も目が退化しているようですからね。

次に、寄生動物がどうやって宿主間を移動するかが問題です。

内部寄生虫を例にとってみますと、ギョウ虫は人の肛門《こうもん》付近に産卵しますが、その際、周辺部に痒《かゆ》みを引き起こし、掻《か》き毟《むし》った手に卵が付着することで卵が運ばれ、人に移ります。回虫は大便とともに体外に排出された卵が野菜等に付着することで、食物として他人の口から侵入します。

　カマキリの寄生虫として有名なハリガネムシは、産卵期になると宿主の体内から出て水辺で産卵します。孵化《ふか》したハリガネムシの幼生はカゲロウなどの水生昆虫の体内に侵入し、その昆虫がカマキリに捕食されることで、再びカマキリに侵入します。

　エキノコックスは主にキツネを終宿主とする小型の条虫類ですが、キツネや犬猫の糞《ふん》に混入したエキノコックスの卵胞が、水や食べ物に混じって人間に経口感染すると、人の体内で幼虫となり、主に肝臓に寄生して無性生殖を繰り返し、どんどん数を増やして深刻な肝機能障害を引き起こすことが知られています。肝臓癌と診断されていざ手術してみたら、エキノコックスが出て来たなんて事例もあるんですよ。

　また、動物に寄生する寄生蜂は、一匹のメスが宿主に卵を産みつけ、卵から孵《かえ》った幼虫は宿主の体を食べて成長し、幼虫が成長しきった段階で、宿主を殺してしまうことで知られています。

　肉食蠅ですと、皮膚を食い破って侵入し、皮下組織を食べながら住み着くヒトヒフバエですとか、傷口に卵塊を産みつけてそこから孵った蛆《うじ》が集団で傷に食い込み、組織を腐らせながら食い進むというラセンウジバエなどがいます。

　大変危険なラセンウジバエは、百六十年前に根絶されたといわれていましたが、近年、ペルーを旅行した二十七歳のイギリス人女性が頭部の激痛を訴えて病院に駆け込んだところ、その頭部をかじり、十二センチ余りの長さのトンネル状の穴を食い進んでいたラセンウジバエの幼虫八匹が見つかっています」

淡々と語る平賀に、ロベルトは「もういいよ」と声をかけた。

「曖昧《あいまい》な質問をした僕が悪かった」

「はい。この悪魔の生態は、DNA鑑定を含め、これから精査します」

「そうだね。ただトビアス神父のケースについては、ヘンリエッテ嬢に接触したことで、この悪魔に侵入されたと考えられる」

平賀は「ええ」と頷《うなず》いた。

「やはりヘンリエッテ嬢の周辺を調べる必要があるでしょうね」

「その点は、彼女の意識が戻るのを待つしかないか」

ロベルトはそう呟きながら、病院を彷徨《うろつ》いていた帽子の男のことを思い出していた。

(マスコミが面倒な騒ぎを起こさなければいいが……)

第五章　崩壊のＳＩＧＮＡＬ

1

悪魔は水槽の中で夜中じゅう、のたうち、蠢《うごめ》いていた。

水槽の深さの四分の一ほど入れられた輸血用血液がフィルターポンプで汲《く》み上げられ、再び水槽へ戻される時の水音がボタボタと響き渡る部屋で、平賀はパソコンに二つのウィンドウを立ち上げ、ニュルンベルク駅のビデオと悪魔に向けたライブカメラ映像を徹夜で観察していた。

徹夜したのはロベルトも同じである。眠ろうとしても、血の滴る音が気になって仕方がなかったからだ。

早朝のうちにロベルトはホテルを抜け出し、一人フラウエン教会へ向かった。早く悪魔を教会に引き取って貰《もら》えるよう、交渉する為だ。

早足でハウプトマルクト広場に向かったロベルトは、嫌な違和感を覚えた。

気温が低いという以上に、うそ寒さを感じるのだ。広場には霧が立ちこめ、人の気配はない。まるで廃墟《はいきょ》のような荒廃した雰囲気さえ漂っている。

街の中央広場だというのに、おかしな事であった。

時刻が早すぎるせいだろうか？

広場の地面には、木炭やペンキで『永劫《えいごう》の罰を受けよ』、『死がお前を破滅へ導く』などと大きく落書きされた痕《あと》があり、ペンキの缶やビールの缶があちこちに転がっている。

以前にここへ来た時はカーニバルの翌朝で、悪魔騒ぎもあったせいか、やはり路上は散らかっていたが、こんな不吉な落書きは無かった筈だ。

溝鼠《どぶねずみ》の群れが視界を横切っていく。

息苦しさを覚え、ロベルトは何度か深呼吸を繰り返した。

眉《まゆ》を顰《ひそ》めながら教会へ向かうと、五人ばかりの神父が教会の外壁をモップで擦《こす》っている所であった。

近づいて見ると、そこにもペンキの落書きがある。丸い円の中に象形文字のような記号や文字が描かれた紋章だ。

その形は悪魔王バエル、争いを起こす悪魔レライエ、大火事を招く悪魔アイム、流血を招く悪魔グラシア・ラボラス、不和をまき散らす悪魔アンドラスといった、いずれもソロモン王が駆使したという悪魔を表す紋章である。

広場の地面に描かれた文字といい、悪魔崇拝者の仕業だろう。

「お早《はよ》うございます。朝から大変ですね」

ロベルトは熱心に壁を拭《ふ》いている、金髪の若い神父に声をかけた。

「これはこれは、バチカンの神父様ですね。お早うございます」

掃除中の神父が振り返った。

「ええ、ロベルト・ニコラスといいます」

「私はカールです」

二人は軽く握手を交わした。

「教会に悪魔の紋章とは、とんでもない落書きです」

「ええ……。昨夜のうちに酷《ひど》い悪戯《いたずら》をされたようなのです。今夜からしばらく当直の番を置かなければと、皆で話しているところです」

「僕も少しばかり手伝いますよ」

「宜《よろ》しいんですか？」

ロベルトは「ええ」と微笑み、地面に置かれていたシンナーとモップを手に取った。

何度か擦るとペンキは落ちるが、石に凹凸がある為、結構な力が必要だ。

「あのぅ……ロベルト神父」

暫《しばら》くすると、カールがおずおずと声をかけてきた。

「何でしょう？」

「私達の教会に悪魔が運ばれて来るというのは本当でしょうか」

「ああ……。ベックマン司祭様からお聞きになったのですね」

「はい。昨夜、皆を集めて意見を聞かれました」

「皆様は何と仰《おつしや》っているのです？」

「昨夜は賛成派と反対派が半々ぐらいか、反対派が少し多かったでしょうか。

　私はどちらかといえば賛成です。大変恐ろしい事ですが、やはり悪魔を封じるには教会がふさわしいと思いますので」

　カール神父は真面目な口調で答えた。

「ええ……。僕としても、同じ意見です」

　ロベルトは言葉を少しぼかして答えた。

「ロベルト神父とトビアス神父は共に悪魔祓《ばら》いを行っておられるとか」

「ええ」

「トビアス神父が体調を崩されて入院中だと、ベックマン司祭様から聞きました。トビアス神父は大丈夫でしょうか」

　成る程、ベックマンはトビアス神父の容態をそのように伝えているのかと、ロベルトは頷いた。

「僕とジャンマルコ司祭が到着するまで、彼は一人でかなりの無理をなさっておられた。それで疲れが出たようです。暫く休めば大丈夫だと思いますよ」

　ロベルトは当たり障りなく答えた。

「そうですか、良かった……」

　カール神父はほっと息を吐くと、胸元で十字を切った。そして、ポケットから小さなメダイを取り出し、ロベルトに差し出した。

「宜しければこれをトビアス神父にお届けください。私達後輩からのお見舞いと、応援の気持ちです」

「ああ、分かったよ。確かに彼に渡しておこう」

ロベルトはメダイをハンカチに包み、ポケットにしまった。

そして大方の落書きが消えたのを見届けると、ロベルトはベックマン司祭に面会し、悪魔を引き取って貰えるよう、お願いしたのだった。

ロベルトはその足で病院に向かった。

面会時間には少し早いが、術後のトビアス神父の容態も気にかかる。カール神父の伝言も早く伝えてやりたかった。

ロベルトは通勤してくる看護師の人波と共に、病院の玄関を潜った。

朝の病棟は看護師達の引き継ぎや、朝食の準備で忙しい様子だ。ロベルトを呼び咎《とが》める者もないので、彼は真っ直ぐトビアス神父の個室へ向かった。

最後の廊下を曲がった時だ。ロベルトは再び、不審な男を発見した。

男は帽子を目深に被《かぶ》り、右手に持った携帯で病室のネームプレートを撮影している。

年齢は五十歳前後だろう。体格はロベルトより頭一つ小柄だ。グレーのコートから覗《のぞ》くシャツはよれ、顔には無精髭《ぶしょうひげ》がある。

咄嗟《とっさ》にロベルトは廊下の角に身を隠した。そして男が充分近づいた所で、男の背後から歩み寄り、いきなりその腕をねじり上げた。

ひっ、と引き攣《つ》るような声が男の喉《のど》から漏れる。

「失礼。貴方《あなた》は何者なんです？」

ロベルトは男に訊《たず》ねた。

男は廊下の壁に押しつけられた体勢で、ロベルトを振り返った。

「……暴力はよせ、君こそ何者だ？　し、神父なのか？」

「先に貴方がお答えください。僕は以前にも貴方を見ました。ここで何を嗅《か》ぎ回っているんです？　貴方、マスコミでしょう？　それとも、週刊誌にネタでも売ろうというおつもりですか？」

男は小さく唸《うな》るだけで、答えなかった。

「お答え頂けないなら、貴方を警察に突き出します。その携帯の中と鞄《かばん》の中を調べれば、貴方が何者か分かるでしょう」

「止めてくれ、違うんだ……。俺は失踪《しっそう》した妻と娘のアンナを捜しているだけだ」

男の言葉に嘘は無いようだとロベルトは感じ、腕の力を緩めた。

男は長い溜息《ためいき》を吐き、壁に背中を凭《もた》せかけた。

「俺の事は病院には黙っておいてくれないか。一寸《ちょっと》、訳ありでね」

「そうでしょうね。ただ妻子を捜しているだけなら、堂々と受付にそう訊ねれば良いのですから。貴方のことを黙っておくかどうかは、事情によりますね」

ロベルトの言葉に、男は少し考えて頷《うなず》いた。

「そうだな……。俺の話を聞いてもらうとしたら、神父が適任かも知れん。少し話に付き合って貰おう。俺の名前はフランツだ」

フランツはロベルトに握手を求めた。

二人は病院近くの駐車場に停めた、フランツの車に乗り込んだ。

帽子を脱いだフランツは、どこか苦みのある顔立ちがジャン＝ポール・ベルモンドを思わせた。

「俺の妻子は悪魔に取り憑《つ》かれた。俺にはそうとしか思えんのだ」

フランツは煙草に火を点《つ》け、一息吸って話し始めた。

「どこから話していいものやら……。元々、俺と妻は週刊誌のカメラマンと記者だったが、不況のあおりでリストラされてな。俺はしがないサラリーマンになった。妻はというと、経済再建を党の公約に掲げる『蒼い森の党』の応援活動にのめり込んでいった。そこまでは平和だったんだ。娘はウィルシュテッター女学院の生徒会役員で、人望も篤いと評判だったしな。

それが年末頃からだったか、二人が突然、おかしくなった。悪魔の影を見たとか、声を聞いたなどと言っては、パニックを起こすんだ。精神的な病に違いないと思ったが、俺の方がおかしいと、二人で暴れる始末だ。二人して終末だの災いだの裁きだのと、妄言めいた言葉を喚《わめ》き、何かに怯《おび》えてもいるようだった。

そして強引に病院へ連れて行こうとした矢先、二人は失踪してしまった。今から一ヵ月前のことだ」

「アンナさんの安否について、ウィルシュテッター女学院は何と言ってるんです？」

ロベルトの問いに、フランツは長い溜息を吐いた。

「俺が暴力を振るうから妻子は家を出た、だから俺には何も教えられないと言われた。誤解を解こうと、俺は娘の学校を何度も訪ねたが、今度はストーカー扱いだ。警察に通報され、とうとう接見禁止命令が出されちまった」

「それで、正攻法では近づけないと思ったんですね」

「ああ。二日前、ウィルシュテッター女学院で起こった集団過呼吸事件のニュースを見、俺はアンナも病院に担ぎ込まれたに違いないと案じて、病院を探っていたんだ。

幸か不幸か、病院でアンナを見つける事は出来なかった。ただ、何故、精神病めいたアンナのパニックと同じ症状を、四十数名もの少女達が訴えたのか……。そいつは不思議に思っているよ」

そう言って、フランツは鞄から数枚の写真を取り出した。

一枚目は聡明《そうめい》そうな赤毛の少女が微笑んでいる写真だ。流石はプロのカメラマンだけあって、表情をよく捉《とら》えている。

「これが娘のアンナだ」

フランツは僅《わず》かに微笑み、次の写真を示した。

今度はモスグリーンの制服を着たアンナが、女学院の正門前に立っている写真だ。

フランツは次の写真をロベルトに見せた。

それはお揃いの黒いマントを着た四人の少女が、雪空の下、背後を振り返っているという、フォトジェニックな写真だった。

「これは……？」

ロベルトは思わず写真に目を凝らした。

「いい写真だろう？」

そこにはアンナの他にそばかすのある栗毛の少女と、ベリーショートの黒髪に印象的な青い目の、大人びた美少女が写っていた。そしてもう一人、飴色《あめいろ》の巻き毛に薄紅色の頬をした少女もいる。

ロベルトは彼女をよく知っていた。ヘンリエッテ・キルヒナーだ。間違いない。

「この子はよく貴方の家に来ていたんですか？」

ロベルトはヘンリエッテを指さし、フランツに訊ねた。

「さあ、俺が見たのはこの一度だけだ。この日はアンナがクリスマス・マーケットに行くと言い、三人の友人が娘を迎えに来た。皆、アンナとお揃いのマントを着ていて、余りに綺麗《きれい》だったんで、思わず写真を撮ったんだ。まあ、娘は恥ずかしがっていたがな」

フランツは苦笑した。

「この子達は、アンナさんの学友ですか？」

ロベルトは栗毛の少女と黒髪の少女を指さし、訊ねた。

「いや、学校とは別の友達だと、アンナは言っていたな。皆、ゲルデの友達だと」

「ゲルデ？」

「黒髪の子の名前だ。ゲルトルーデ・ブロンザルト。不思議な雰囲気で、目を惹《ひ》く美少女だ。娘はアイドルの話をするみたいに、よく彼女の話をしていたっけ。一年ほど前にニュルンベルクへ越してきたとかで、以前はベルリンにいたらしい」

「ベルリンに？」

「そうらしい」

ロベルトはその写真に打たれた日付を確認した。十二月十三日とある。

それは、ヘンリエッテが『友人とクリスマス・マーケットに行くと嘘を吐き、悪魔を呼ぶ儀式をした』という日に違いない。

「この写真の日の事を詳しく教えてくれませんか？」

ロベルトは身を乗り出した。

「特別なことなど何も無いぞ。たまたま俺が休日で家にいたら、玄関のチャイムが鳴って、少女達がやって来た。アンナはそわそわした様子で出て行ったよ。

それから友人同士でマーケットを楽しんだんだろう。アンナが戻ったのは随分遅い時間だったらしい。俺はしこたま呑《の》んで眠っていたから気付かなかったが、夜道に少女達を帰せないと、妻がこの車で皆を家まで送ったんだ。至極、他愛ない話だろう？」

フランツは答えた。

ロベルトはゆっくりと頷いた。

「成る程……。僕はこんな話を聞いたことがあります。シュトゥットガルトの街で、クリスマス・マーケットに出掛けると親に嘘を吐き、悪魔を呼ぶ儀式を行った少女達がいたとか」

ロベルトはヘンリエッテの個人情報を守る為、小さな嘘を吐いた。

「どういう意味だ？　アンナ達もそうだったと言うのか？」

「その可能性はあると思いませんか？　その頃からアンナさんの様子がおかしくなったのでは？」

「何だと……？」

フランツは少し考え込んだ。

「言われてみれば、そうかも知れん。確かにこの頃から、アンナが無口になっていったんだ。まさか、それが悪魔を呼び出したせいだとでも？　本当にそれで娘がおかしくなったのか？　そんな事が起こり得るのか……」

フランツは呆然《ぼうぜん》と呟《つぶや》いた。

「アンナさん達がその日、何をしたのか、何を見たのかは分かりません。しかし、その日、確かに何かが起こったんです。そして、生徒会役員になるほど真面目だったアンナさんは、悪魔の影を見たとパニックを起こすようになった……（それに、優等生だったヘンリエッテ嬢も、悪魔憑きの症状を起こすようになったんだ）」

ロベルトは噛《か》み締めるように言った。

「何だって？　俺はこれまで、精神病になった妻子を見つけ、早く治療を受けさせようとばかり考えていた。それが悪魔のせいだなんて、そんな馬鹿な……」

「真相を知るためのヒントは、恐らくここにあります」

ロベルトはダッシュボードに付いたカーナビを指さした。

「これは新しい機種で、走行軌跡ログが取れるタイプですよね。十二月十三日から十四日の記録が残っていれば、ゲルトルーデ・ブロンザルトの家が分かる筈《はず》です」

「ああ、ログならバックアップもあるから大丈夫だ。だが何故、そんな事を？」

「僕も知りたいんです、その夜に何があったのかをね。四人の少女のリーダー格と思われるゲルトルーデ嬢を訪ねれば、それが分かる筈です」

「よし、やってみよう」

フランツは鞄《かばん》からノートパソコンを取り出し、USBケーブルでカーナビに接続した。

カーナビから書き出したファイルを地図ソフトに重ねると、当日の走行ルートが画面に表示される。

深夜、車はフランツの家を出、三カ所を回って、再び家に戻っていた。

フランツは表示されたルートに沿って、自宅から逆回りに車を走らせた。

すると一つ目の目的地には、大きな邸《やしき》が建っていた。

「ん？　ここはニュルンベルク市長の家だぞ」

フランツはキルヒナー邸に見覚えがあるらしく、驚いた顔をした。

「そのようですね。では、次に行きましょう」

ロベルトはアッサリと話を流した。

次の目的地にも、広い門のある豪奢《ごうしゃ》な邸が建っていた。

「表札は……ディートヘルム・ハスラーとラケル・ハスラー夫妻、娘のエルザ・ハスラーか。この夫婦も有名人だ。ニュルンベルクの俳優夫婦だ」

「成る程。では、残る一つの場所へ行きましょう。そこがブロンザルト家です」

ロベルトの言葉にフランツは頷《うなず》き、アクセルを踏み込んだ。

2

フランツの運転で、二人は城壁にほど近い場所へやって来た。

工場が建ち並ぶ一帯に、小ぢんまりした一軒家が数軒、ぽつりぽつりと建っている。

フランツは青色の壁をした二階建ての家の前で車を停めた。

「どうやらここだ。意外に平凡な家だな」

二人は車を降りた。

広い道路沿いには柳が植えられ、日陰になった部分にまだ雪が残っている。

フランツは凍える指でブロンザルト家のチャイムを何度か押した。だが、返事はない。

「留守のようだ。暫《しばら》く張り込むか？」

「そうですね。温かい飲み物でも買って備えましょう」

ロベルトが言った時、丁度、子連れの主婦が近くの家から出て来た。

「すみません。この近くにテイクアウトの出来るカフェはあるでしょうか？」

ロベルトはとびきりのスマイルを浮かべ、女性に声をかけた。

「カフェなら三ブロック先にありますけど……」

女性はロベルトの背後でブロンザルト家のチャイムを押しているフランツを、怪訝《けげん》そうに見た。

「どうかなさいましたか？」

ロベルトが訊《たず》ねる。

「あの……その家のチャイム、いくら鳴らしても無駄ですよ」

「何故です？　あそこはブロンザルトさんのお宅では？」

「誰ですって？」

女性は眉《まゆ》を顰《ひそ》めた。

「ブロンザルトさんです」

「そんな人が住んでいるなんて知りませんよ。ずっと空き家と思っていたから」

「空き家？　あの家にはゲルトルーデという少女と、その家族が住んでおられると思ったのですが。ベルリンから引っ越してきたご家族だと聞きました」

「よして下さいよ、気味の悪いことを。そこはずっと空き家ですよ」

女性はそう言った後、思い出したように空を仰いだ。

「そう言えば、一年ほど前からかしら……。月に一、二度ほど、大勢の人が出入りする日はありましたっけね。てっきりイベントかパーティでもやっているのかと思っていたわ。けど、普段誰かが住んでいる気配は無いわよ。引っ越しのご挨拶《あいさつ》もなければ、住人が買い物に出て来るとか、ゴミや洗濯物を出す様子も見たことがないんですから。

とにかく、カフェならあっちね。三ブロック先よ」

女性はそう言うと、「私はこれで」と立ち去った。

「今の話、どう思いました？」

ロベルトはフランツを振り返った。

「意味が分からんが、ナビが示してる場所はここで間違いない」

フランツはそう言うと、玄関先のメーターボックスをそっと開いた。

「この家、電気メーターは回っているぞ」

「ますます妙ですね。僕は一寸《ちょっと》、裏を見てきます」

「俺も行こう」

二人は家の裏へ回った。

裏口の木戸をノックしたが、返事はない。

「誰もいないのか！」

フランツが乱暴に扉を叩《たた》いた時だ。

ガタッと音がして、建付けの悪い扉が内側へ開いた。

「開いたぞ……」

フランツは扉から頭を中に突っ込んだ。

「誰かいるのか！　いるなら返事をしろ！」

フランツの叫んだ声が、ガランとしたリビングキッチンに木霊《こだま》した。

ロベルトがそっと中の様子を窺《うかが》うと、確かに人の住んでいる気配はない。必要最低限の家具を取り付けたモデルルームのような雰囲気だ。

しかし、どこかに違和感がある。何かは分からないが、嫌な気配だ。

ロベルトがそう感じた時、フランツが大きなくしゃみをした。

「どうも匂うぞ。どうせ空き家だ、入っても構わんだろう」

フランツは鼻を擦《こす》りながら、家の中へ入って行った。

一歩中に入ると、屋内は冷え切っていた。外より寒いほどだ。

古いエアコンがごうごうと回る大きな音が響いていた。

フランツは一階をぐるりと見回し、ずかずかと階段を上り始めた。

二階からも、エアコンの作動する音が聞こえている。

フランツは三つ並んだ扉の一番奥に手をかけ、開いた。

正面の窓から外光が差し込み、家具ひとつない室内を照らしていた。その床一面には魔方円が大きく描かれている。

「モーセの魔方円だ……」

ロベルトは眉を顰めた。

魔方円の脇には白っぽい仮面が落ちていた。角のあるウサギの面だ。

「嫌な予感がしやがる。次の部屋に行こう」

フランツは隣の部屋の扉に手をかけ、開いた。

今度は真っ暗だ。

ロベルトは入り口の電気スイッチを押した。

照明の瞬きと共に最初に目に入ったのは、板できっちりと目張りされた正面の窓だ。

広い室内には、バスタブほど大きいアクリルケースが二つ、ぽつりと置かれている。

それぞれのケースの脇に、木の板があった。

透明のケースの内部には、茶褐色の物体が詰まっている様子だ。

フランツはつかつかとケースに近づき、「うわっ」と叫んで後ずさった。

ロベルトもケースの中を覗《のぞ》き込み、息を呑《の》んだ。

そこにはまるでミイラのように固形化した、灰白色の人間が入っていた。

顔の前面から鎖骨部分と胸の上で組まれた指が、粘土らしき物体から露出している。

「これは何だ？　作り物か？」

フランツはごくりと唾《つば》を呑んだ。ロベルトは静かに首を横に振った。

「いえ、恐らく屍蠟《しろう》……だと思います」

「屍蠟だと？」

「ごく稀《まれ》に湿地などから発見される、永久死体です。遺体は低温高湿度の特殊な環境下に置かれた時、腐敗や白骨化することなく、体内の脂質が石鹸《せっけん》状に変化して、石膏《せっこう》のようになるんです。この様子では、死後半年は経っているでしょう」

「じゃあ、こいつらは本物の死体だってのか……」

フランツは冷や汗を流した。

「ひとまず、警察を呼びましょう」

ロベルトは胸元で十字を切ると、携帯を取り出した。

その時、ケースの脇にある木の板に視線が流れ、そこに書かれた文字がロベルトの目に飛び込んで来た。


『Herr. Bronsart（ブロンザルト氏）』、『Frau. Bronsart（ブロンザルト夫人）』

ぞっ、とロベルトは背筋を強《こわ》ばらせた。

＊　＊　＊

背広姿の私服刑事の間を鑑識が動き回っている。

ロベルトとフランツは苦い顔でそれを見守っていた。

「気味の悪い死体だぜ。犯人は一体、何を考えてやがるんだ」

「しかも、わざわざ死体の横にネームプレートを置くとはな」

「隣室の魔方円も不気味だった」

「床に落ちてたウサギの面だが、最近あれを被《かぶ》った不審者が街を徘徊《はいかい》してるらしい」

「仮面を着けたまま、飛び降り自殺したヤツもいたそうだ」

「得体が知れん。気が滅入《めい》るぜ」

刑事達の囁《ささや》きが聞こえてくる。

「お二人が死体を発見した経緯についてですが、フランツ氏の娘の友人であるゲルトルーデ嬢を訪ねてきたところ、裏口が開いており、偶然見つけた……と」

デニスと名乗る刑事がロベルトに訊ねた。

「ええ、そうです」

ロベルトが頷《うなず》く。

その時、若い刑事がデニスの側に駆け寄ってきた。

「デニス刑事、この家の大家と連絡が取れました」

若い刑事から差し出された携帯を、デニスは受け取った。

「デニス刑事だ」

『私の家で変死体だなんて、迷惑な話です。私には何の関係もありませんよ』

大家は戸惑っている様子だ。

「借り主のブロンザルト一家について知ってることを話してもらおう」

『そう言われましても、鍵《かぎ》の受け渡しで一度お会いしただけで、ごく普通のご家族だったように記憶しています。家にはご夫婦と一人娘が住むということで、書類に不備もありませんでしたし、家賃は遅れず払って頂いています』

「家賃は銀行からの引き落としか？」

『ネット銀行からの振り込みです』

「口座名と番号を教えてくれ」

デニス刑事はそれをメモすると電話を切った。

「両親が猟奇的な方法で殺され、娘は誘拐されたという訳か……」

デニスが呟《つぶや》いた時、また別の刑事がやって来た。

「デニス刑事、市役所でブロンザルト一家の家族簿を調べました。家族構成は両親と十七歳の娘。夫婦共に会社員で、昨年ベルリンから引っ越してきたとありました」

「よし。では、勤務先を当たって遺体の身元確認だ」

「それが……家族簿に記載された勤務先に問い合わせたのですが、そこにブロンザルトなる人物は在籍していませんでした」

「何だと？」

「次に、ベルリンの戸籍課に問い合わせたのですが、昨年ニュルンベルクへ転出したブロンザルト一家に該当する記録は、全く存在しないそうです」

「どういう事だ、記録ミスか？」

デニスは腕組みをした。

「一年前、ブロンザルト一家と名乗る人間がこの家を借りた。だが、そいつらが何者かは分からない……ってのか。なんだ、どうなってやがるんだ」

デニスの言葉に、刑事達も首を捻《ひね》っている。

「デニス刑事、私は家族簿の再確認と大家の契約書の確認に行って参ります」

一人の刑事が言った。

「そうしてくれ。それが終わったら、遺体の写真と行方不明者の照合を頼む。俺は鑑識とここに残り、手掛かりを探す。

残りはゲルトルーデ・ブロンザルトを事件の重要参考人として追ってくれ。まずは近所の聞き込みからだ」

デニスの号令で、刑事達は駆け去って行った。

「デニス刑事。ゲルトルーデの行方が分かれば、俺にも知らせてくれ」

フランツがデニスに言った。

「ああ、知らせるとしよう。この状況じゃ、本人確認をアンタにお願いする事になるかも知れん」

フランツとデニス刑事は連絡先を交換し合った。


聴取から解放されたロベルトとフランツは、車に乗り込んだ。

フランツが車を走らせる。

「何故、警察にゲルトルーデの写真を渡さなかったんです？」

ロベルトが訊《たず》ねた。

「決まってるだろう。こんな写真を見せたんじゃ、俺の娘が殺人鬼の一味だと思われちまう」

フランツは四人の少女が写った写真をダッシュボードに投げた。

「そうですね。警察も無能じゃなければ、ゲルトルーデの写真ぐらい、自力で入手できるでしょう」

ロベルトとて、ヘンリエッテが警察に追われるのは避けたい状況だ。フランツの判断は有り難かった。

「なあ、ロベルト神父。この事件をどう思った？」

フランツは煙草に火を点《つ》けながら、ロベルトを見た。

「僕にはあれが十七歳の少女一人に出来る犯罪とは思えません。第一、あの家でゲルトルーデが一年近い期間、気配もなく隠れ住むなど、考え辛《づら》い。それでいて、月に一、二度は大勢の人の声がした。つまり、あの死体を囲んで集会があったという事でしょう。

　あの家は工場地帯に建つ一軒家で、隣の家ともほどほどに距離があり、プライバシーにも干渉されない。秘密のアジトの立地としては好条件です。ですから僕は、あの家がカルトの基地だったんじゃないかと思います」

　ロベルトの答えに、フランツは満足げに頷いた。

「ああ、俺も同じ印象を持った。こいつはカルトの、組織的犯行の匂いがする。魔方円に屍蠟の死体だなんて、到底、マトモな奴らじゃない。ぞっとするぜ、娘のすぐ側でこんな事件が起こっていたとはな……」

「ええ。しかもこの事件、恐らくニュルンベルク駅の呪いとも関係しています」

「何だって？　そいつは本当か？」

　ロベルトはじっくりと頷いた。

「あの家には駅と同じ、モーセの魔方円が描かれていましたから」

「俺はこの事件を追う。相手がカルトだろうが、妻子を必ず取り戻す。幸い俺は、俳優のディートヘルム・ハスラーと面識がある。彼に取材を申し込み、エルザ・ハスラーから話を聞きだそう」

　フランツはハンドルを固く握り締めた。

3

その頃、悪魔の観察に熱中していた平賀のパソコンが、メッセージの受信音を鳴らした。

モニタに現われたのはシン博士だ。

『平賀神父……。貴方《あなた》という人はよくもまあ次から次へと、身の毛もよだつおぞましい代物を私に送りつけて来られるものですね』

シン博士の拳《こぶし》はわなわなと震えている。

「悪魔の体組織のことですか？　お手元に届いたのでしょうか」

『ええ。あの穢《けが》らわしい物体は早々に科学部へ引き渡しました。手元に置いて呪われでもしたら、堪《たま》りませんから』

「それは早々にご手配頂き、有難うございました。ところで、博士も呪いを信じていらっしゃるんですか？」

平賀の素朴な問いかけに、シン博士は片眉《かたまゆ》を吊《つ》り上げた。

『当然です。私の叔母《おば》は、叔父に横恋慕した女性に呪い殺されたと、幼い時から聞いていますから』

「それは驚きです」

平賀は目を瞬いた。

『インドでは存外、そのような話が多いのです』

シン博士は澄ました顔で答えた。

「そうなんですか。でしたら、今回の奇跡調査の詳細をお聞きになれば、博士も大変興味を持たれると思います。なにしろ呪いのような奇妙なことばかりが起こっているのです。

ロベルト神父が悪魔祓《ばら》いを行っている少女は、クリスマスの夜に悪魔を呼び出す儀式をした為に肉体化した悪魔に取り憑《つ》かれ、通常考えられない力を発揮し、手も触れない物が動くとか、周囲でラップ音がする、窓ガラスが割れるといった奇怪な現象が次々起こったのです。悪魔の指が壁に警告文を書いたりもしたのですよ。彼女の悪魔祓いを行ったトビアス神父にも悪魔が取り憑いた為、それを摘出して体組織を、バチカンにお送りした訳です。悪魔の本体は今私の目の前で生きていますが、ご覧になりますか?」

『いえ結構です』

シン博士は短く答えた。

「悪魔の仕業はそれだけではありません。やはり召喚儀式によって悪魔が呼び出されたニュルンベルク中央駅では、六時六分と九時九分に限って、人身事故が起こっているのです。私も目の前で飛び込む人を見た時は、息が止まりそうになりました。それに、街の中心のハウプトマルクト広場には巨大な悪魔の影が出現し、大勢の人がそれを目撃して新聞の一面にも載ったんです。他にも死刑執行人の橋に魔方円が描かれて幽霊が目撃されたり、魔方円が描かれたカイザーブルク城の礼拝堂には蝙蝠《こうもり》の大群が……」

機関銃のように喋《しゃべ》り続ける平賀を、シン博士は手を振って遮った。

『もう充分です。よくもそんな忌わしい事ばかりが起こる場所に貴方は平気でいられますね。貴方のその図太い神経には感服します。

それで平賀神父は結局、何をなさりたいのです？』

「私の望みは当然、科学的に悪魔憑きを見極めたいという事です」

平賀は、カメラに真っ直ぐ向かって言った。

『成る程、それは大いに結構ですが、私には貴方の言う科学的という意味が些《いささ》か分かりかねる部分がありますね』

「何故ですか？」

『例えば、そうですね、分かりやすい例でいえば、私の大叔母は占星術師です。彼女には彼女の知る理論があり、それに基づいて未来予測を行います。流派としては、インド占星術を基本に、データは西洋占星術の計算式を用いています。

そんな彼女の意見と見識を求めて、国のトップに近い人物や大企業の社長、政治家などが大勢、大叔母の許《もと》を訪れます。大叔母は相手の地位や立場に左右されず、彼女の知る理論に基づいた答えを返します。占星術的純粋理論に基づく彼女の行為は、果たして科学的といえますか？』

シン博士の問いかけに、平賀は小首を傾げた。

「要するに、占いというのは統計学ですよね？　でしたら、私の答えはイエスです」

するとシン博士は、ハッと笑うような息を吐いた。

『統計学というのは、観察や経験から得られたバラツキのあるデータから、応用数学の手法を用いて数値上の性質や規則性或《あるい》いは不規則性を見いだす手法です。無論、星々を観察し、規則性を求めることは可能です。ところが占星術が対象とするのは主に、ある年、ある日、ある時刻、ある場所に存在する人間ですから、そこに規則性を求めることは困難です。比較する対象というものもありません。

考えてもご覧なさい。シュメール文明の楔形《くさびがた》文字の祖型が紀元前三一〇〇年頃に発生したと仮定して、人類が文明を持ち始めて以降の五千百十五年間のうち、いわゆる占いで用いられる太陽系の星々の動きが完全に一致する機会が何度あったでしょうか』

「はあ、言われてみればそうですね。私はまた、占いなるものは同じような運命を辿《たど》った人間を観察したり分析したりでデータ化しているのかと、漠然と思っていました。

自然観察ですと、ある程度の広範囲に対する定点観測法が有効ですが、人間というファクターが絡むと複雑化は否めませんよね。仮に同時刻、同じ場所で生まれた人間を比較観察できれば、様々な科学的考証も可能かも知れませんが、そうなりますとクローンや双子実験でしか対応できませんし……。

ああ、双子実験といえばナチスドイツのヨーゼフ・メンゲレが有名ですが、彼は実際にアウシュヴィッツに収容されていた双子一千五百組三千人に対し、各々異なる薬品を目に注入して色の変化を確認したり、細菌、病原菌、麻薬、化学薬品を注入したり、生きたまま解剖したり、逆さに吊るして胃液の動きを測定したり、血液を抜くなどという赦《ゆる》されざる人体実験を行い、二千九百人余りを殺戮《さつりく》したといいます。特に十歳前後の子供の双子を好み、モルモットにしたそうですね」

シン博士は「ヨーゼフ・メンゲレ」というフレーズが出た所から両手で耳を塞《ふさ》いでいたが、平賀の口元が動かなくなったのを見て、耳からそっと手を離した。

『……危うく忌わしい話を耳にする所でした。平賀神父、私は常々疑問に思っていたのですが、貴方の話がいつも血腥《ちなまぐさ》くグロテスクなのは何故ですか？』

「えっ、私の話がですか？」

平賀は心底驚いた顔をした。シン博士はコホリと咳払いをした。

『ともかく。私が言いたかったのは、大叔母の占星術理論を貴方が科学と呼ぶか否かという話です。私は学生時代に多忙な大叔母を手伝う為、星々の動きやその位置関係と、個人の生年月日、その人が何かを為そうとする日取りとの関係をプログラム化したことがあります。いわゆる占いソフトです。ですが、余りに複雑化したパラメーターから規則性を抽出する事や、何かの答えを導く事は困難でした。

ところが大叔母は、私の作ったソフトからでも、昔ながらの紙に図形を書く方法からでも、同じように一つの答えを導くのです。彼女はそれを理論だと言いますが、私には霊感のように感じられます。

つまり私の疑問は、本当に貴方の周りで起こっていることが呪いと呼べる事柄なのであれば、それは果たして純粋科学によって観察や証明ができるのか、科学はそれ程万能なのかという問題なのです。数字は嘘を吐《つ》きませんが、観測者である人間の認知には限界がありますし、思い込みによって観測結果がねじ曲げられることさえある』

「シン博士、大変示唆に富むお話を有難うございます。その答えは私なりに考えたいと思います。

　ところで、博士が組まれたという占いソフトはその後、どうなさったのです？」

　平賀の問いに、シン博士は小さく笑った。

『それでしたら、英国占星術協会から買い付けのオファーがありましたので、安価で売却しました。イギリス人は占いが大好きだそうで、将来は携帯でも使える協会のコンテンツにするなどと言われた気がします』

「そうなんですか。素晴らしいですね。ドイツ人も占いが大好きらしく、占い機能付きのヴァルハラという携帯が若者の間で大流行中だと、こちらの今朝の新聞で読みました。

　今頃は博士の占いソフトも、イギリスの若者たちに流行しているかも知れませんね」

『それは私には興味のない話です。それでは私は忙しいので失礼します』

　通話はプツリと切れた。

　平賀は少し考えた後、ライブカメラを悪魔に向け、携帯から動画を見られるように設定すると、ホテルの外に出た。

　携帯の話をしたことで、弟の良太がそろそろ携帯を欲しがっていたのを思い出し、休暇を切り上げた代償のプレゼントとして送ろうと思い付いたからだ。

平賀が通りを暫《しばら》く歩いていると、携帯ショップが並ぶエリアがあった。

テレコム、ボーダフォン、テレフォニカの三大キャリアが大きな店舗を構えるほか、「Congstar」、「Fonic」、「Blau.de」といった小さなキャリアのショップもある。

それらの中に、制服姿の学生達で賑《にぎ》わうショップがあった。

「Walhalla《ヴァルハラ》」と看板が出たその店に、平賀は入った。

店内には各校の制服を着た少年少女が携帯を持っているポスターや、「学生割引」と書かれた派手な段幕が飾られている。

携帯用アクセサリーの売り場前では少女達が集い、会話していた。

「ねえねえ、一組の子らが悪魔を見たってホントかな」

「私も見たかったなー」

「嫌だよ、私は」

「どっちにしてもさ、今日も午後の授業が休みになってラッキー」

「まあね。でもこの先、どうなるんだろう」

少女達は不安げに顔を見合わせた。

「毒ガステロかもって、警察も言ってたし……本当かな？」

「これからどうなるか、占ってみる？」

「その携帯、一寸《ちょっと》見せて頂けませんか」

不意に会話に入ってきた平賀の声に、少女達は驚きの悲鳴をあげて振り返った。

「だ、誰？」

「平賀です」

平賀はペコリと頭を下げた。

「その携帯と同じ物を買いたいので、一寸それを貸して頂けないでしょうか」

そう言われた少女の一人が、呆然《ぼうぜん》としたまま、自分の携帯を平賀に差し出した。

「有難うございます」

平賀はそれを持って、レジ前へ行った。

「すみません。これと同じ携帯で、同じサービスが欲しいのです」

「いらっしゃいませ、お客様。こちらは当店の人気機種ですよ。お客様が本日、学生証をお持ちであれば、この街で最安値となる学生割引サービスが受けられて大変お得です」

店員がにこやかに説明する。

「いえ、私は学生ではありません」

平賀は少しむっとして答えた
「左様でございますか。それでしたら、本体とプリペイドSIMカードのセットで特別価格の二十ユーロ。お勧めのプランは、データ定額一日〇・九ユーロを付けたものになりますが、如何《いかが》でしょう」

「はい、それで結構です」

「ではこちらが契約書になります。身分証明書はお持ちでしょうか？」

平賀はパスポートを示し、契約書にサインした。

「それでは商品をご用意致しますので、少々お待ち下さい。お買い上げ頂いた携帯は、充電してからお使い頂けます」

「分かりました」

平賀はくるりと振り返り、少女に携帯電話を返した。

「有難うございます。大変助かりました」

再びペコリと頭を下げた平賀に、少女達は戸惑いの顔を見合わせたのだった。


ホテルに戻った平賀は、店員に言われた通り、買った携帯を充電器に繫《つな》いだ。

そうしておいて、悪魔の観察とニュルンベルク駅の映像を見る作業に戻る。

一時間ばかり経つと、携帯に充電終了のランプが灯《とも》った。

平賀は試しに携帯を起動した。

メイン画面には「通話」や「メール」、「インターネット」、「スケジュール」のほか、「占い」、「コミュニティ」、「ゲーム」、「音楽」、「ラジオ」等のアイコンが並んでいる。

「学生用の携帯というのは、面白そうな機能があるものですね」

平賀が何気なくその画面を見ていた時だ。

画面の隅から鹿の角と鴨の翼を持つウサギのキャラクターが出て来て、お喋《しゃべ》りを始めた。

『やあ、僕はヴォルペルティンガーだよ。したい事や聞きたい事があったら、何でも僕にそう言ってね。じゃあ、最初に君の名前と誕生日を入力してね』

(これは……)

平賀は目を瞬かせた。

4

ロベルトはフランツと別れ、病院を訪ねていた。

その日意識を取り戻したトビアス神父は、枕元にいるジャンマルコとロベルトに、弱々しい笑顔を見せた。

「切られた腹は痛いのですが、久しぶりに爽《さわ》やかな気分です」

その目つきや口調が元のトビアス神父に戻っていたことに、ロベルト達は安堵《あんど》した。

「トビアス神父、今までの出来事を覚えていらっしゃいますか？」

ロベルトが訊《たず》ねると、トビアスは天井を見上げ、目を細めた。

「ええ、なんとなくは……。ですが長い間、悪夢を見ていたような気もします」

トビアスはキルヒナー邸で見聞きしたことや、自身の身の回りに起こった幻覚のような不可解な出来事を二人に語った。

「それは悪魔の侵入と脅迫という段階だろう。お前も大変だったろうが、こっちも色々大変だったぞ」

ジャンマルコはトビアスが不在の間に起こった出来事を話した。トビアスは赤くなったり青くなったりしながら、それらを聞いていた。

「随分ご迷惑をおかけしたようですね……。それで私はどうなるのでしょう？」

「医師の話では、術後一週間ほど安静にした後、検査結果に異常がなければ退院だそうだ。フラウエン教会の後輩も君の無事を祈っていたよ」

ロベルトが預かっていたメダイを渡すと、トビアスは嬉《うれ》しげにそれを受け取った。

「お前さんに取り憑《つ》いた悪魔は、憑依《ひょうい》の段階までは進んでいなかったとみえる」

ジャンマルコも笑顔で言った。

「ヘンリエッテ嬢はどうしておられるのです？」

トビアスは心配げに訊ねた。ロベルトは溜息《ためいき》を吐いた。

「まだ彼女の意識は戻っていない。身体は回復しつつあるようなんだけれどね」

「そうなんですか……」

「現状分かったことは、ヘンリエッテ嬢に悪魔が侵入したと思われる日、彼女とその友人のアンナ、エルザ、ゲルトルーデ・ブロンザルトという少女達が一緒に行動していたということまでだ。

そして恐らくゲルトルーデは、悪魔を信奉するカルトの一員だ。悪魔の影に怯《おび》えていたというアンナさんは行方不明。エルザさんの行方はアンナさんの父親が追っている。ヘンリエッテ嬢が意識を取り戻せば、詳しい状況が分かるだろう」

ロベルトの言葉に、ジャンマルコとトビアスは顔を曇らせた。

「では、私に取り憑いたという、その……悪魔はどうなったんですか？」

「それは今、僕の相棒とバチカン科学部が調査中だ」

「ロベルト神父の相棒？」

「ああ、彼はなかなか愉快な神父だぞ。お前さんのレントゲンを撮影し、外科手術を強力に勧めたのはその男だ」

横からジャンマルコが愉快げに言った。

「では私の恩人という訳ですね。早く会ってお礼を言いたいです」

トビアスが言った時だ。

マナーモードにしていたロベルトの携帯が震えた。

ロベルトが画面を見ると、平賀からメールが届いている。

「噂の平賀からメールです。何かを発見したようです」

ロベルトは携帯の画面をジャンマルコに見せた。


　ロベルト、大発見です。　　　　　　　　　　　　　　平賀

「こっちはわしに任せて、行ってやったらどうだ？　悪魔の正体が分かったのかも知れ

ん」

ジャンマルコの言葉に、ロベルトは頷《うなず》いた。

「有難うございます。では、もしヘンリエッテ嬢が意識を取り戻したら……」

「分かっとる。ゲルトルーデと悪魔の侵入について、わしが事情を聞いておこう」

ジャンマルコは答えた。

ロベルトがホテルに戻ると、平賀は机に向かい、携帯の画面に夢中になっていた。その側の水槽で、悪魔が血飛沫《ちしぶき》をあげてのたうっている。

「平賀、大発見とは何だい？」

「ロベルト、これを見て下さい」

平賀は見ていた携帯を差し出した。

手にフィットするなめらかな曲線のフォルムで、ヘアラインと呼ばれる研磨仕上げがなされた、淡い紫色の携帯だ。ドイツ製にしては洒落《しゃれ》たデザインである。

そのメイン画面では、キャラクター化されたヴォルペルティンガーが踊っていた。

「これは……」

「この街の学生に大人気の機種なんです。ヴァルハラという会社が発売しているもので、ヴォルペルティンガーのキャラクターが案内役といいますか、OSのアシスタント機能を果たしているんです。

それだけじゃありません。その携帯、色々と怪しいです。その携帯に良太の名前と年齢を登録したら、おかしなメールが次々届くんです」

ロベルトはまず、携帯に届いた大量のメールをチェックした。

スポーツイベントの告知や音楽イベントの勧誘。中には自己啓発セミナーやヨガ道場、運気をアップさせるトレーニング、魔術教室などへの怪しげな誘いもある。

試しに『魔術教室について詳しく見てみる』というリンク先へ飛ぶと、幻想的なムービーが流れるホームページが開いた。

トップページには「悪魔を呼び出して命じれば、貴方《あなた》の願いが叶《かな》う」というフレーズがあり、鳩の血のインク、お守りのペンタクル等のよくあるグッズに並んで、ヴォルペルティンガーのお面や『魔術師のマント』が通販されている。

魔術師のマントは、フランツの撮った写真の中でヘンリエッテ達が着ていた物と同じであった。

「ヘンリエッテ嬢やアンナさんも、このサイトを見ていた可能性が高い。というより、カルトの勧誘に、携帯が使われたのかも知れない」

ロベルトは自分の携帯でヴァルハラの携帯を撮影すると、フランツとヘルマ夫人にその画像を「娘さんの携帯と同じものですか？」という質問を添えてメールで送った。

すると、すぐにフランツから電話がかかってきた。

『ロベルト神父か。確かに見覚えがある。アンナも妻も、同じ携帯を使っていた』

「そうですか。アンナさんとゲルトルーデは別の学校なのに何処で知り合ったのかと、僕も疑問に思っていたんです。二人はネットで知り合ったに違いありません」

『ネットカルトか……』

フランツが息を呑《の》む音が受話器から聞こえた。

「ええ。カルトが若者を取り込む方法として、昨今、非常に危険視されているのは、ネット勧誘です。

一昔前のカルトは、宗教や哲学に関する講演会を通じて向上心のある若者を取り込んだり、偽のボランティア活動でやる気のある若者を発掘したり、背後に教団があることを隠してスポーツイベントやサークル活動に参加させるといった方法をとってきました。

ですがその場合、カルト組織下の勧誘団体がハッキリと実在して活動している為、やがて人の噂になったり、被害者が団体を訴えたりで、その悪質さが世間に知られるようになっていきます。

そこで最近は、メールなどを通じて、マンツーマンでターゲットを狙い撃ちするようなネット勧誘が増えているんです。

例えば、占いが好きでスピリチュアルに関心の有りそうな若者をネット上のサークルに取り込み、美容サロンやヒーリングサロンの割引サービスとか、ヨガ教室や代替医療の無料体験に誘うなどの方法で接触し、徐々に人々の不満を引き出したり、社会への不信を抱かせたりしながら、自分たちの世界に引きこんでいくという感じです。

最初に一対一のメールのやり取りの中で『他の人には内緒に』と口止めしておけば、情報の漏洩《ろうえい》は遅れる上、仮に漏れたところで、勧誘団体の実体を把握するのが難しいんです。事務所が存在しなかったり、代表人物が偽名だったりするからです」

『家族も学校も誰も異変に気付かないうちに、サイバースペースの中でカルトが流行していたんだな……』

「ええ。携帯を通じてカルトに接触されますと、たとえ家族でもその事実に気付くのは難しいでしょう。

ところでフランツさん、エルザさんの父親にはお会いできましたか？」

『駄目だ。俳優のディートヘルム・ハスラーからは取材を断られた。昔の仲間の週刊誌記者に聞き込んだところ、彼の家の娘も行方不明で大変らしい。

それで俺はニュルンベルク市長にコンタクトを取った。恐らく市長の娘もあの日、アンナと一緒にいた筈《はず》だからだ』

「……それで、どうなりました？」

『多忙で取材どころじゃないと取材を拒否されたよ。今、市庁舎は大混乱らしい』

「混乱といいますと？」

『今、街のあちこちで物騒な騒ぎが起こっているだろう？　悪魔騒ぎもそうだし、ガイセ通りに建築予定の移民用宿舎前でも騒ぎが起こっているらしい。それで市長は対応に追われているという話だ』

「成る程……」

『俺は暫《しばら》く娘の学校を見張ることにした。警備員に通報されないように、校舎が見えるホテルに陣取った。何か分かれば連絡する』

フランツの電話は切れた。

ロベルトの携帯にはヘルマ夫人からもメッセージが入っていた。

『娘のヘンリエッテはそれと同じ携帯を持っていました』と書かれている。

「やはりそうか……」

ロベルトは唸《うな》ると、「ヘンリエッテ嬢が意識を取り戻しても、暫く携帯に触れさせないようにして下さい」と、ヘルマ夫人にメッセージを送った。

「ロベルト」

平賀が声をかけてきた。

「ネットカルトの流行から、少なくとも、ウィルシュテッター女学院での集団過呼吸事件については説明がつきそうです。普段から『悪魔を見た』というネットの書き込みに触れていた少女達の間で、誰か一人が『悪魔がいる』と叫んでパニックを起こしたとしたら、それが集団に連鎖し、集団パニックが起こってもおかしくありません。

科学的に言えば、それはミラーニューロンの働きに関係しているのでしょう。

ミラーニューロンとは一九九六年、パルマ大学のジャコーモ・リッツォラッティ教授らによって発見された神経細胞です。ジャコーモ教授によると、マカクザルがエサを取る為に手を動かす時に活発化する神経細胞が、実験者であるヒトがエサを拾い、それをマカクザルが見ているだけの時にも活発化するのだそうです。他の個体の行動を見て、まるで自身が同じ行動をとっているかのように『鏡のように』神経細胞が反応することから、ミラーニューロンと名付けられました。

ヒトにおいても、サルの運動前野と下頭頂小葉において観測されたミラーニューロンの活動があると推察されており、他人がしていることを見て、我がことのように感じる共感《エンパシー》能力を司《つかさど》っているといわれます。

集団パニックは、特に子供や少女に多く起こります。例えば一人の幼児が泣き出すと、周りの幼児も泣き出すといった現象はよく見られます。恐らく肉体的に弱い個体と彼らの共感力の高さ、ミラーニューロンの働きとの間には相関関係があるのでしょう。ミラーニューロンに関連する脳神経活動を、ＭＥＧ（脳磁図）で調べたところ、男性より女性に強くみられたと主張する研究者もいます」

「ふむ。集団がパニック状態になることは、動物の群れにも見られるというね。動物の集団内にストレスが溜《た》まったり、敵に襲われたりなどの致命的な緊張や混乱の中に置かれると、そのフラストレーションから、意味なく鳴く、吠《ほ》える、仲間に嚙《か》み付くといった、ヒステリー状の行動が生じるそうだ。

だが、人間集団の場合は動物と違い、言語とそれによって獲得された理性を持っている。だから、『こういう理由でストレスが溜まっている』、『こういう理由で緊張している』という理由がハッキリすれば、意味のない不安やパニックをひとまず避けることができる。精神分析がヒステリー症状の患者を治療できるのも、この理屈からだ。

ヒトは古来、いつ天から降ってくるか分からない恐ろしい雷を、シュメール人はイシュクル、ローマ人はユーピテル、ギリシャ人はゼウス、ゲルマン人はトールの仕業と考えた。そうして定期的にこれらの神を奉ることで、恐怖を克服してきた。現代では気象学が予測を請け負っている訳だが、人の本質はそう変わらないと思えるね。

人間はいつも将来が不安な生き物なんだ。だけど、集団パニックが子供や少女に起こり易いのは、特に彼らにはまだ社会経験が少ないことと、言語力の稚拙さが関係しているかも知れないね」

「ネットを通じて人の心に悪魔が侵入するなんて、嫌な時代です。

私は良太にプレゼントしようと携帯を買ったのですが、こんな危険なものは良太には見せたくありません。子供を相手に不安を煽《あお》る真似は止めて頂きたいです」

平賀はそう言いながら、携帯のコミュニティというアイコンに触れた。

「この携帯ユーザーが集うコミュニティには、街で起こっているオカルティックな異変についての口コミサイトがあって、膨大な数の書き込みがあるんです。凄《すご》い情報量です」

平賀が示した画面には、『悪魔を見た』、『死刑執行人の橋で幽霊を見た』といった投稿がリアルタイムで示されている。

ロベルトは不吉な情報の多さに顔を顰《しか》めた。

そして大量に流れていく情報の中に、時々、奇妙な予言めいたフレーズが挟まれるのに、彼は気付いた。

『若き鷲《わし》は三つの勢力に勝つだろう、
ただ一度も戦うことなく
腐敗したバベルの巨人の両目を、「彼」は引き裂く』

投稿者はＳＩＧＮＡＬとある。アイコンはヴォルペルティンガーの絵だ。

ロベルトはその者の書き込みを追った。

『主を無くした古井戸に大きな滴が五つ垂れるとき、
別のものがドイツの体制を保つだろう。
人々は二つに分かれる。獣となるものと、神となるものへと』

「平賀。このフレーズ、見たことがないか？」

「ああ、本当です。祭の夜、カイザーブルク城の礼拝堂に書かれていた言葉です。それを書いたのは、このサイトを見た者か、ＳＩＧＮＡＬ自身なのでしょう」

二人はさらにＳＩＧＮＡＬの言葉を追った。

『翼ある車の許《もと》に悪魔が呼び出されるだろう
獣の数字に供犠《くぎ》こそを捧《ささ》げられん』

「これ……どう思う？」

ロベルトの問いかけに、平賀は首を傾げた。

「獣の数字といえば六六六ですが……。翼ある車といいますと？」

「翼のついた車といえば、鉄道の象徴だ。覚えていないか？　ニュルンベルク中央駅の屋根にも、その石像が飾られていた。それに、獣の数字とは六六六だが、悪魔が自分の弟子たちを通して自らを主張するのが、その逆の九という数なんだ」

二人は顔を見合わせた。

「では、これはニュルンベルク中央駅の事件を予言しているのでしょうか」

「そうだ。あるいは犯行予告かも知れない」

「ＳＩＧＮＡＬとは何者なのでしょうね」

平賀が呟《つぶや》いた。

「分からない。けど、それはとびきり不吉な名前だ」

「不吉と仰《おっしゃ》いますと？」

「一九四〇年から五年間にわたって発行され、毎号二百五十万部が販売されていたという、ナチスの戦時宣伝雑誌——かつて『ヒトラーの宣伝兵器』と呼ばれたナチスのプロパガンダ誌の名前と同じなんだ。

その雑誌は斬新《ざんしん》なレイアウト、インパクトのある戯画やイラスト、視覚性の高い地図などのデザイン性に優れ、記事作成にはフリーのジャーナリスト、記者、経済学者、歴史家などがボランティアで協力していたという。その紙面に多用されたカラーと白黒の戦争写真は、宣伝部所属の千人規模のカメラマンによって撮影されていた。途方もない人脈と予算を注ぎ込んだ、情報戦略の要《かなめ》だったんだ。

当時のアメリカ政府のプロパガンダ誌『ヴィクトリー』の発行部数は、『シグナル』の半分にも満たなかったという」

「またヒトラーの亡霊が彷徨《さまよ》い始めたのでしょうか……」

平賀は顔を曇らせた。

「ああ。厄介な話だ」

「ロベルト神父が今仰ったことを、携帯会社のヴァルハラに全てお話しし、注意喚起を呼びかけてはどうですか？　こんな危険なサイトや投稿を放置してはいけませんよ」

平賀が言った。

「どうだろう。先に、ヴァルハラという会社について調べた方が良さそうだ」

「そうですね」

平賀はパソコンの前に座り、ヴァルハラを検索した。

ホームページの情報によると、創業は一九九二年、本社はニュルンベルク。地元で最も成功したIT企業の一つらしい。二〇〇〇年にかつての国営企業であるドイツテレコムの回線をレンタルし、通信事業に乗り出すと、以降、M&Aを繰り返し、瞬く間に大企業へ成長している。現在の資本金は二千万ユーロ。従業員数三千人。ホームページには立派な社屋や工場の写真も掲載されている。

創始者は二人の女性で、ビルギット・エルメンライヒとインゲボルク・アッヘンバッハ。共に赤いスーツを着て微笑む写真が載っている。年齢はいずれも四十代半ばだろう。

「特に怪しい点はありませんね。ただ、売上げは昨年から急激に伸びています。新機種の爆発的ヒットによるものらしいです」

「ふむ……。僕は携帯のゲーム機能を見てみたけれど、かなり悪趣味だ。お勧め一位の無料ゲームはなんと、魔方円で悪魔を呼び出し、宝探しをさせるというものだ。

それに、このゲームに使われている魔方円、街で見かけた落書きとそっくりだ」

「では、やはり怪しい訳ですね」

「ただ、ヴァルハラがわざと悪魔を登場させる仕掛けをしたのか、ただの偶然なのか、はたまた会社組織がカルトに乗っ取られたのか……。分からない所だね」

そう言いながらロベルトは、音楽のアイコンをタッチした。

無料ダウンロード第一位、と書かれた音楽が自動再生される。

その途端、ヘビーメタルの大音量が室内に響いた。

ロベルトはビクリと肩を震わせた。

水槽の悪魔が跳ね、ビシャリと血飛沫《ちしぶき》をあげた。

携帯の画面では、五人の少年達のシルエットが動いている。バンドの名は『Höllenhund《ヘレンフント》（地獄の犬）』と表示されていた。

さあ、殿方も僕《しもべ》も
すべてはここで踊るのだ
老いも若きも、美しき人も、皺《しわ》の寄った人も
すべてこの踊りの家に入らねばならぬ
それは赤ん坊とて例外ではない
生まれたばかりの子供
お前の命はこれまでだ
世間はお前に徒《あだ》な望みを抱くかもしれないが
お前は揺りかごの中で死ぬほうがいい
この世はなんでも長続きしない
お前は世間の重荷を避けたのだ
長い執行猶予が与えられようが
そんなものはここでは何の役にも立たぬ

さあ、高貴な生まれの聖職者よ
あなたの尊大ぶりはよく知られ
傲慢《ごうまん》に人々を扱ってきた
だが、今や死は貴殿のもとに
我らは貴殿を破滅に導く
貴殿に永劫《えいごう》の罰が下される

『くそったれめ、触るんじゃねぇ！』
『腐れ神父が、地獄に墜《お》ちろ！』

嗚呼《ああ》、今日生まれた赤ん坊も
最早《もはや》立ち去らねばならぬ
一瞬の安らぎもなく
生きることさえ知らぬうちに
若者も年寄りも
死は等しく舞踏を踊らせる

ロベルトは耳を塞《ふさ》ぎ、音量を最小にした。

「なんて酷《ひど》い騒音だ……。下品で気分が悪くなる」

パソコンを見ていた平賀は振り返り、目を瞬いた。

「そうですか？　ロックなんて皆、こんなものじゃないですか。確かに、聞いていると船酔いしそうな曲ですけれどね」

平賀の言葉にロベルトは軽く笑った。

「これで二つばかり分かったことがある。今の歌詞の原型は、間違いなく十六世紀頃に教会批判の為に作られた『死の舞踏』というものだ」

「教会批判ですか……」

「そうだ。それと、曲の途中にはラテン語で下品なシャウトが入っていたが、ヘンリエッテ嬢は同じような言葉を叫んでいたんだ」

ロベルトは悪魔憑《つ》きとなって喚《わめ》いていたヘンリエッテの様子を思い出していた。

「では、ヘンリエッテ嬢はこういう楽曲から、神父を罵倒《ばとう》するようなラテン語を覚えたのかも知れませんね」

「……つまり、このヘレンフントとかいうバンドの曲を調べれば、他の罵倒の言葉も見つかるかも知れない」

ロベルトは楽曲リストからヘレンフントの曲を探し、小さな音で再生した。

この世界に、ようこそ
憎悪の世界に、ようこそ
終末の生命は運命の土に覆われる
苦痛の世界に、ようこそ
苦痛だけが、唯一の運命
お前は脆《もろ》い時間に傷つけられる

命の可能性は失われ
すべての望みは無と帰して
破局だけが、未来にある
お前の価値は失われ、
野心すらも砕かれる
そんな世界にようこそ
お前に必要なものは、憎しみだけ

苦痛の檻《おり》の中にいるお前を
殺す方法をじっくり考える
ゆっくりとした死を、ひどい腐敗を与えてやる

お前のくだらない人生を浄化し洗い流してやる
お前は豚のように逃げようとするが
決して逃がさない
お前の生きる価値は奪われた
ネズミと化した人間たちよ
四十万人の死を讃《たた》えよ
死の大天使
死の王国の支配者が誰かはみんなが知っている……

「この曲にはラテン語のパートがないようだ。全く、つまらない曲だ」

苛立《いらだ》ったように言ったロベルトを、平賀は不審そうに見た。

「ロベルト、全ての曲をチェックするおつもりですか？　けど、それだけではやはり、彼女の悪魔憑きの症状は説明できませんよ」

「まあ、それはそうだが……」

「ヘレンフントというグループについて、調べてみましょうか？」

平賀がそう言った時、パソコンがメッセージ音を鳴らした。

「あっ、シン博士からお電話です」

平賀がマイクのスイッチを入れる。

シン博士の顔がモニタに映ったと思った次の瞬間だ。『ひいっ!』という悲鳴がスピーカーから流れ、プツリと通話が切れ、モニタは真っ暗になった。

「あれ? おかしいですね。あ、私のライブカメラが無……」

平賀はそこまで言うと、ガタッと音を立てて椅子から立ち上がった。水槽の悪魔に近づき、その前にあったカメラを取って、それを自分のノートパソコンの上部に固定する。

そして平賀ははーっと溜息《ためいき》を吐いた。

「博士に申し訳ないことをしました」

「どうしたんだい?」

ロベルトが訊《たず》ねる。

「昼間に私が携帯を買いに出掛ける時、外出先から悪魔を見張る為、博士との通信に使っているライブカメラを悪魔の方に向け、私の携帯で見られるようにして出たんです。で、カメラを元の場所に戻すのを忘れていました」

「じゃあ、博士の方のモニタには君じゃなくて……」

「はい、悪魔が映し出されたと思います。急いでお詫《わ》びしなければ」

平賀はシン博士を呼び出したが、いくら呼んでも反応はなかった。

『失礼しました。カメラの位置を動かしましたので、もう大丈夫です　平賀』

平賀は博士にメールを書いた。

暫《しばら》くすると、博士からメールの返信が届いた。

そこに書かれた内容に、平賀は大きく目を見開いた。

「ロベルト……。悪魔の正体について、分析結果が出ました」

第六章　幻のヴォルペルティンガー

1

翌日の夜。平賀は悪魔について話があると、フラウエン教会の二階にある集会室に神父達を呼び集めた。

ベックマン司祭以下十二名の神父とジャンマルコ司祭、ロベルトが見守る中、平賀は抱えていた水槽をテーブルに置き、布の覆いを取った。

水槽は前日までと違い、血で満たされてはいなかった。透明なアクリル越しに、悪魔の姿が顕《あら》わになる。

それは醜悪で、牛の腸かはたまた巨大な蚯蚓《みみず》を思わせる不気味な姿であった。皮膚は肌色で、てらてらとした艶《つや》がある。腹部は膨れ、頭部には目がない。裂けた口からは鋭く大きい歯がのぞき、二つに分かれた舌が動いている。

「バチカンで行ったDNA鑑定の結果ですが……」

平賀が言った。神父達の間に緊張が走る。

「爬虫綱有鱗目《はちゅうこうゆうりんもく》アンフィスバエナの一種と分かりました」

「アンフィスバエナだって？」

ロベルトは思わず聞き返した。

アンフィスバエナとは、メデューサの生首から零《こぼ》れ落ちた血から生まれたといわれる、伝説上の怪物だ。ヨーロッパの紋章のモチーフとしてしばしば用いられ、身体の両端に頭のある双頭の毒蛇として、また、背中に蝙蝠《こうもり》の翼をつけ、鱗《うろこ》に覆われた脚を持つドラゴンのような姿として描かれる。

「はい」と平賀は頷《うなず》いた。

「アンフィスバエナとは、地中生活に適応して四肢が退化したトカゲの亜種で、別名ミミズトカゲと呼ばれるものです」

平賀の言葉に、神父達はざわめいた。

「トカゲだと……？」

「そうは見えないが……」

「こうして見ると、むしろ蛇のようだ」

はい、と平賀は神父達を見回した。

「アンフィスバエナは地中生活のため、四肢と視覚が退化した種なのです。体表色素も欠損傾向にあります。外耳と鼓膜も退化し、地中を伝わる振動音は下顎《したあご》で感知します。その代わり、土を掘るための頭部が発達し、移動のための体表環節の発達がみられます。

彼らは移動の際、腹板を使って蛇行する蛇とは異なり、環節を伸張・緊縮させることによって、ミミズのような蠕動《ぜんどう》運動を行います。これによって、彼らは前進と全く同じようにして後進が可能となります。ここから、『両方に進む』という意味のアンフィスバエナと名付けられたのです」

「そんな物が何故、トビアス神父様の体内に？」

若い神父が不安げに訊ねた。カール神父だ。

「その理由は分かりません。自然では有り得ません。ですから、人為が介在していると考えざるを得ません。

私も最初、これが寄生生物で、蛭《ひる》のように血液を欲しているのではと思いました。ですから、輸血用血液の中で飼育していたのですが、それは誤りでした。

あともう一つ、調べなくてはならない事があります。それはこのミミズトカゲが毒を持っている可能性についてです。トカゲの仲間には神経毒を持つものがいます。トカゲの場合、毒腺《どくせん》は下顎にあり、毒牙《どくが》はあまり発達していません。嚙《か》みついている間に毒液を傷口から少しずつ浸透させます。その結果、患部の腫《は》れ、痛み、眩暈《めまい》、アナフィラキシーショックなどの症状が出ますが、それで死に至ることは稀《まれ》です。

このミミズトカゲもそうした毒を持っているかも知れません。だとしたら、寄主に起こったショック症状や、精神的症状もある程度説明できるからです」

「毒だって？」

「でも、一体誰が、何の為に……」

神父達は不安げに呟《つぶや》いた。

「この生物が悪魔などではなく、トカゲの一種と分かった以上、この個体をバチカンに送り、詳しく生態調査をしてもらおうと思います。そこで、皆様にもこの生物を移動させる許可を頂きたいと思ったのです」

平賀が皆を見回し、そう言った時だ。

にわかに外が騒がしくなった。

扉を激しく叩《たた》く音、窓ガラスに物がぶつかる音、そして大勢の人々の怒鳴り声が聞こえて来る。

「悪魔を出せ！」

「フラウエン教会は悪魔の巣だ！」

「悪魔に仕える二枚舌の神父共を引きずり出せ！」

興奮した声で、シュプレヒコールが繰り返された。

「どういう事だ……」

「悪魔の噂が漏れたんだ」

神父達は我先にと窓辺へ行き、外を見下ろして、その光景に恐怖した。

百人余りの群衆が、それぞれ白いヴォルペルティンガーの面を被《かぶ》り、教会を取り囲んでいる。ある者は手に松明《たいまつ》を持ち、ある者は棒切れで教会の壁を打っている。

神父達の姿を見つけ、二階に向かって石を投げる者達もいる。

ガシャンとステンドグラスが砕ける音が階下から響いてきた。

「いけません。皆に本当のことを説明しなければ」

窓を開け、身を乗り出そうとした平賀を、ロベルトは腕を摑《つか》んで引き留めた。

「今は何を言っても無理だ。皆、興奮している。危険なだけだ」

「ですが、悪魔のことは誤解だと、皆さんに伝えなくては……」

そう言った平賀の顔を掠《かす》めて、煉瓦《れんが》の欠片《かけら》が室内に投げ込まれた。

ロベルトは窓を閉め、カーテンを閉ざした。

「今、警察を呼ぶ」

ベックマン司祭が警察に電話をかけ始めた。

「警察が来るまで待つしかない。最悪でも、朝になれば騒ぎが収まるだろう」

ロベルトが皆に向かって言った。

「僕は一階の戸締まりを確認してきます」

カール神父が集会室の扉を開いた。

「いや、ここは皆で逃げた方がいい。教会に火をつけようとしてる奴がいる」

ジャンマルコが壁を背に、外を窺《うかが》い見て言った。

「なんですって……」

神父達は青ざめた顔を互いに見合わせた。

その時だ。開かれた扉から、ヴォルペルティンガーの面をつけた黒ずくめの男が入ってきた。

「す、既に暴徒が教会の中に……」

ベックマン司祭はよろよろと後ずさった。

すると黒ずくめの男は神父達を見回し、静かに面を取った。

「ああっ、貴方《あなた》は……」

その顔に、平賀とロベルトは覚えがあった。ネオナチ組織の壊滅を目的に結成された『シオンの掟《おきて》』の一員、マギー神父である。

「マギー神父！　どうして此処《ここ》に？」

驚く二人に、マギーは口元だけで微笑んだ。

「話は後です。私は皆さんを逃がす為に来ました」

そう言うと、マギーは持っていた大きな鞄《かばん》から、コートやマント、ヴォルペルティンガーの面を次々に取り出し、テーブルに置いた。

「皆さん、これに着替えて面をつけ、暴徒に紛れて脱出して下さい」

「分かりました」

「有難うございます」

神父達は各々頷き、コートやマントを手に取った。

「準備ができたら、裏口へ移動します。私が錠を壊した為に裏口は開いていますが、私の仲間が開かないフリをしています。私の合図で、仲間は裏口を開きます。そこから暴徒が押し寄せるでしょう。暴徒に紛れた仲間が騒ぎを起こしている間に、皆さんと私は脱出します」

マギーが言った。皆が頷く。

平賀とロベルトもマントを着、面をつけた。

神父達が裏口の扉の陰にスタンバイした所で、マギーが閂《かんぬき》を開いた。どっと暴徒が押し寄せてくる。

「神父達は二階だ！」

「姿が見えたぞ、こっちだ！」

誰かの発した声に引きずられるように、暴徒の群れが二階へ突撃していく。

神父達はその隙に教会を出、マギーの導きで貸倉庫に身を潜めた。

「有難うございました」

神父達が口々に礼を言った。

「どういたしまして。教会の様子もご心配でしょうが、そろそろ警官が到着している頃でしょう」

マギーは腕時計で時刻を確認しながら答えた。

「本当に助かりました、マギーさん。流石に手慣れていらっしゃいますね」

ロベルトが話しかけた。

「今日ほど大きな暴動は初めてですが、この街では既に何件か、投石騒ぎやボヤ騒ぎが起こっているのです。ですから、私達は彼らの動きを監視していました」

　マギーが答える。

「貴方は秘密警察の御方ですかな？」

　ベックマン司祭の問いに、マギーは「そのようなものです。公務に支障が出てはいけませんので、私の存在はどうかご内密に」と答えた。

　神父達が納得したように頷《うなず》く。

「ロベルト神父、少しお話ししませんか」

　マギーは小声でロベルトに言うと、視線で倉庫の隅の方を指した。

　そこには、ほっとした様子でマントの下に抱えていた水槽を床に下ろしている平賀がいた。マギーとロベルトは平賀の側へ近づいた。

「お久しぶりですね、平賀神父。それは何なのです？」

　マギーが平賀に話しかけた。

　平賀がこれまでの経緯をマギーに語ると、マギーの表情は厳しいものになった。

「そんな事があったのですか……」

「はい。それで、マギーさんは何故ここに？」

　平賀が訊《たず》ねる。

「私達の組織がネオナチの動きに敏感なのは、お二人もご存知でしょう。ここニュルンベルクでは約一年前から、『蒼い森の党』という愛国的政党が急速に力を付けてきました。

彼らの主張はペギーダに似て、自国民の為に他国民の排斥も厭《いと》わないという過激なものでした。彼らを監視し、ネオナチと化すのを防ぐのが我々の最初の目的だったんです」

「最初の？　といいますと？」

「彼らの支持層は若い貧困層かと思われていたのですが、調べていくうち、組織のバックに大金の流れと、オカルティックな指導者の存在が見えてきました」

マギーはそう言うと、ポケットからヴァルハラの携帯を取り出した。

「ヴァルハラですか」

ロベルトが呟《つぶや》いた。

「私も同じ物を持っています」

平賀もポケットから同じ携帯を取り出した。

「やはりご存知でしたか。ヴァルハラは三つのＮＰＯとボランティア団体を通じて、『蒼い森の党』へ大金の寄付を行っています。そしてネット上で若者達を扇動し、彼らを暴走させているのです」

マギーは断言した。

「ヴァルハラの動きは奇妙かも知れませんが、単なる愛国的指向のある企業だとはいえませんか？」

平賀が言った。

「いえ、それを否定する材料があります」

マギーは携帯でラジオを流した。九十九メガヘルツと表示された周波数で流れるそのチャンネルから、苛烈《かれつ》な呼びかけが聞こえてくる。

『諸君。今こそ、報われぬ者達が立ち上がる時だ。

政府は今のドイツの極めて壮健な若者が、どこを探しても住む家がないという状態を放っておきながら、犯罪人や、不法滞在者、審査待ちをする難民、国民の血税による社会保護に依存する他国民の為に、堂々たる住みごこちのいい刑務所や、難民宿舎を増やしている。これが狂気の沙汰《さた》でなくて、果たしてなんであるか？

未来に待つのは絶望と混迷だけだ。

我々の住む世界は今、崩壊に瀕《ひん》している。

世界の黄昏《たそがれ》だ。

この世界はかつてそうであったように、壮絶な炎の中に滅び去る。一切が終わるのだ。

だが、一切が終わった後、一切が再び新しく始まるだろう。

打ち壊せ！

破壊の為に立ち上がる我々は悪魔と呼ばれて構わない。

悪魔とは何だ？

悪魔とは新たな創造の為に世界を破滅に導く者である。

我々が新時代を招く礎となるのだ。

世界の歴史の中でも最も高貴なドイツ民族が、このことを証明せねばならない。

我々は我々の存在に入り込んだ毒物を排除しなければ、まともでいられない。

これはルネサンスだ。志ある者は共に集え。

顔を上げ、勇気ある行動に適《かな》う、使命を果たす力を示せ！

SIGNALの予言を伝える。

空に悪魔が舞う教会で、
二枚舌の堕落者共が神父の真似をしている。

今宵《こよい》、大きな鷹《たか》が夜通し吠《ほ》え、
偽りの教会は炎の中に滅び去るだろう』

マギーはそこでラジオを切った。

「この声。声質といい抑揚といい、ヒトラーに似ていますね」

平賀が呟いた。

「使用されているフレーズもよく似ている」

ロベルトも頷いた。

「そうなのです。この局はSIGNALという謎の人物の妄言を一日中流している。局のスポンサーはヴァルハラです。

かつてヒトラーが自らの演説を聞かせるために格安のラジオを販売したように、ヴァルハラも格安でこの携帯を販売し、時に無料で若者に配っている。これは明らかな扇動活動だとは思いませんか。

ＳＩＧＮＡＬなる人物の出現とヴァルハラの後援によって、『蒼い森の党』は今や過激なネットカルト党というべき、危険な集団となりました。

お二人はブロンザルト邸で発見された変死体のことをご存知ですか？」

「ええ」と、ロベルトが深く頷く。

「あの事件に関する予言もＳＩＧＮＡＬは行っていました。『終末の生命は運命の土に覆われ、不死の亡骸《なきがら》が永遠の死に至る。青き壁の家で』というものです。

あの事件はＳＩＧＮＡＬの配下の者の仕業か、彼に触発された信者の仕業に違いありません」

「成る程。あの変死体はカルトの仕業だとは思っていましたが……」

「ですが、ヴァルハラといえば成長中の大企業です。何故、こんな危険な真似をするのでしょう？　企業のイメージとか、売上げに悪影響があるのでは？」

平賀は首を傾げた。

「彼らにはそれ以上に大切なものがあるという事なのでしょう」

マギーは冷たく答えた。

「大切なものといいますと？」

「いうなれば、歪《ゆが》んだ信仰です」

マギーは短く溜息《ためいき》を吐いた。

「ヴァルハラの創始者である二人の女性、ビルギット・エルメンライヒとインゲボルク・

アッヘンバッハは、一九九二年に廃校となったブラームス学園の出身者です。ブラームス学園はナチス残党の教授陣が多数籍を置いていた、きな臭い噂の絶えない学園でした」

「私はまた、ナチスの残党は厳しく裁かれたのだとばかり思っていました」

平賀は眉《まゆ》を顰《ひそ》めた。

「いえ、ニュルンベルク裁判を逃れた者は大勢います。特にヒトラーを支持した教員、学者、哲学者などの思想犯は多くが裁きを免れました。

一九四五年の秋、連合国軍は非ナチ化委員会を発足し、それは後に市民による査問機関へと発展して、報道、司法、文化機関におけるナチスの影響を取り除く活動が続けられました。大学を含む教育機関は精査され、ナチ党員のリストが作られました。ところが余りにそのリストが膨大だった為、処理しきれなかった連合国軍は、協力者をランク付けし、結果、重罪者を除く多くの教育者達は前職に復帰したのです。

ナチス支配下で苦しんだ我々からすれば、全国民の意識を変えようとした思想犯が、実際の銃を用いるより罪が軽いとは思えません。ですが、思想犯に関する裁きは甘いと言わざるを得ませんでした。

高名な哲学者であるマルティン・ハイデッガーは、ナチスに共鳴する国家社会主義者で、反ユダヤ主義者でしたが、一時的に大学の籍を外されたのみで、一九五一年には名誉教授として復職し、八十六歳まで生きました。

ヒトラーの代理人とまで呼ばれたアルフレート・ローゼンベルクは重罪者とされました

が、その最も熱烈な崇拝者であったボイムラーはハンメンブルク刑務所にわずか三年、禁《きん》錮《こ》されたに過ぎません。ローゼンベルクの側近で、思想情報担当部のハンス・ハーゲマイヤーは裁判に立つことも無く、ブレーメンで年金生活を送りました。

イエーナ大学教授のマックス・ヒルデベルト・ベームも、ケーニヒスベルク大学総長のハンス・ハイゼも、一度は公職を罷免されたものの、いつの間にか復職していますし、ナチ時代のハイデルベルク大学に君臨したオイゲン・フェールレは腕利きの弁護士団を雇って自分を『同調者』にまで格下げさせ、ハイデルベルク大学名誉教授の地位を得ました。

ボン大学のエーリヒ・ロータカー、テュービン大学のマックス・ヴント、インスブルック大学のヴァルター・シュルツェ＝ゼルデ博士……例をあげればキリがありません。

大戦中、ナチスのオカルト局と呼ばれた『アーネンエルベ』には、百名余りの科学者と数千人の教育者が存在していましたが、彼らの多くは大学や研究機関に復職しました。テレパシーやサイコキネシス、瞬間移動、予知能力、透視能力、魔術や降霊術などのオカルトを研究していた人々が、その研究成果を秘めたままで、野に放たれたのです。

一九五〇年代から六〇年代にかけて、東西ドイツ双方の大学では、元ナチ党員の再登用が一斉に始まりました。裁きを回避しおおせた旧ナチ党員たちが、責任ある地位へ巧みに入り込んでいったのです。

そんな渦中の一九五五年、ブラームス学園もバイエルン州の支援を受け、旧ナチ党員によって設立されました。ブラームス学園は愛国教育と、ドイツ難民政策研究で有名でしたが、子供達に超人教育を施しているという噂も囁《ささや》かれていました」

「超人教育だって？」

「ええ。ヒトラーは特別な若者を選別し、貴族学校において『支配する術』、『どんな敵にも勝つ術』、『死を克服する術』、『人の心や未来を読む術』を学ばせると公言していました。そうすれば、子供達の中から新世界を支配できる超人が現われるといってね」

　マギーは倉庫の戸棚から資料を取り出した。

「これは大戦中、ナチスの超人教育機関『アドルフ《A》・ヒトラー《H》・シューレ《S》』で行われていた極秘実験の記録です。ドイツ全国のヒトラー・ユーゲントから、十三回にもわたる厳しい心身テストで選《え》り抜かれた少年少女が、超人として将来のナチ党幹部となるべく、戦闘訓練をはじめとする奇怪な訓練や洗脳を受けていました。

　ここには未《いま》だ世界には知られていない、恐ろしい内容が報告されています」

「恐ろしい内容とは？」

　平賀が身を乗り出すと、マギーは深く頷《うなず》いた。

「ヒトラーはとにかく被害妄想的でした。彼の描く未来図は、世界には毒の大気や毒光線が飛び交うようになり、人類は地下でしか暮らせないようになるというものだった。そうした環境に適合できる人間、彼のいうところの『超人』とは、様々な試練を勤勉に乗り越えて突然変異を起こした者達だと、ヒトラーは考えていた。

なので突然変異を誘発するために、強い電磁場の中で瞑想《めいそう》をさせる、脳の一部に特殊な光線を当てる、表層意識を失《な》くさせ潜在能力を引き出す薬品を飲ませるといった実験が行われた。ここにあるのは、毒物に対する耐性を高めるための授業の内容です」

　マギーは暗い表情になった。

「どんな授業なんです？」

　ロベルトが訊《たず》ねると、マギーは大きく息をついた。

「簡単な授業ですよ。様々な毒物を少しずつ子供達に摂取させるというものです」

「そんな……無茶苦茶です」

　平賀が声を荒らげた。マギーは両手を上げた。

「その無茶苦茶をすることによって人類が進化すると考えたのがナチなのだから、当然です。ユダヤ人を毒ガス室に送り込んだのも、毒ガスの有効性を見ると同時に、その中で生き残った人間のデータを解析するためだったのですからね」

「それで、その子達はどうなったんだ？」

　ロベルトの問いに、マギーは机の上に資料を置いてみせた。

　そこには、摂取した毒物の種類。子供の反応。生か死かが書き留められ、耐性があると思われた子供らの身長、体重、性別、目の色から髪の色、血液型、そうして毒物からの回復過程の記録がびっしりと書かれていた。

　資料によると、微量の毒物摂取は三カ月おきに行われていたようだ。

　平賀はそれらの資料を眺めながら、わなわなと震えていた。

「こんな……こんなこと。沢山の子供が死んでいるじゃないですか。そうでなくとも重篤な後遺症を抱えることになっています」

「そうです。ですが、仲間の死すら、ヒトラー学校の子供達には超人への道を突き進むことを鼓舞させるための道具だったんです。人間の避けられない死という運命。それらを忘れて日常を楽しむなど、ただ死への不安から目をそらす為の逃避でしかないと子供らは教え込まれました。そうして死の恐怖を乗り越え、死という運命に目覚めたとき、人間の真の覚醒《かくせい》と進化が始まるのだとね。恐ろしい洗脳ですよ」

そういうとマギーは腕を組んで苦い顔をした。

「あと、今回のことと何か関係があるかと思うのですが、ナチでは人類と他の秀でたところのある動物との共生関係を作り上げることによって人類を超えた力。すなわちはキマイラのような力を得ることが出来ないかと模索していた様子があります」

「動物との共生ですか?」

「そうです。特殊な能力を持った動物。例えば今回のような毒を持つトカゲなどを、人間の体内に共生させることによって、血液や唾液《だえき》に殺傷能力を持つ超人が出来はしないかなどと、様々に検証した様子です」

「狂ってますね。この『悪魔』もそんな実験室で産み出されたのでしょうか」

平賀は水槽の中の生物を見詰めて言った。

「そうした秘密教育機関の流れを汲《く》むブラームス学園には、ある噂がありました。そこでナチスの幻の兵器の研究が続けられていたというものです」

「幻の兵器？」

「そうです。終戦時、ナチスが開発中だった兵器の中には、無線自動誘導ミサイル、エンジン音を追尾するホーミング魚雷、エネルギー兵器などがありましたが、資料ごと焼却され、その正体が不明なままの物も多く存在します。

　その一つが『ヴォルペルティンガー』と呼ばれる兵器なのです」

「ヴォルペルティンガーですか？」

「それはどんな兵器なのです？」

　平賀とロベルトは同時に言った。

「詳細は分かりません。私のような反ナチ組織や各国諜報《ちょうほう》部の間で、名前だけが知られているものです。一つ分かっているのは、ヴォルペルティンガーが別名、『沈黙の兵器』と呼ばれていたという事です」

「沈黙の？」

「ええ。ウサギが鳴かないのと同様、音を出さない兵器なのでしょう。お二人は、ヒトラーの目指した究極兵器とは何かご存知ですか？」

　マギーの問いに、二人はクビを横に振った。

「ヒトラーは、究極兵器は人間だと語っていました。すなわち『超人』の存在と、彼の意志をそのまま他人に照射する兵器です。敵に命令し、敵を無力化させ、望む通りに動かす。

思念で人を操る『心理兵器』あるいは『意志兵器』と呼ばれるものです。

そうしたものがAHSで研究されており、大戦中には研究の目鼻がついていた、とヒトラーは言い残しています」

「テレパシーで人を操る兵器だなんて……。まさか本当にそんな物が？」

ロベルトは懐疑的に呟《つぶや》いた。

「でも、それがあればニュルンベルクで起こっている事態の説明がつきますね」

横から言ったのは平賀だ。

「指定した時間に列車に飛び込ませたり、人々に暴動を起こさせたり、悪魔憑《つ》きになったように暴れさせたり……。幽霊や悪魔の姿を見せる事も可能かも知れません。

もしかすると、ヴァルハラがヴォルペルティンガーのキャラクターを使っているのは、自分達がその秘密の兵器を持っているぞという自己顕示ではないでしょうか」

「ええ。その可能性があるだけに、私は今の状況が恐ろしいのです」

マギーは苦い顔で答えた。

2

「教会の方はどうなっているのか」

ベックマン司祭が不安そうに呟いた。

その声を受け、マギーは倉庫に置かれたテレビを点《つ》けた。皆がその前に集まってくる。

テレビでは臨時ニュースが流れていた。

「平賀、僕達もニュースを見ておかないか？」

倉庫の隅で携帯を弄《いじ》っている平賀に、ロベルトは声をかけた。

「いえ。私は一寸《ちょっと》調べたいことができましたので」

「そう？」

ロベルトは軽く答えると、皆の許《もと》へ行った。

テレビからは、フラウエン教会を襲った人々が暴徒化し、街のあちこちで投石や破壊活動を行っているという内容のニュースが流れてくる。

窓ガラスを割られた店々。道に散らばるレンガの破片。燃えている段ボールなどが次々と画面に映し出される。

いよいよ市警も動き出した様子で、街の重要建築物の周囲に陣取った警察隊の姿も映し出された。

市庁やモスク、外国人を多く雇う工場にも人々は押し寄せていた。

デモ隊と警察隊の前線では、摑《つか》み合う姿があり、発砲する音も聞こえている。

火炎瓶らしき物を警察隊に投げる者もいた。路上に赤々と炎が燃え上がる。

「おお……、神よ。なんということだ」

神父達は不安げな表情でそれらを眺めていた。

ロベルトも暫く街の変わりように目を奪われていたが、ふと気になって背後を振り返った。

そこに平賀の姿がない。

「平賀？」

ロベルトは先程まで彼がいた場所に駆け寄ったが、床に置かれていた水槽もない。

(何処へ行ったんだ？　まさか外に出たのか？)

ロベルトは平賀の携帯に電話をかけた。

『はい』

「君、何処にいるんだ？」

『一寸調べ物をしたいので、今、その為の場所に向かっています』

平賀は平然と答えた。

「やはり外へ出たのか。街中が危険だというのに、無謀だよ」

『大丈夫ですよ。仮面さえしていればいいんです。それにとても大切なことなので、すぐに調べておかないと。何かあれば連絡しますから』

平賀はそう言うと、プツリと通話を断った。

——そのまま半日が経った。

昼近くになり、マギーの仲間が一人、二人と倉庫に集まって来た。そしてマギーと深刻そうな顔で話し合っている。

テレビではキルヒナー市長が、市民はみだりに外出しないようにと呼びかけていた。

ニュースは、昨夜の騒ぎで大勢の逮捕者や負傷者が出たと告げていた。

街は少しばかりの平和を取り戻してはいたが、まだまだヴォルペルティンガーの仮面を被《かぶ》って徘徊《はいかい》する者達の姿がある。

「外も少し静かになってきたようだ」

「今のうちに教会の様子を見に戻るとしよう」

神父達は目立たないよう二人組を作り、倉庫を出て行った。

「わしは病院へ行くが、お前さんはどうする」

ジャンマルコがロベルトに訊《たず》ねた。

「僕は……」

ロベルトは逡巡《しゅんじゅん》しつつ、マギーを振り返った。

平賀からの連絡はまだない。だが彼は今、事件解決の為に行動している筈《はず》だ。自分にも何か出来ることはないかと、ロベルトは思ったのだ。

「マギーさん。この街の暴動をSIGNALが操っているなら、何としてでも彼を止めなければなりませんね。僕に何か、手伝えることはありますか？」

ロベルトの言葉に、マギーは大きく頷《うなず》いた。

「明日の日曜、ヴァルハラ社で特別なイベントがあるという情報を我々は入手しています。その時、SIGNALに繋《つな》がる手がかりが見つかるかも知れません。

私達は当然潜入しますが、昨夜の騒ぎで仲間が何人か逮捕されてしまい、人手不足です。貴方《あなた》のような方に協力して貰《もら》えれば有り難いですね」

「ええ、是非協力させて下さい」

ロベルトは答えた。

「そうか、気をつけてな。お守り代わりに持っていけ」

ジャンマルコはロベルトの肩を強く叩《たた》くと、ポケットからある物を取り出し、ロベルトに手渡したのだった。


翌日の夕刻。私服に着替えたロベルトは、マギーと彼の四人の仲間と共に、ヴァルハラ社へ向かった。

門の前には長蛇の列が出来ており、多くの者がヴォルペルティンガーの面を被っている。

「ロベルト神父、これを持ってください。中へ入るのに身分証明として必要ですから」

マギーがロベルトに手渡したのは、ヴァルハラの携帯であった。

それを受け取ったロベルトは、マギー達とともにヴォルペルティンガーの面を被り、列の後尾についた。

四十分あまり並んだ頃、ロベルト達は受付の場所まで来た。

門の内側に設置された受付では、人々が受付嬢に携帯を手渡し、その携帯の認証番号を確認されている様子であった。

ロベルト達がそこを無事に通過してヴァルハラ社の敷地に入ると、真正面にはリゾートホテルのような外観をした、巨大な本社ビルが聳《そび》えている。

それを横目に、ロープで仕切られた道に沿って、ロベルト達は敷地の奥へ誘導された。

そこにはドーム型天井の広い講堂が建っていた。

普段は社員研修や、新商品の制作発表会にでも使われているのだろう。

入り口を入ると、宇宙空間を思わせるスタイリッシュなCG映像が天井から壁面まで投射されており、そこに真っ黒な長椅子が規則正しく並んでいる。

客席に対峙《たいじ》した舞台の中央には、まるで王座のような椅子がしつらえてあった。左右の肘掛《ひじか》けの掌があたる部分に大きな水晶球が付いたものだ。それが眩《まばゆ》いスポットライトを浴びて七色の光を放ち、椅子全体が怪しい後光を放っているかのようだ。その椅子の背後には、ルーン文字が描かれた赤い旗が翻っている。

会場には、スピリチュアル音楽めいた電子音の音色が響いていた。

ロベルトはマギー達とともに席に座り、イベントが始まるのを待った。

暫《しばら》くすると客席は埋め尽くされ、会場内に異様な熱気と興奮が高まっていく。

すると、不意に客席の明かりが暗くなった。

光量を増したスポットライトが、ギラギラと舞台を照らしている。


SIGNAL!

ＳＩＧＮＡＬ！

ＳＩＧＮＡＬ！


客席からは津波のような掛け声が沸き起こった。

そしてスポットライトの中に、人影が登場した。

赤と黒のマントに身を包んだ人物だ。逆光の為、その顔や姿は判然としないが、大仰な舞台装置のせいで、その人物は大層威厳のある存在のように感じられた。

いわゆる催眠的舞台効果というものだろう。カルトがよく用いる手法である。

ＳＩＧＮＡＬと思われる人物は、客席に答えるように右手を上げて、椅子に座ると、語り始めた。

「皆、よく聞くが良い。私がこれまでに行った予言を覚えているだろうか？

一つはこれだ。

『赤と月の民と、古い文化を持った民が、ドイツに反映するだろう。

その時、友と友は殺し合い。ドイツは悪くなり、疑念は二倍に』。

そうしてもう一つは、これである。

『離れよ、皆グリークから離れよ。ダイヤは灰に、黄金は鉄に変わるだろう。

フランスの反対が全てを滅ぼすだろう。到来の前に、天が徴《しるし》を示すだろう』。

皆も知る通り、今やこの予言は真実となった」

そうだ、そうだ！
移民共を追い出せ！
他国民の横暴を許すな！

ＳＩＧＮＡＬ！
ＳＩＧＮＡＬ！
ＳＩＧＮＡＬ！

唱和が会場に沸き起こった。
ＳＩＧＮＡＬは右手を高く掲げ、満足そうに頷いた。
「そしてまた私は、堕落した教会についても予言を残した。
『堕落したものが教会を支配する。夜空に悪魔の影が舞うだろう。
そして大きな鷹《たか》が夜通し吠《ほ》えるだろう、大神官が土地を変えるだろう時に』。
そうして起こった先日の事件は、皆の記憶にも新しい筈だ」

そうだ、そうだ！
フラウエン教会は悪魔の巣だ！

悪魔に仕える二枚舌の神父共を許すな！


ＳＩＧＮＡＬ！

ＳＩＧＮＡＬ！

ＳＩＧＮＡＬ！


客席のボルテージは高まる一方だ。

「これらも皆、悪魔が私に知らせた未来によって約束されていたことである。

悪魔とはなんぞや？

悪魔とは新たな創造の為に世界を破滅に導く者であり、我々が新時代を招く礎となると、君らに教えた。

さらにもう一つの秘儀を教えよう。

悪魔とは、我々の未来を照らす地底王国の賢者であり、その賢者の知恵と力を取り入れることによって、我々は進歩するのだと……」

ＳＩＧＮＡＬの言葉の一つ一つに、観客達は大きく頷いている。

人々がこんなにも単純に、疑いもなく、一人の人間の言葉に賛同するという事実に、ロベルトは少なからず驚いていた。

やはりＳＩＧＮＡＬには特別な力があるのだろうか？

彼はテレパスで、思考を他人に投射するようなことが可能なのだろうか？

訝《いぶか》りつつもロベルトは、自分自身も不安と苛《いら》立ちに似た、どこかそわそわとした気分に包まれているのに気が付いた。得も言われぬ不快感と、僅《わず》かな酩酊《めいてい》感を覚える。

やがてSIGNALは椅子から立ち上がり、力強い声で告げた。

「今日、君らに新たな予言を授ける。それは次のようなものだ。

『血と名誉の定めが決せられし場所に、聖祭の轟《とどろ》きが満ちる時、地下の賢者達は怒りに震え、夥《おびただ》しき犠牲を求めるだろう』」

おお……っ、と観客の間にざわめきが広まった。

その時突然、会場内にヘレンフントの音楽が大音量で鳴り響き、戦争映画をコラージュしたような映像が、壁と天井に映し出された。

人々が映像の派手な動きに見とれている間に、SIGNALは身を翻し、スポットライトの向こうへ消えていく。

「彼を追います」

マギーは素早く立ち上がった。ロベルトもそれに続く。

二人はざわついている会場を何食わぬ顔で後にし、マギーが用意した二台のバイクに分乗した。

無線に繋《つな》がるヘッドセットを装着すると、マギーの仲間から連絡が入る。

『こちらアダムだ。SIGNALは会場裏口からベンツのリムジンに乗り込んだ』

『オイゲンだ。ターゲットのベンツを確認』

『こちらマギーだ。追跡を開始せよ』

SIGNALを乗せた車を、マギーの仲間が二台の車で尾行し始めた。

マギーとロベルトもつかず離れずの距離から、目的のベンツを追いかける。

ベンツは尾行を警戒するかのように、市内を蛇行しながら長時間走った。ロベルト達は何度か見失いそうになりつつも、粘り強くそれを追った。

やがてベンツはひと気のない交差点で一時停止し、グレーの作業着を着た見窄《みすぼ》らしい男を一人降ろすと、再び走り出した。

マギー達はベンツを追ったが、ロベルトはそこでバイクを停めた。

「僕はあの男を追ってみます」

ロベルトが無線機越しにマギー達に連絡をする。

『あの男がSIGNALだとでも?』

『いや、ただの作業員だろう』

無線機の向こうがざわついた。

『皆はベンツを追ってくれ。私は一旦《いったん》、ロベルト神父と行動する』

マギーの声に、仲間達は『分かりました』と答えた。

ロベルトは通行人を装い、作業着の男の跡をつけた。

マギーがバイクをターンさせ、急いで戻って来る。そのブレーキ音に何かを勘づいたのか、男は突然、走り出した。

ロベルトが慌てて後を追う。

男は細い路地を右へ左へと、素早く曲がりながら走っていく。かなりのスピードだ。相手に土地勘があるのも手伝って、ロベルトとの距離は次第に離れ始めた。

「待て！」

ロベルトが思わず叫んだ時だ。

男の行く手から突然、バイクに乗ったマギーが現われた。

マギーがタイヤを軋《きし》ませ、バイクを急停止させる。

マギーとロベルトに挟まれる形になった男は、ビクリと立ち止まると、胸元からナイフを出して構えながら、ロベルトに向かって突進してきた。

「そこまでだ、止まれ！」

ロベルトはジャンマルコから預かった『お守り』をポケットから取り出した。

それは黒光りのする拳銃《けんじゅう》であった。

男が一瞬怯《ひる》み、足を止める。

「うわあああああーっ！」

男は絶叫しながら、今度はマギーのいる方へと、ナイフを構えて走り出した。

ロベルトは男の背後から勢いよく飛び掛かると、男を羽交い締めにした。

するとマギーが前方から近づいてきて、男の腕からナイフを叩《たた》き落とした。

男はすっかり観念した様子で、へなへなと路上に座り込んだ。

「……こんな危険な仕事だとは聞いてねえ……」

男の第一声はそれであった。

「お前がSIGNALか？」

マギーが鋭く詰問する。

男は震えながら首を横に振った。その姿には会場でみせたカリスマティックな雰囲気など一欠片《ひとかけら》もない。貧相な顔立ちの、痩《や》せた男だ。

「違うというのか？」

マギーが再び訊《たず》ねた。

「……俺はただの役者だ」

「何だと？」

「だから、俺は、ただの役者で、あの舞台でああいう風に演技してくれって言われただけなんだよ！」

男は投げやりな口調で叫んだ。

「では、本物のSIGNALは何処なんだ？」

「俺はSIGNALのことなんて、これっぽっちも知りゃあしないよ。本当だ。俺は売れない役者だ。今日のことは、頼まれた台本通りにやっただけなんだ」

男は財布から写真入りの身分証を取り出し、二人に示した。そこにはバルト劇団団員オリバー・ベンソンとある。

マギーは電話番号検索サービスでバルト劇団を探し、その番号に電話をかけて、オリバーのことを確認した。

暫《しばら》く相手と話していたマギーは、不機嫌そうな溜息《ためいき》を吐いた。

「この男の証言に間違いはないようです」

「やれやれ、ただの役者ってことですか。なんと人騒がせな……」

ロベルトがじろりと睨《にら》むと、オリバーはおどおどと小さくなった。

「腹が立ったからって、俺を撃たないで下さいよ、旦那《だんな》」

「これはただの空砲だ。プラスチック製の競技用スターターだよ。やたらとリアルに見える塗装にしてあるのは、上司のただの趣味さ」

ロベルトは肩を竦《すく》めた。

マギーが仲間に連絡を取って訊ねると、ベンツはあの後、やはり市中を何周かした後、ヴァルハラ社へ戻ったということだ。

「結局、SIGNALを捕まえることは出来ませんでしたが、新しい予言を聞けたのは収穫です。わざわざあんなイベントを開いてまで予言したことです。本物のSIGNALは、何かを起こすつもりでしょう」

ロベルトの言葉に、マギーが頷《うなず》く。

「そうでしょうね。予言の内容は確かこうです。

『血と名誉の定めが決せられし場所に、聖祭の轟きが満ちる時、

地下の賢者達は怒りに震え、夥しき犠牲を求めるだろう』と……」

「『血と名誉の定め』とは、正式名称『ドイツ人の血と名誉を守るための法律』のことではないでしょうか。ナチ政権下で公民法と共に定められた、悪名高きニュルンベルク法です」

「ええ。恐らくそれで間違いないでしょう。そして、それが制定された場所といえば、現在の帝国党大会跡地ドキュメントセンター、通称ドク・ツェントルム……。

一九三五年九月十三日、ニュルンベルクで開かれていたナチ党大会において、ヒトラーはユダヤ人から公民権を剝奪《はくだつ》する法律を起草するよう命じ、同十五日、党大会に国会を緊急招集するという特例を行った上で、ニュルンベルク法を可決させたのです。

今ではナチ時代の負の歴史を伝える歴史博物館となっているドク・ツェントルムでは、今年、戦後七十年の記念式典がいくつも開かれる予定です。そこで夥しい犠牲が出るなど、決して看過できません」

マギーは静かな怒りを込めて言った。

「今から最も近い記念式典の予定はいつですか?」

ロベルトが訊ねる。

マギーはネットで素早くそれを検索すると、眉間《みけん》に深い皺《しわ》を寄せた。

「参りましたね。それは僅《わず》か二日後です」

3

ロベルトとマギー達は、その足でドク・ツェントルムへと向かった。

街の南東部から城壁を越えると、厳かな雰囲気の森と湖が広がっている。

広い湖の向こうには、ナチスの巨大権力を誇示するかのような巨大な煉瓦色《れんがいろ》の建物が佇《たたず》んでいた。ドク・ツェントルムだ。党大会の主要会議場として建設されたものであり、現存する最大のナチス史跡である。

戦後、一時はショッピングモールとして再開発しようという意見もあったらしいが、却下され、長く用途が決まらぬまま倉庫などに使われていたという。

その為、建物の劣化も激しく、壁の落書きなども多い。その古く荒《すさ》んだ雰囲気と、建物の不気味なほどの大きさが相俟《あいま》って、ドク・ツェントルムは異様な圧迫感を周囲に放っていた。

モダンに改装された入り口で入場料を払い、ガラスの扉を潜ると、古いレンガの壁に配置されたモニタにはナチス時代の資料映像が流れ、当時のポスターやパネルがずらりと展示されていた。

ハーケンクロイツと、ドイツ帝国を表す鷲《わし》の紋章、そしてニュルンベルク上空を飛ぶナチスの偵察機の様子や、ナチスの勧誘ポスターなどもある。

白いライトと黒い影、赤い煉瓦が交錯する広い展示場には、熱狂的なヒトラー崇拝者の女性達、銃を掲げて行進するナチス親衛隊、ツェッペリン広場でのバイク部隊の入場行進、それを見守る大観衆の写真があった。皆、口々に「ハイル・ヒットラー」と叫んでいるようだ。

ハーケンクロイツが翻り、熱狂的な人々に囲まれて演説するヒトラーの映像や、ヒトラーの祭典とも言われたベルリンオリンピックの映像も多数ある。

ヒトラーの側近であったヨーゼフ・ゲッベルス、ヘルマン・ゲーリング、ハインリヒ・ヒムラー、アルフレート・ローゼンベルク、カール・デーニッツ、ルドルフ・ヘスら面々の写真もあった。

それを抜けた先には、ユダヤ人の迫害、集団虐殺に関する展示が続く。

それから、大戦末期、空爆にさらされたニュルンベルクと、街を占拠した連合国兵がハーケンクロイツの印の上で旗を振る写真があった。

戦争犯罪の過程が歴史を追って展示され、最後にはナチスの主要戦争犯罪人を裁く、ニュルンベルク裁判の様子が示された。この裁判は本来ベルリンで開かれる筈《はず》だったが、戦禍の激しかったベルリンには、国際裁判を開く建物が残っておらず、ニュルンベルクのフュルト地方裁判所で開かれることとなったのだ。

「展示の感想をお聞きしても？」

怪しい仕掛けや爆発物がないか探しつつ、一通りの展示物を見回ったロベルトに、マギーが訊ねた。

「量も質も、見応《みごた》えのあるものでした。ただ思ったよりも解説がフラットで、起こった出来事を淡々と記しているという感じですね。そういう方針なのでしょうか」

ロベルトは率直に答えた。

「仰《おっしゃ》るとおりです。戦争の過ちの反省を促す展示といいながら、その点が曖昧《あいまい》である為に、この場所をナチスの記念館か巡礼地のように扱う一部のネオナチが存在するのです。

そこで市民団体と市会議員が結託し、『展示内容を、ナチスの罪状が明らかになるようなものに変え、ヒトラーを神格化する人々に、ヒトラーが戦犯であったことを強調するアプローチをしなければならない』との決議が出ました。今後、ドク・ツェントルムの展示物もリニューアルされる予定です」

マギーが答える。

「リニューアルとは、ネオナチ派にとっては面白くない話でしょうね」

「ですから、式典を狙うつもりなのでしょう」

「式典は何処で行われるのです？」

「ドク・ツェントルムの東翼にあたる博物館では、午後七時から政治家と市議会議員のパーティが、西翼にあたる音楽堂では、午後九時から一般客を招いた音楽会が、開かれるようです」

「それはかなり広範囲を警戒しなければなりませんね」

ロベルトは眉《まゆ》を顰《ひそ》めた。

「ええ……。ただ、なんとかまだ一日ありますからね、式典の警備を強化し、不審物に警戒するよう、関係各方面に訴えてみましょう」

「警察にですか？　警察は動いてくれるでしょうか」

「仕方がありません。少しばかり派手なテロ予告を送りつけてやります」

マギーは冷徹に言った。

「では僕は市長夫人の伝手《つて》で、パーティに招待して頂けるよう頼んでみます」

ロベルトはヘルマ夫人に連絡を取り、マギーと仲間、自分と平賀の七名をパーティに招待してもらえるよう訴えた。

『ええ、分かりました。主人に連絡し、そのように計らいますわ』

ヘルマ夫人は快諾してくれた。


その夜、ロベルトはマギー達と共に、ドク・ツェントルムが見えるホテルに宿を取った。

翌朝には大勢の警官隊や爆発物処理班と思われる一行がドク・ツェントルムに集まり、敷地内にロープを張り巡らして、内部を詳しく調べ始めた。

マギー達の出したテロ予告を相当警戒している様子だ。

「流石ですね、マギーさん」

ロベルトは双眼鏡でドク・ツェントルムを見張りながら、舌を巻いた。

「爆発物程度なら、この警備で恐らく防げるでしょう。しかし、我々は『沈黙の兵器』の正体を知らない。そこが最大の不安要素です」

マギーはドク・ツェントルムの見取り図を見詰めながら、複雑な顔をした。

「問題はやはり、ヴォルペルティンガーの正体ですか」

「ええ。もし彼らが超人の手足となるような洗脳部隊を送り込んで来たら……一般市民を盾にするような方法を取ってきたら……。それとも、私や警官達の想像を超える何かが起こるかも知れません」

「ええ……。平賀が早く何かを摑《つか》んでくれると良いのですが」

ロベルトは溜息《ためいき》を吐き、携帯を見た。

平賀には電話も通じず、あれ以来、たった二通のメールしか届いていない。

『無事に目的地へ到着しています　平賀』

『現状のところ、真相は不確定です　平賀』

という内容のものだ。

ロベルトは現状知り得た事柄を纏《まと》めると、平賀にメールを書き送った。

4

翌日、いよいよドク・ツェントルムでの記念式典が幕を開けた。

華やかに着飾る人々に紛れ、マギーやロベルト達もフォーマルなタキシード姿でパーティに参加していた。

会場となったメインホールには、鋭い目つきのVIP付きボディガード達が、トランシーバーで連絡を取り合う姿もある。

キルヒナー市長の舞台挨拶《あいさつ》、そして乾杯と、パーティは和やかに進んでいった。

会場にはワーグナーの楽劇『ニュルンベルクのマイスタージンガー』の音楽が流れている。

午後八時を過ぎた頃、場内にアナウンスが流れた。

『只今《ただいま》より舞台にて、ニュルンベルクの少年少女歌劇団による反戦寸劇を行います。

ニュルンベルクの街は、第二次世界大戦直後には街そのものの放棄まで検討された程、打ちのめされました。そこからの復興は決して容易ではありませんでした。しかし、私達はあの戦禍から不死鳥のように甦《よみがえ》り、今日の繁栄を築いたのです。

これからも私達は過去の過ちを反省し、絶え間なく克服することによってのみ、学び続け、歩み続けることができるでしょう。街の若者達もそれをよく知っています。

それでは皆様、少年少女歌劇団による反戦寸劇を、どうぞお楽しみ下さい』

「へえ、寸劇だって」

「サプライズの演出か」

「面白そうだな」

人々は思い思いの言葉を呟《つぶや》きながら、酒を片手に舞台を見守った。

下がっていた緞帳《どんちょう》がするすると持ち上がる。

すると舞台には階段状のピラミッドのセットが作られ、頂点には演説台が、その背後にはハーケンクロイツの旗が、悪びれることなく堂々と翻っていた。

「派手な演出だね」

「一寸《ちょっと》、悪趣味じゃないかしら?」

「まあ、黙ってみていよう」

観客達が注目する中、寸劇が始まった。

ナチス親衛隊の格好をした四十名余りの少年少女が、音楽に合わせて行進しながら舞台に登場する。その足並みや腕の振りには一糸の乱れも無い。一列だったものが十字型の列となり、回転を始め、そうして再び一列になって静止する。

すると前列に二十名、ピラミッドの階段部分の左右に十名ずつがそれぞれ並ぶという、規則的な配置が完成した。

その見事な動きに、観客からは拍手が沸き起こった。

最上段の演説台の前に立ったのは、ベリーショートの黒髪に印象的な青い目をした、一際目を惹《ひ》く美少女だった。

(ゲルトルーデ・ブロンザルトだ。何故ここに……?)

ロベルトが緊張しつつ辺りに目を凝らすと、ゲルトルーデより一段下に立っているのはアンナだった。写真で見た、フランツの娘だ。その隣の少女はエルザのようだ。

「この寸劇は妙です。気を付けましょう」

ロベルトはマギーに耳打ちをした。

カッと眩《まばゆ》いスポットライトがゲルデに降り注ぐ。

ゲルデは力強い身振りをつけながら、演説を始めた。

「先の大戦で、ドイツは大変な過ちを犯しました。

他国に非人道的な侵略戦争をしかけ、また多くの罪無きユダヤ人を虐殺したのです。

ドイツは決してこのことを忘れてはいけません。

我々はヒトラーという一人の男に踊らされました」

観客の間には安堵《あんど》の雰囲気が広がり、それと同時に「あの子、美人だな」という囁《ささや》き声が飛び交った。

ゲルデが行う演説は、耳の不自由な人向けに、電光掲示板でも表示されている。

続いて電光掲示板には、その次の言葉「彼は大層危険な思想の持ち主でした」が表示されたが、舞台のゲルデは拳《こぶし》を強く握り、一拍、黙り込んだ。

そして凛《りん》とした強い口調で再び話し始めた。

「私達はもう一度立ち止まり、過去を顧みなければならない。

本当に先の大戦は、ヒトラーが犯した過ちだったのか。

何故、我々ドイツ国民は、あれほど熱狂的にナチスを支持したのかを。

オーストリアに進軍したナチス軍が、何故あれほどオーストリアに歓迎されたのかを。

私は声を高くして言いたい。

もし、ナチスが敗北していなければ、総統は最も偉大な人物として、歴史に名を残したことだろう！」

ゲルデが叫んだ時、舞台の少年少女達が右手を高く掲げた。

「ハイル、ヒットラー！」

少年少女の叫び声が会場に木霊《こだま》する。

観客達はざわめき、信じられないといったように、互いの顔を見合わせた。

「……どういう事だ？」

「きっとヒトラーの支持者を模しているんだろう」

「でも、おかしな演出ね……」

舞台のゲルデは更に大きく拳を振り上げた。

「ナチス政権の開始から一年で、総統は二百万人もの失業者を激減させた。

それから僅《わず》か四年のうちに、総統はヨーロッパのドイツ語圏全ての土地を手に入れた。

しかもその領土拡大は、背後に常に戦争の危険をはらみながらも、全く無血のうちに行われたのだ。総統こそが我らの英雄だ！」

「ハイル、ヒットラー！」

「出生率の改善、公共事業、労働環境の構築、再軍備と、総統の行った業績は数知れない。

しかも総統は、政権を取るや否や、大減税を行った。総統は世界大恐慌で国家財政が極度に逼迫《ひっぱく》している時に、周囲の反対を無視してそれらの偉業をやり遂げた！

それに反して今のドイツはどうだ？　出生率は低迷し、移民達が幅を利かせ、我々の脅威となっている。なのに政府はなにもしない。税金を上げるだけが関の山だ。今やドイツは、ヨーロッパの為に働く奴隷国家である！

私は問いたい。

あの時のドイツの団結、民族としての誇りはどこに行ったのか、と！」

「ハイル、ヒットラー！」

少年少女達がダンダンと足を踏みならす音に、会場は揺れた。

旗を高く掲げよ！
隊列は固く結ばれた！
ＳＡは不動の心で、確かな歩調で行進する
赤色戦線と反動とが撃ち殺した戦友たち、
その心は我々の隊列と共に行進する
褐色の衣を纏《まと》った軍勢に道を空けよ
突撃隊員に道を空けよ！

期待に満ちて何百万もの人々が鉤十字《かぎじゅうじ》を見上げる
自由とパンのための日が明けるのだ

遂に突撃ラッパが吹きならされる！
我々は皆、既に戦いの準備を整えている！
間もなくヒトラーの旗が全ての道の上にはためく
奴隷状態が続くのも、後もう少しだ！

少年少女達によって、ナチスの軍歌がアカペラで歌われた。

「止せ、もう止めろ！　警備員、誰か、彼女らを止めさせるんだ！」

キルヒナー市長が大声で叫んだ時だ。

突然、雷のような轟音《ごうおん》がしたかと思うと、耳を劈《つんざ》くような奇怪な音が辺りに響いた。

金属と金属がこすれるような、調律の狂ったホルンを一斉に吹き鳴らしたかのような、ノイズ混じりの不気味な音だ。

「な、何の音だ？」

「今度は何の騒ぎなんだ？」

観客は大きくざわめいた。

「これは、アポカリプティックサウンドだ！」

客の誰かが叫んだ。

「アポカリプティックサウンド（終末の音）？」

「最後の審判が始まる時、天使が吹き鳴らすラッパの音か？」

「世界の終わりの前兆だ……」

不穏なざわめきが客達の間に広まっていく。

ロベルトはその時、ビリビリと全身が痺《しび》れるような痛みを感じた。

足元がぐらぐらと揺れ始める。

「何だ、地震か……？」

観客達は不安にざわめきながら、辺りを見回した。

足元から地鳴りのような低い音が響いてきた。

ピシッ、パシッとラップ音のような異様な音も頭上から聞こえてくる。

「あれを見て！」

誰かが壁を指さした。

いつの間にか壁にはいくつも小さな亀裂《きれつ》が走り、それがみるみる網の目のように広がっていく。

突然、パリン、と音を立てて天井のシャンデリアが弾《はじ》け、ガラスの欠片《かけら》が客達の頭上に降り注いだ。

「キャーッ！」

あちこちで鋭い悲鳴があがった。

「地震だ！　逃げろ！」

誰かの叫ぶ声を合図に、人々は我先にと出口へ押し寄せた。

その時、ドク・ツェントルムの西翼にあたる音楽堂でも同様の異変が起こっていた。音楽会を待つ一般客が七割ほど席を埋めた会場に、どこからかアポカリプティックサウンドが響いてきたのだ。

そして地の底から這《は》い上がるような断続的な震えが、身体に伝わってきた。

「地震かしら……」

人々が不安げにざわめく中、パラパラと頭に、肩に、何かが降り注いでくる。

思わず見上げると、天井に亀裂が走り、そこから漆喰《しっくい》の欠片が落ちてくる。

「地震だわ！」

「この建物は崩れるぞ！　逃げろ！」

人々は席から立ち上がり、出口に殺到した。

会場の外では、テロを警戒する警官隊がアポカリプティックサウンドに驚き、空を見上げていた。

その時だ。ドク・ツェントルム前で停まったトラム（路面電車）から、ヴォルペルティンガーの仮面を被《かぶ》った一群が現われた。

「警戒しろ！」

「彼らを建物に侵入させるな！」

「市長達を守れ！」

警官隊は隊列を組み、テロ行為に備えるべく身構えた。

準備は万全の筈《はず》だった。

だが、何かがおかしい。

一人、二人と、警官達が眩暈《めまい》を訴え、地面に崩れ落ちていくのだ。

よろよろと隊列を離れる者、地面に這《は》いつくばって嘔吐《おうと》する者もいる。

「何だ、何が起こってるんだ……」

警官隊の間に動揺が走った。

仮面を被った一群は、次第に建物へ近づいてくる。

いつの間にか建物近くに横付けされた何台もの大型車からも、ヴォルペルティンガーの面をつけた人々が降りてきた。

彼らは隊列が崩れた警官隊めがけて一斉に押し寄せ、両者は建物の玄関で激しく揉《も》み合った。

両者は暫く拮抗《きっこう》していたが、やがて数の力で押し切られ、ヴォルペルティンガー面の者達は館内に雪崩をうって流れ込んだ。

館内は幾重もの悲鳴と、地鳴りと、異様な雰囲気に満ちていた。

壁や天井にはひび割れが走り、そこから漆喰や瓦礫《がれき》が剝《は》がれ落ちては、床に埃《ほこり》を舞い上げている。

通路にはパニックを起こして逃げ惑う人々、仮面の者達、それを止めようとする警官隊とが入り混じり、混乱状態に陥っていた。

一方、ロベルトはマギーと共にメインホールに留《とど》まり、床に倒れたり怪我をしたりした人々を抱え起こしては、立ち上がらせていた。

「気分が悪い……」

そう言って動けなくなる者も大勢いる。

床に蹲《うずくま》り、嘔吐する者の姿もあちこちに見られた。

ロベルト自身も吐き気と眩暈、全身の痺れを覚えていた。

今やホールの天井にも大きなひび割れが入っていた。崩れるのも時間の問題だろう。早く皆を逃がさねばならなかった。だが、どこから手をつけていいか分からないほど、ホール内は混乱し、阿鼻叫喚《あびきようかん》が渦巻いている。

VIP付きのボディガード達は、VIPを守りながら出口へ進む者や、崩れた壁の下からVIPを救い出そうとしている者とそれぞれだ。

（一体、どうすれば……）

ロベルトが思った時、再び天井の照明が割れ、瓦礫とガラスが頭上から降ってきた。

泣き叫んでいる幼い少女を庇《かば》おうと、ロベルトは少女に覆い被《かぶ》さった。

その瞬間だ。

彼の脳裏に閃《ひらめ》きが走った。

――これはヘンリエッテの家で起こっていたことにそっくりだ。

(そうか、もしかすると……)

ロベルトはマギーの許《もと》に駆け寄った。

「幻の兵器、ヴォルペルティンガーの正体が分かったかも知れません」

「何ですって⁉」

マギーは大声で叫んだ。

ロベルトは彼の推理を短くマギーに伝えた。

「そんな事が可能なのですか？　今起こっているのも、その仕業だと？」

マギーは驚いた顔をした。

「ええ、有り得ると思います。そうだとすれば、ヴォルペルティンガーを止める方法があります」

「……確かにそうですね」

マギーは、ドク・ツェントルムの見取り図を頭に思い浮かべ、頷《うなず》いた。

「行きましょう」

ロベルトとマギーは人混みを押し分け、地下を目指して走り出した。

二人が目指す先は配電室だ。

出口を目指す人の波に逆らって、建物奥の階段に辿《たど》り着く。

二人は激しい吐き気に襲われながら、地下二階まで下った。

地下は薄暗かった。

頭上からはバラバラと、ひっきりなしに瓦礫の欠片が降り注いでくる。

足元はずんずんと揺れ動き、真っ直ぐ進もうとしても足を取られる。

眩暈や痺れも酷《ひど》くなる一方だ。まるで大時化《おおしけ》の海で小船に乗っているようだ。

「配電室はこっちです」

マギーがよろよろと廊下を進んでいた時、一際大きな衝撃と共に、真上の天井が大きく崩れ落ちてきた。

「危ない！」

ロベルトはマギーを庇《かば》い、肩と背中に大きな瓦礫を受けた。

ガラガラと瓦礫が落ちる音と、壁が崩れ、柱が折れるような大きな音が響いた。

建物が悲鳴をあげているのだ。

大きな揺れがひとしきり収まり、ロベルトが顔をあげると、目の前はもうもうとした土煙で真っ白だった。

舞い上がった粉塵《ふんじん》が床へ沈み、視界が開けてきたと思った瞬間、ロベルトは唖然《あぜん》とした。

配電室へと続く廊下の床は割れて陥没し、倒れた柱が行く手を遮っている。

「他の道から進めないだろうか」

ロベルトは辺りを見回した。

「いや、ここしか道はありません」

マギーが答える。

ロベルトとマギーは瓦礫をかき分け、なんとか人が通れる隙間を見つけようと奮闘したが、身体に全く力が入らない。

作業は遅々として進まないというのに、揺れはどんどん大きくなってくる。


もう駄目だ……


ロベルトがそう思った時だ。

突然、ピタリと揺れが止まった。

地鳴りのような音もしない。

しん、と静まりかえった建物内は、深夜のように森閑としている。

これまでの騒ぎがまるで嘘のようだ。

気付くと、あれほど激しかった眩暈も止んでいた。

静寂の中、コツコツと足音を響かせ、小柄な人影が廊下の先から歩いてきた。

「ロベルト神父、マギーさん、ご無事でしたか」

そう声をかけてきた人物は、紛れもなく平賀であった。

「平賀……どうして此処《ここ》に？」

ロベルトは呆然《ぼうぜん》と訊《たず》ねた。

「きっと貴方《あなた》がたと同じ理由です。お二人も配電室に向かっていたのでしょう？　私も同じです」

平賀はニッコリと微笑んだ。

エピローグ　机上の悪魔祓い

1

平賀は瓦礫《がれき》をかき分け、小さな隙間から器用にロベルト達の許へやって来た。

「主電源を落としたのは貴方《あなた》ですか、平賀神父」

マギーが訊《たず》ねる。

「ええ。危うい所でした。ところで、貴方がたにも『沈黙の兵器』ヴォルペルティンガーの正体が分かっていたのですね」

平賀の言葉に、マギーとロベルトは各々頷《うなず》いた。

「恐らくそれは、音響兵器だ。違うかい？」

ロベルトが答える。

「はい。しかもただの音じゃなく、聞こえない音、すなわち非可聴域の音です。犯人達はスピーカーから低周波を流すことで、建物を中の人間ごと破壊しようとしたのです」

「そんな事が本当に可能だと？」

マギーが訝《いぶか》しげに訊ねた。平賀はコクリと頷いた。

「はい、勿論《もちろん》です。

質量ある物体には必ず共鳴、共振する固有振動があります。物体であれ、液体であれ、人体であれ、外部から音波や振動のサイクル、つまり周波数が加えられ、その物体の固有振動と合致すれば、激しく共鳴し、共振現象が発生します。

マギーさんは二〇一一年、韓国《かんこく》で三十九階建ての複合商業ビルが地震のように揺れたというニュースをご存知ですか？

当初はビルの基礎部分の損傷や地盤変化が原因とされた事件の原因は、十二階にあるフィットネスクラブでわずか二十人がエアロビクスをしたことによるものでした」

「エアロビクス？」

「ええ。エアロビクスのステップのリズムが偶然、ビルの固有振動数にピタリと重なり、建物全体の共振現象を起こして、高層ビルを地震のように揺り動かしたのです。

これが共振の典型です。僅《わず》かな力でも、共振現象を引き起こせば、大きな力へと変換されます。エアロビクスの足踏みのような物理的なリズムだけでなく、音の力によっても共振現象は起こすことができるのです」

「ドク・ツェントルムを破壊したのは低周波なのかい？　僕はてっきり超音波だと思っていた……」

ロベルトが横から言った。

「そうですね、スピーカーからは超音波も流されていたでしょう。ですがロベルト、超音波よりも低周波の持つエネルギーの方が大きいのですよ。

二〇一〇年にネパールで行われた耐震実験によりますと、煉瓦《れんが》の建物の振動特性は四から七ヘルツだそうです。また、人体には八から三十ヘルツ付近で『低周波音被害』と呼ばれる眩暈《めまい》や頭痛などの健康被害が起こり得ます。共振によってその振動が大きくなれば、脳や内臓も大きなダメージを受けてしまいます」

「成る程……」

ロベルトは神妙に頷いた。

「犯人というと、やはりヴァルハラ社か」

「ええ、恐らく。ドク・ツェントルムに音響設備を納入していた業者を調べれば、ハッキリする筈《はず》です。ドク・ツェントルムは博物館としても使用されていますから、案内用などのスピーカーが各所に設置されていても、誰も不審に思いません。

ところでロベルト達はいつ、それに気付かれたのです？」

「僕は、ほんのさっきだよ。足元から地鳴りが響いてくるのは地震のせいだと思い込んでいたけれど、天井の照明が割れたのを見、キルヒナー邸でも同じ現象が起こっていたのを思い出して、何か他の力が働いていると感じたんだ。

映画なんかでは、超音波でガラスを割るシーンがよくあるし、ガラスを割ったのが『聞こえない超音波』だとしたら、『沈黙の兵器』という名前にも合致する。

そう思った時、それまで地震と思っていたものが、大音量のスピーカーの前に立ったときに感じる振動に似ていると気が付いたんだ。

　だけど、全てのスピーカーを壊して回るのは物理的に不可能だ。主電源を止めるしかないと、そう考えた。……まあ、もっとも僕は気付くのが遅すぎて、惨事を止められなかったけどね。

　君はこのことを、フラウエン教会が襲われた夜に気付いていたのかい？」

「いえ、気付いたというより、ぼんやりと思い浮かべただけです。

　そのきっかけはロベルト、貴方がヘレンフントの音楽を聴いた時、やけに不快感を表明なさったことと、あの時、血に浸《つ》けていた『悪魔』ことミミズトカゲが激しく反応していたことです」

　ロベルトは、あの時、『悪魔』が水槽で血飛沫《ちしぶき》をあげてのたうっていたのを思い出した。当時は忌わしい物を見た、と感じただけだった。

　平賀は話を続けた。

「フラウエン教会が襲われた夜、ミミズトカゲはあの騒ぎの中でも案外、大人しくしていました。彼らには聴力がないので外の騒ぎが聞こえないのは当たり前ですが、それなら何故、彼はヘレンフントの音楽に反応したのか？　それは空中よりも水中を伝わり易い、振動音のせいではないかと、ふと思ったのです。

　海軍は敵潜水艦を発見する為に、人間には聞こえない超音波を発するアクティブソナーという装置を用います。すると超音波は水中をよく伝わり、イルカやクジラの脳にダメージを与えて泳ぎを邪魔し、座礁させたりもすると聞いたことがあります。イルカやクジラが影響されるなら、同じほ乳類のヒトがダメージを受けないはずがありません。ですが、私の思いつきを検証する為には実験が必要でした。そこで私は、昔の学友を頼ってバイロイト大学の研究室に行き、マウス実験などを行ったのです」

「マウス実験だって？」

「はい。ヘレンフントの音楽を聞かせたマウス達は、最初の十二時間ほどは普段より動きが活発になり、元気になったように見えました。ですが、二十四時間後には自分の手足を盛んに噛《か》んだり、顔や体をひっかくなどの行動がみられ、さらに十二時間後には同じケージの他個体を攻撃する様子が多数見られたのです。

　ロベルト、それらはヘンリエッテ嬢の行動にも似ていると思いませんか？」

「確かにそうだ。音によって、彼女に悪魔憑《つ》きのような症状が出たというのか！」

「ええ。それが実験から導き出された結論です。

　さらに調べたところ、あのミミズトカゲに毒はありませんでした。ヘンリエッテ嬢をおかしくさせたのは、毒ではなく、耳には聞こえない音だったんです。

　そこでバイロイト大学の友人と私は、動物や人の神経に作用する特殊な音があると考え、マウス実験と並行して、ヘレンフントの曲の音素を解析しました。

　その結果、あの曲では十九ヘルツの可聴下音と、二十二キロヘルツの超音波が鳴り続けていたのが分かりました」

「聞こえない音が、神経に影響するとは」

「ええ。人間の可聴域は二十ヘルツから二十キロヘルツといわれますが、人の脳は聞こえていない音にも反応し、内分泌や免疫を活性化させるという研究データがあります。

例えば、バリの音楽で使われるガムランの音色には、五十キロヘルツを超える高周波音が含まれます。この音を録音して可聴音と聞こえない高周波音とに分け、『可聴音のみ』を聞かせる群れと、『可聴音＋高周波音』を聞かせる群れ、それぞれの脳の活動をPETで調べるという実験が行われました。

その結果、『可聴音のみ』を聞かせた人達より、『可聴音＋高周波音』を聞かせた人達の方が、脳幹や、感覚情報にかかわる視床、自律神経やホルモン調節の中枢である視床下部における血流が増え、アルファ波が増大したというデータがあるんです。

古来、黒板やガラスを引っかく音は、人に不快感を与えることで有名です。鋭い叫び声や赤ちゃんの泣き声は、人の感情を刺激します。これらは二十キロヘルツ前後の高音域なんです。可聴域ギリギリの高音や超音波は、脳の扁桃体《へんとうたい》に働きかけ、人間の情動を強く揺さぶると考えられているんです。

また、この音域は脳が本能的に不快と恐怖を感じる音域ともいわれます。その原因は不明ですが、一説によれば猿の一種であるマカクザルが、危険を仲間に知らせる時の叫び声の声紋と一致することから、人間が猿だった頃の記憶が甦《よみがえ》るせいだとか。

一方、可聴下音について本格的な研究は余り行われていませんが、一九六〇年代にフランス人科学者が実験中、その助手達が耳の痛みや不安の高まりを感じた、という記録がありました。そこでバイロイト大学の学生に参加してもらい、実験を行うと、寒気や何かに見られているという感覚、意味もなく悲しくなるなどの異常を訴える者が複数いたのです。それ故、学生達は十九ヘルツを『まるで幽霊が見える音だ』と言っていました」

「幽霊が見える音？」

「そんな音があるとは……」

ロベルトとマギーは眉《まゆ》を顰《ひそ》めた。

「モーツァルトの音楽にヒーリング効果があるというのは有名な話ですよね？」

突然、平賀が言った。

「ああ、それなら分かるよ。植物や動物の発育にもいいと言われているね」

「はい。モーツァルトの音楽は、三千五百から四千五百ヘルツの周波数帯の音が豊富にバランスよく組み込まれ、それらが一定の音の波形で繰り返されることで、規則性と不規則性の調和がとれたゆらぎ効果がもたらされるといわれます。そうした人を癒《い》やす音がある一方で、人を興奮させる音、人に不快や恐怖を感じさせ、脳にダメージを与える音もあるという訳です。

ヴァルハラ社の携帯にはヘレンフントの音楽以外にも不快音が仕組まれており、SIGNALのラジオ演説にも、十九ヘルツと二十二キロヘルツの音が使われていました。それを聞いた人々に気分の高まり、苛立《いらだ》ち、攻撃性などをもたらしたと考えられます。

下手をすると、ヴァルハラ社が街中に設置している携帯用中継アンテナから、こうした音域の音を流し続けていたという可能性もあります」

「ふむ。仮にそうなら、ニュルンベルクの街の人達が興奮しやすくなり、大規模な暴動が多発したのも頷《うなず》ける」

マギーが呟《つぶや》いた。

三人は壁伝いに来た道を戻り、一階に辿《たど》り着いた。

非常灯に照らされた薄暗い廊下には怪我人が蹲《うずくま》り、瓦礫《がれき》が散乱している。

救急車のサイレンや警察隊の声が辺りに響いていた。

「酷《ひど》い状況です。私がもう少し早く止められたら……」

平賀は悔しげに呟いた。

「君に追い撃ちはかけたくないけど、せめて僕に早くヒントを教えて欲しかったよ」

ロベルトが言うと、平賀は深く頭を下げた。

「それについては本当にすみません。つい実験に夢中になり、連絡を怠っていました。気付いた時には携帯のバッテリーは切れ、手元に充電器はなく、こちらのホテルに戻ってきてようやく貴方《あなた》のメールを読んだという次第です。

ですがそのメールのお蔭《かげ》で、すぐにドク・ツェントルムへ来ることができました」

平賀が言った時だ。

「おおい、神父さん！　ご無事でしたか！」

警官隊の一人が、手を振りながら駆け寄り、ロベルト達に敬礼をした。

「私はハンス警部です。貴方がたはドク・ツェントルムを救った英雄だ」

「いいえ。ハンス警部が配電室の場所を教えて下さらなかったら、電源を止めることは出来ませんでした。有難うございました」

平賀はハンスに向かってペコリとお辞儀をした。

「いやあ、あの時は本当に驚いたね。警官隊は皆、わけもわからずバタバタと倒れていくし、私も眩暈《めまい》で立ち上がれない、建物は崩壊寸前という時に、こちらの神父さんが必死の形相で、配電室の場所を訊《たず》ねてきたんだよ。

どうなる事かと案じていたが、本当に建物の崩壊を防いでしまうとは、実に見事だ」

ハンスは感心したように言った。

「ハンス警部。警官隊の皆さんを襲ったのは、音響兵器だと思います」

平賀が言った。

「音響兵器？　何だね、それは？」

「えっと……。あの時、建物の玄関横に何台もの大型車が停まっていたでしょう？　あれに兵器が積んであったのだと思うのです」

「ヴォルペルティンガー面の奴らが乗ってきた車のことか……。車はまだ外に残っている筈《はず》だ。確認するので、皆さんもご一緒に来て下さい」

ハンス警部と共に、平賀達は建物の外へ出た。

出口の側では警官隊の面々が、人々を落ち着かせながら、順番に外に出していっていた。

ハンスは玄関前に停まっていた一台の車のドアを開けた。

その中には、巨大望遠鏡を思わせる筒状の物体があった。筒の後部から太いケーブルが何本も伸び、それが金属の箱に接続されている。

「何だ、これは……？」

ハンス警部は目を丸くした。

「サンダージェネレーターと呼ばれる音響兵器、或《あ》るいはその改良版だと思います。筒の内部で液化石油ガスを断続的に爆発させ、そこで発生した音を前方に飛ばすことで、敵を殺傷する威力さえ持つという音響兵器です」

「何だって？　望遠鏡みたいな物かと思ったら、バズーカ並の威力があるってのか」

ハンスは青ざめた。

「はい。音響兵器は様々な場所で使われています。

二〇〇五年にはイスラエルがヨルダン川西岸のデモ隊を追放する為に、人に不快感や平衡感覚喪失を発生させる『スクリーム』という車載型の音響機器を使用したといいます。

スクリームは人の平衡感覚を司《つかさど》る内耳に作用する周波数を発生させ、ターゲットとなった人達に眩暈や吐き気を起こさせます。近距離で数分間浴びせればダメージを与え、近くにいる人間をその場から追い払うことができるといいます。

他にもアメリカン・テクノロジー社のＬＲＡＤと呼ばれる長距離型音響装置は、三キロ先のターゲットの頭蓋骨《ずがいこつ》を揺さぶる音波を出すそうです。大音量で使用すれば、指示に従わない者にダメージを与えることができ、ピッツバーグのデモ隊を撃退したり、ソマリア海岸沖の海賊を追い払ったりなどの用途に使われています。

そしてニュルンベルク中央駅の呪いの正体も、音響兵器だったんです。明日、皆さんにそのことを証明したいと思います」

平賀は皆を見回して言った。

2

翌日、警察署の一室を借りて平賀の実験が行われた。

集められたメンバーは、ベックマン司祭、トビアス神父、ジャンマルコ司祭、マギー、警官隊のハンス警部、レオン刑事、デニス刑事、フランツ、そしてロベルトだ。

研修室として使用されているその部屋には長机が並び、前方に演台が置かれていた。窓のブラインドは閉じられていた。

全員が集まったところで、突然、部屋の明かりが落ちた。

そして前方にもうもうと、白い煙が立ち込め始めた。

「火事だ！」

ハンス警部が部屋の隅に置かれた消火器を取りに走った。その時だ。

室内にざわめきが走った。

「な、何だあれは！」

「悪魔だ！」

一同は前方を指さして口々に叫んだ。

ハンスが振り向くと、白い煙の中に、尻尾《しっぽ》のある悪魔の姿が浮かんでいる。

悪魔は身体を揺らめかせながら、ゆっくりとした足取りで部屋を横切っていく。

ベックマン司祭はその時、硫黄《いおう》の臭いを感じた。

トビアス神父とフランツは、ぞっと背筋を強《こわ》ばらせた。

ロベルトはくらりと眩暈を覚えた。

ジャンマルコ司祭とマギーは寒気を感じ、両腕で身体を抱く仕草をした。

レオン刑事とデニス刑事も無言で青い顔をしている。

すると何処からか、平賀の声が聞こえてきた。

「これがハウプトマルクト広場に出現した悪魔の正体です」

次の瞬間、部屋に明かりが点《とも》り、照明スイッチの脇に平賀が立っていた。

「今のは何だったんだ？」

ハンス警部が訊ねる。

「簡単な仕掛けです。フォグスクリーンにプロジェクターで悪魔の姿を映写したんです」

「フォグスクリーン？」

「はい。超音波加湿器で人工的に霧を作り、スクリーン代わりにしたものです」

平賀はそう言うと、演台の後ろに仕掛けたプロジェクターを皆に示した。

「ベックマン司祭、司祭はあの日、広場で悪魔を見た一人ですよね？」

平賀が訊ねた。

「うむ」と、ベックマンが頷く。

「その時、広場に音楽が鳴り響いていたと聞きましたが、この曲ですか？」

平賀が演台のノートパソコンを操作すると、ヘレンフントの曲が流れてきた。

さあ、殿方も僕《しもべ》も
すべてはここで踊るのだ
老いも若きも、美しき人も、皺《しわ》の寄った人も
すべてこの踊りの家に入らねばならぬ
それは赤ん坊とて例外ではない
生まれたばかりの子供
お前の命はこれまでだ
世間はお前に徒《あだ》な望みを抱くかもしれないが
お前は揺りかごの中で死ぬほうがいい
この世はなんでも長続きしない

　　お前は世間の重荷を避けたのだ
　　長い執行猶予が与えられようが
　　そんなものはここでは何の役にも立たぬ

「そうだ。確かにその歌だった」

　ベックマンが答える。

「不吉な歌ですね……」

　トビアス神父の呟《つぶや》きに、他の人達も各々頷《うなず》いた。

「ええ。歌詞の不気味さもそうですが、この曲には人を不快にさせたり不安にさせる効果のある、可聴下音と超音波が含まれているんです。

　皆さんの中に、眩暈や不安感、ぞっとする感じなど、おかしな感覚を感じた方はいらっしゃいますか？　そうだという方は挙手を願います」

　平賀の問いに、ほぼ全員が手を挙げた。

　平賀は軽く頷いた。

「有難うございます。皆さんには申し訳ありませんが、私はこの曲から可聴音を取り除いた『聞こえない音』を、この部屋にずっと流していました。皆さんの感じた違和感はそのせいです」

「俺達を実験台にしたってのか！」

短気なレオン刑事が怒鳴った。

「はい。口で説明するより、ご自分で体感する方が理解頂けると思ったものですから」

平賀は悪びれず答えた。

「平賀神父、私はあの日も今も、硫黄の臭いを感じたが、それも錯覚かね？」

ベックマンの問いに、平賀は頷いた。

「そうです。悪魔が出現する時、硫黄の臭い——正確に言えば硫化水素の臭いがするというのは有名な話です。『聞こえない音』が司祭の扁桃体《へんとうたい》に不快感を与えた時、司祭の悪魔に関する知識と硫化水素を嗅《か》いだ時の記憶が結びついて、意識に上ってきたのでしょう」

「ハウプトマルクト広場にも同じ仕掛けがされていたのかい？」

ロベルトが訊《たず》ねた。

「いえ、ただの加湿器には、広場に広範囲で霧を発生させるほどの力はありません。ですが、あの日はカーニバルの寒い夜で、遅くまで開いていたいくつもの屋台が、温かいワインやソーセージを売っていました。その屋台から出た湯気に、悪魔の姿が映写されたんです」

平賀はそう答えると、再びベックマン司祭の方を見た。

「司祭はあの日、悪魔の姿をハッキリとご覧になりましたか？」

ベックマンは暫《しばら》く考えこんだ。

「そう言われてもな……。とにかく誰かが『悪魔だ！』と叫んで、仰ぎ見ると巨大な影がホテルの壁を横切っていったんだ。背中の翼と尻尾は確かに見たが、顔まで見たかどうかは思い出せん。だが、翌日の新聞には顔までハッキリ写った写真が掲載されていたぞ」

「そうです。新聞にはハッキリと悪魔の横顔が写っていました。

しかしながら、市販のフォグスクリーンと違い、屋台の出す湯気は、水蒸気の細かさや均一さにおいてスクリーンとしての性能が大きく劣る上、野外では風によって霧が一定していなかった筈《はず》です。本来なら、ハッキリと悪魔の顔が写るのはおかしいのです。

そこで私が新聞社にあの写真の出所を訊ねますと、目撃者による持ち込み写真だったと分かりました」

「悪魔騒ぎを起こしたい誰かが、新聞社に加工写真を持ち込んだのか……」

デニス刑事が呟いた。平賀が頷く。

「そういう事です。あの日、街中で目撃された幽霊や灰色の影も同じ仕掛けでしょう」

「加湿器やら映写機を持った連中が街を彷徨《うろつ》いてたってのか？」

レオン刑事が懐疑的に言った。

「おおかた、ヴォルペルティンガー面の連中の仕業だろう」

ハンス警部が溜息《ためいき》混じりに言った。

「恐らくそうでしょう。彼らはカルトの一員だ」

マギーが横から言った。

「はい。少なくともカーニバルの夜、あちこちで目撃された悪魔や幽霊は彼らの仕掛けだった筈です。

その後も幽霊が目撃されたのは、『死刑執行人の橋』や『カイザーブルク城の井戸の近く』という声が殆《ほとん》どでした。普段から街の人達に少し気味が悪いと思われていた場所です。後に囁《ささや》かれた噂の多くは、人々の先入観が見せた幻覚かも知れません。

それと、蝙蝠《こうもり》やネズミの大群が目撃されたというのも、やはり超音波の仕掛けによるものでしょう」

「ああ、成る程。超音波で害獣を駆除する機械が売られているぐらいだからな」

フランツが言った。平賀が頷く。

「はい。ただし、超音波ネズミ駆除器というのは、却《かえ》ってネズミを集めてしまうという実験結果もありますけれど……。しかしいずれにせよ、超音波は蝙蝠やネズミの聴覚に作用し、普段と違う行動を取らせることが可能です」

「ではカーニバルの夜、ヴォルペルティンガー面の人物が空を飛んだとか、墜落死したという事件はどうなんだ？」

デニス刑事が訊ねる。

平賀が首を捻《ひね》っていると、マギーが代わりに答えた。

「それは恐らくウィングスーツを着用していたんでしょう。風を孕《はら》んでムササビのように滑空可能なスーツがあるんです。

かつてはナチスに『フライター部隊』というのがあり、ウィングスーツを着用して軍事行動訓練を行っていたと聞いたことがあります。今ではそれをスポーツとして楽しむ人も増えているそうです」

「成る程な……。墜落死した者は、そのスーツを着ていなかったという訳か」

デニス刑事は渋い顔で頷いた。

「ところでハンス警部、ドク・ツェントルムに音響設備を納入していた会社の名前は分かりましたか？」

平賀の問いに、ハンスはポケットから手帳を取り出した。

「ああ。『WHエンジニアリング』という音響専門会社だ。平賀神父の言うとおり、ヴァルハラ社の子会社だった」

「やはりそうですか。有難うございます」

平賀はくるりとレオン刑事を振り返った。

「レオン刑事、ニュルンベルク中央駅に音響設備を納入していた業者は調べて頂けましたか？」

平賀が訊ねると、レオンは顰《しか》め面で腕組みをした。

「ああ。調べた所、同じ会社だ。『WHエンジニアリング』だよ。それじゃあ、ニュルンベルク駅の連続事件も、音響兵器とやらのせいだと？」

「はい。それを実験した映像があります」

平賀がリモコンを操作すると、部屋の前方にスクリーンが下りてきた。平賀はプロジェクターにDVDを差し入れ、部屋の照明を落としてもらえるよう、ロベルトに頼んだ。

スクリーンに映ったのは、リノリウムの床にグレーの机と見慣れない実験機器が並んだ部屋だ。中央のテーブルに置かれたケージの中で、一匹のマウスが滑車を回している。

「ここはバイロイト大学の研究室です。今からマウスに超音波を聞かせる所です」

平賀が解説を付け加えた。

スクリーンにはスピーカーをマウスの後方に設置する平賀が映っている。

音声は聞こえない。

だが突然、マウスに異変が起こった。

ふらり、とバランスを崩したかと思うと、滑車から足を滑らせ、気絶したのだ。

「これがニュルンベルク中央駅の呪いの正体です」

「今のは一体、どういう事なんだ？」

レオン刑事が身を乗り出した。

「聴覚原性反射発作です」

「聴覚……何だって？」

「聴覚原性反射発作とは、特定の音を聞くことによって引き起こされる発作です。体の動きが突然停止する場合もあれば、数分間の痙攣《けいれん》を引き起こすこともあります。

二〇一五年四月、ロンドン大などの研究チームが『猫科動物聴覚原性反射発作』という症例を国際猫医学会の学会誌に掲載しました。以前から、金属製スプーンを食器に当てる音や鍵《かぎ》や硬貨が当たる音によって、猫がテンカン発作、身体の一部の痙攣、一時的な意識消失を起こすという現象が、飼い主や地元の獣医師達を悩ませていたのです。研究チームは世界中から寄せられたデータを初めて解析し、実際に音が発作の誘因になっていることを突き止めた、というものです。

猫は元々高音域がよく聞こえる動物ですが、実際に調査した九十六匹の猫のうち、半数は聴覚障害を持っていたといいます。つまり特定の高音域が猫に発作を起こさせたとはいうものの、そこに聴覚の有無は関係ないことが分かります。

私が思うに、頭蓋骨《ずがいこつ》もしくは平衡感覚に関与する耳石《じせき》などを激しく震わせる音域によって、そうした発作が引き起こされたのでしょう。

バイロイト大の友人に反対された為、私は今回人体実験をしていませんが、ニュルンベルク駅の音響設備を調べれば、六時六分と九時九分に特殊な音を流すプログラムが仕掛けられている筈です。

ちなみにフランスの耳鼻咽喉《いんこう》科医アルフレッド・A・トマティス博士は、音の周波数と人体が共振する振動数について調べ、八千ヘルツの音域が人の頭頂部を震わせると主張していますね」

「つまりだ。眩暈《めまい》やテンカン発作を誘発する音を、音圧をかなり上げて発射すれば、人を殺傷する武器にもなり得る訳か」

ロベルトの言葉に、平賀は「はい」と頷《うなず》いた。

「我々警官隊に向けられた、あのサンダージェネレーターとかいう音響兵器が、駅にも仕掛けられていたのかね？」

ハンス警部が訊《たず》ねた。

すると平賀は「えっと、それはですね」と言い、レオン刑事の方を見た。

「レオン刑事、頼んでいた物はお持ち頂けましたか？」

「ああ……」

レオン刑事は呆然《ぼうぜん》と立ち上がり、隣の椅子に置いてあった段ボール箱を平賀に手渡した。

平賀がそれを開くと、中から出て来たのはスピーカーだ。

平賀は暫くそれを弄《いじ》っていたが、自分のパソコンとそのスピーカーを接続し、まず誰もいない場所にスピーカーを向けた。

「今、このスピーカーからヘレンフントの曲を流していますが、聞こえますか？」

平賀が一同を見回すと、皆が首を横に振った。

「では、スピーカーの向きを変えていきます。音が聞こえた方は挙手を願います」

そう言って平賀がスピーカーを動かすと、その動きに合わせて次々と手が挙がった。

「このスピーカーは、超指向性パラメトリック・スピーカーと呼ばれる代物です。音を拡散させず、レーザー光線のように一直線上に伝送し、ごく限定的なスポットにだけ、音を届けることができます。

私はレオン刑事にお願いして、ニュルンベルク中央駅で飛び込み事故が複数回起こった場所に向けられているスピーカーを一台、外して持って来て頂いたんです。サンダージェネレーターを使わずとも、超指向性スピーカーを用いれば、たとえホームに大勢の人がいても、その中からたった一人に発作を起こさせる事が可能となります」

「ううむ、成る程……」

レオン刑事が唸《うな》った。

平賀は突然、壁の時計を見あげると皆に言った。

「さて、そろそろ時間ですね。皆さん、後ろを振り返って下さい」

平賀の声に一同が背後を振り向く。

すると後ろの壁に一点の黒ずんだ染みが現われたかと思うと、まるで黒い虫がそこから這《は》い出してくるかのように、壁に文字が浮き上がっていくではないか。

　我が名は、貪《むさぼ》るもの
　魔界の三天から来しもの
　邪魔をするなら、お前も我が餌食《えじき》とする

側に誰もいないというのに浮かび上がるドイツ語を見て、一同は顔を顰め、トビアス神父は小さな悲鳴をあげた。

その時だ。部屋の最後列の長机が一つ、細かく震えだし、机の天板に置かれていたガラスのコップがカタカタと動いたかと思うと、突然パリンと音を立てて砕け散った。

一同はざわめいた。特に驚いたのはジャンマルコとロベルト、トビアス神父だ。

「これは……。キルヒナー邸で見たのと同じ現象だ」

ジャンマルコが言った。

「これもトリックなのかい？」

ロベルトが訊ねる。

「はい。あの壁文字は、私がヨウ化カリウムで書いたものです」

「ヨウ化カリウム？」

「はい。カリウムとヨウ素からなる無機化合物です。水酸化カリウムとヨウ化水素酸の反応によって得ることができます。水溶液の状態では無色ですが、空気酸化と光によって徐々にヨウ素が遊離し、黒くなるのです」

「ということは、ヨウ化カリウムの水溶液で書いておいた文字が、空気中の酸素と光によって、黒く浮かび上がったというだけのことなのかい？」

「はい、そうだと思います」

「コップが割れたのは、共振のせいだね？」

「そうです。ガラスのコップの持つ固定振動数を机の下から流し、共振現象を引き起こしたのです。キルヒナー邸にはこれと同じような仕掛けが随所にされているのでしょう」

「要は、悪魔の存在を脅威に感じさせる為の演出だという訳か」

ジャンマルコが眉《まゆ》を顰《ひそ》めた。平賀が「はい」と頷く。

「私はキルヒナー邸で数々の恐ろしいものを見、また悪夢に襲われました。私を追い詰めたのが、こんな簡単なトリックだったなんて……」

トビアス神父が震える声で呟《つぶや》いた。

「貴方《あなた》は精神にダメージを与え、神経を過興奮させる高周波を聞かされていたのだと、私は確信しています。長らくあの邸《やしき》で寝泊まりしていたトビアス神父は、不安や恐怖を感じやすい状態になっていたんです。

高周波を聞かせ続けたマウスは、三日で完全に異常行動を取るようになっていました。人間でも同じことが起こったんです」

「ですが、一体、誰がそんな事を?」

トビアス神父が首を傾げた。

「現状、証拠は何もありません。ですが、キルヒナー邸に大規模な仕掛けを作った人物で、しかもヘンリエッテ嬢とトビアス神父の体内にアンフィスバエナを仕込むことができた人物……と考えれば、対象人物は極めて限られると思います」

「つまり……つまりそれは……」

トビアスは声を震わせた。

「ヘルマ夫人か!?」

ジャンマルコがズバリと言った。平賀はコクリと頷いた。

「ただ、彼女が何故、実の娘にそうしたかは分かりません。まずはキルヒナー邸を調査することと、ヘンリエッテ嬢を保護することが大切だと思います」

「何てこった……！」

ジャンマルコは額に手を当て、天を仰いだ。

「どうかなさいましたか？」

「ヘンリエッテは昨夜、ヘルマ夫人に連れられて、転院してしまったぞ。ニュルンベルクの騒ぎが広がる一方だから、安全な土地に移すと言われ、うっかり信じてしまった」

ジャンマルコは悔しげに言った。

「実の母親にそういう言葉を言われ、疑えという方が無茶ですよ」

ロベルトがフォローを入れる。

「それから私の推測ですが、恐らくブロンザルト家にも同様の仕掛けがされていると思います。あの家で『壁に浮かぶ文字』や『手も触れずに壊れるガラス』などのトリックを人々に見せることによって、カルトの勧誘を行っていたのではないでしょうか？」

平賀の言葉に、デニス刑事が立ち上がった。

「よし、分かった。俺は部下と共にもう一度、ブロンザルト家を調べてみる。証拠もなく市長の邸を調べるのは難しいと思うが、市長に繋《つな》がる証拠がブロンザルト家から出れば、令状も取れるだろう。

ところで平賀神父、ブロンザルト家で見つかった遺体については見当がつくかね？」

「すみません。それは私にも分かりません」

「そうか……。だが、有難う」

デニス刑事は平賀に敬礼すると、部屋を出て行った。

平賀は次に、レオン刑事とハンス警部を見詰めて言った。

「レオン刑事、ハンス警部。お二人にはお願いがあります。ヴァルハラ社を調べて頂きたいのです」

「それは私からも是非お願いします。この街の一連の騒ぎを仕掛けたのはヴァルハラ社ですが、皆を扇動したSIGNALという人物を是非、逮捕して頂きたい」

マギーが力強く言った。

「ふむ。ヴァルハラ社なら任意ではあるが、すぐにも取り調べできる。ドク・ツェントルムに音響設備を納入した、WHエンジニアリングとの関係を聴取するという形でな」

ハンス警部が言い、レオン刑事も頷《うなず》いた。

「よし、こっちも捜査を始めるとしよう」

「私達も同行して良いでしょうか？」

平賀が訊ねる。

「邪魔にならんようにな」

レオンが笑って答えた。

そうして平賀とロベルト、マギーは刑事達と共にヴァルハラ社へ向かうこととなった。

部屋を出て行く際、ロベルトはフランツの側に立ち寄った。

「フランツさん、貴方に此処《ここ》へ来て頂いたのは、もし警察が政治的圧力からこの事件を隠匿しようとしても、貴方にマスコミを使ってヴァルハラを追い詰めて頂きたいからです」

ロベルトの言葉に、フランツは大きく頷いた。

「ああ、任せてくれ。俺の一生をかけても、ヴァルハラの罪を告発し、何としてでも俺の妻子を取り戻す」

フランツはぐっと拳《こぶし》を握り締めたのだった。

3

平賀達はヴァルハラ社に到着した。

レオン刑事が門の脇のインターホンを鳴らしたが、返答がない。

大きな門は僅《わず》かに開いている。

「入ってみるか」

レオン刑事を先頭に、五人は門を潜った。リゾートホテルのような外観をした巨大な本社ビルが正面に聳《そび》えている。その入り口に立つと、自動ドアが開いた。

「誰もいないのか?」

辺りを見回して、ハンス警部が顔を顰《しか》めた。

フロアには警備員の姿も社員の姿もなく、社のロゴが大きく書かれた受付カウンターにも人がいない。

五人は警戒しつつ、エレベーターへ向かった。パネルを見ると、社長室は最上階だ。

レオンは躊躇《ためら》わず最上階のボタンを押した。

エレベーターが上昇し、電子音と共に扉が開く。

すると目の前には、豪華な応接室のような空間が広がっていた。

天井にはシャンデリア、床には赤い絨毯《じゅうたん》が敷かれ、バウハウスの家具が整然と置かれている。そこにもやはり人の気配はない。

「逃げやがったのか……？」

レオン刑事が呆然《ぼうぜん》と呟いた。

フロアの奥に、ロートアイアンの装飾扉が聳えている。

レオン刑事は力任せにその扉を開いた。

その部屋には壁一面のモニタと、巨大コンピュータ、電子機器等が置かれていた。

「ヴァルハラ社のサーバールームでしょうか。モニタに何か映ってますね」

平賀がモニタに近づいていく。

そこには刻々と変化する、不気味な文字列が映し出されていた。

ＳＩＧＮＡＬの予言だ。

平賀は首を捻《ひね》りながら、コンソールに触れた。すると、スピーカーから声が流れた。

「これは……SIGNALの声です。間違いありません」

マギーが言った。

「どういう事だ?」

ハンスとレオンは顔を見合わせた。

するとコンピュータを弄《いじ》っていた平賀が皆を振り向いた。

「このコンピュータにはヒトラーの書いた本、彼の発言などがデータベース化されて入っています。それらを抽出しながら、誰かがここでSIGNALの演説や予言を書いていたのでしょう。

ここに入力された言葉がデジタル音声として発信されたもの、それがSIGNALの正体だったんです」

平賀の言葉に、一同は呆然とした。

「それじゃあ、結局、SIGNALって人物は実在しないのか⁉」

レオン刑事が叫んだ。

「しかしだ。ここは社長室なんだから、SIGNALの正体はヴァルハラの社長って事になるだろう」

ハンス警部が腕組みをした。

「問題は社長が何処へ行ったかですが……」

ロベルトの言葉に、五人は思わず顔を見合わせた。

「とにかくだ。部屋に残った証拠を集め、指名手配をかける。それしかないだろう」

レオン刑事はそう言いながら、携帯電話で鑑識を呼び出した。

平賀とロベルト、マギーの三人は、鑑識の到着と入れ替わるように、ヴァルハラ社を後にした。

ふと足を止め、道の向こうを見詰めるマギーを、ロベルトは振り返った。

「どうかされましたか？」

マギーの視線の先には、コート姿の男が二人歩いている。

「一寸《ちょっと》ね、知っている顔です。彼らはＣＩＡのエージェントですよ」

マギーが答えた。

「ＣＩＡの？　彼らもヴォルペルティンガー面の噂と幻の兵器を追って、ニュルンベルクへ来たんでしょうか」

平賀が呟《つぶや》いた時だ。

歩道の側に黒塗りのリムジンが滑り込んできて、音も無く停まった。

スモークガラスの窓が開く。

中から覗《のぞ》いた顔は、ペスト医師の面を被《かぶ》っていた。ニュルンベルク中央駅の監視カメラに映っていた魔術師だ。

車内には他にもヴォルペルティンガー面の人物が三人と、ゲルトルーデ・ブロンザルトが座っている。

「二十六分……。二十六分間、我々の開発した音波を鳴らし続ければ、ドク・ツェントルムは壊滅した筈《はず》だった。折角の工夫を凝らした余興だったのに、まさか神父達に止められるとはね」

魔術師はくぐもった声で、そう話しかけてきた。

「お前達はネオナチなのか？ 何故、あんな騒ぎを起こしたんだ！」

マギーが思わず叫んだ。

「理由は明白よ。総統が遺《のこ》された幻の兵器が完成したことを世間に知らしめる為」

「ただそれだけの為ですか？ 多くの犠牲者が出たんですよ」

平賀が詰め寄った。

すると魔術師は高笑いした。

「犠牲者といっても、所詮《しょせん》、劣等人種達でしょう？」

「劣等人種ですって？」

「違うかしら？ 総統は仰《おっしゃ》った。一九八九年以降、人類はごく少数の新しい支配者と、非常に多数の新しい被支配者に分かれていくだろうと。天と地のように、二つに分かれた進化の方向へとそれぞれ進んだ人類は、一方は限りなく神に近いものに、残りはただ操られて働いたり楽しんだりするだけの、完全に受動的な、ロボット人間になるだろうと。

また二十一世紀は天変地異の期間でもあり、気候も二つに分かれ、激しい熱と激しい冷気、火と氷、大洪水と大旱魃《だいかんばつ》が代わる代わる地球を襲うだろう、と。

そして二〇三九年、もはや普通の人間では滅亡の危機に対応できないというその時、人類は超人たちを生み出す。或《あ》るいは、突然変異によって超知能を持った神人が誕生する。世界や気候を、人間や戦争を統治する者達が現われるのよ……」

魔術師はそう言うと、仮面を顔から外した。印象的な青い目と整った顔立ちが、ゲルトルーデにそっくりだ。

「君はゲルトルーデの母親なのか？」

ロベルトは思わず訊《たず》ねた。

「コルネリア叔母《おば》様、私が話しても良いかしら？」

ゲルトルーデは身を乗り出すと、ロベルトの方を見た。ぞっとするほど青い瞳《ひとみ》だ。

「私の両親は死んだわ。ブロンザルト家の遺体が私の両親だったものよ」

「じゃあ、君は両親を殺した叔母達に従っているのか」

「殺した？　いいえ、あの人達はただ、弱かったから淘汰《とうた》された。そうして美しい死体にしてもらったの。何が問題なのかしら」

ゲルトルーデは悪気なく答えた。ロベルトは言葉を失った。

マギーは仮面を取った魔術師の顔をまじまじと見詰めていた。

「お前の顔に見覚えがある。コルネリア・ファスビンダー……。死の商人だな。幻の兵器を各国に売り込む為に、一連の騒ぎを仕掛けたという訳か」

すると、コルネリアはふふっと笑った。

「確かに、それも目的の一つね。貴方《あなた》がたは我々の計画を何度も妨害してくれたけど、我々の売り込みは成功した、とだけお伝えしておくわ。

だけど誤解しないで。我々の本当の目的はお金じゃない。総統が遺された文化を受け継ぎ、選ばれし人間達を新たな進化に導く、それが我々の役目よ。

ニュルンベルクで我々が起こした異変は一部の選ばれし人間を目覚めさせ、進化を促したことでしょう。人は危機の中で強くなるもの。恐怖が人間を覚醒《かくせい》させるの。生き延びられなかった個体はただ、失格ということ」

コルネリアは冷たく語った。

「ヘンリエッテ嬢にミミズトカゲを植え付けたのも、進化とやらの為とでも?」

ロベルトの言葉に、ヴォルペルティンガー面の一人が「ええ」と答えて仮面を取った。

その人物はヘルマ・キルヒナー。ヘンリエッテの母であった。

「私がコルネリアにお願いしたの。どうかヘンリエッテを強くして下さい、って」

ヘルマ夫人はうっとりと微笑んだ。

「君達は狂ってる……」

ロベルトは顔を歪《ゆが》めた。

「ヘルマは弱虫だったから、私達が十七歳だったユールの夜、悪魔を呼ぶ儀式の途中で逃げ出してしまったのよ」

ヴォルペルティンガー面の一人がそう言うと、仮面を取った。それはヴァルハラ社創始者のビルギット・エルメンライヒであった。

「森に残ったコルネリアとインゲと私は、そこで悪霊達の囁《ささや》きとアポカリプティックサウンドを聞いたわ。あの雷のように重厚で不気味な轟音《ごうおん》と、耳を劈《つんざ》くようなサイレンのような音をね。

あの夜、あの森には人ならぬものの気配が漂っていた。そして夜空に火を噴く猟犬と黒馬の大群が駆けるのを、この目でハッキリと見たの」

「結局、あの夜の出来事が、私とビルギットを研究者にした。私達に幻覚を見せたのはあの怪音だったと結論を出した私達は、遺されたナチスの資料を手掛かりに、沈黙の兵器を完成させたの。

完成したからには、実験しなければデータを得られないでしょう？　ヴァルハラ社はその為の器であり、実験装置だったのよ。

だけど、私達にはまだまだ研究すべき資料が沢山あるわ。立ち止まってはいられない。だって、二〇三九年までは、もう間もなくだから……」

そう言って最後の一人が仮面を取った。その顔は、同じくヴァルハラ社創始者のインゲボルク・アッヘンバッハだ。

「さあ、無駄話はこれぐらいにしましょう。私達は行かなければ」

コルネリアが言った。

「何処へ行くんだ」

「何処へ行くつもりですか」

ロベルトと平賀が同時に言った。

「君達は数々の容疑で手配されている。逃げ切ることなど出来ないぞ」

マギーが詰め寄った。

「我々が向かうのはトゥーレの地、又の名は第四帝国ゲルマニア。それ以上のことは追及なさらない方が身の為よ。我々には敵も多いけれど、意外に味方も多いのだから」

コルネリアは悪魔のような笑みを浮かべ、スモークガラスを閉じた。

リムジンが勢いよく走り出す。

その時、車の前方の空間が揺らめいたかと思うと、目を疑うような景色が広がった。

ローマ風の威風堂々としたビルディングが忽然《こつぜん》と現われ、そのあちこちにハーケンクロイツの赤い旗がたなびいている都市の光景が現われたのだ。

その空はオーロラが出ているかのような怪しい虹色《にじいろ》に輝いていた。

歩道をナチスの軍服を着た将校たちが行進している。

幻のようなその光景は陽炎《かげろう》のように揺れながら、始まった時と同じように消え去った。

後にはただ静かな路面が広がり、コルネリア達を乗せた車の姿も消えていた。

「今のは何だったんだ……」

ロベルトが呆然《ぼうぜん》と呟いた。

「ロベルト。もしかすると、ナチスドイツが秘密裏に作ったと言われる『Die Glocke』を使ったのかも知れません。その装置は周囲の生物を分解し、重力を曲げ、時空を曲げ、過去へ繋《つな》がるなど様々にいわれています」

「まさか、タイムマシンを使ったとでもいうのかい?」

「そうだとすれば、あれは何処か遠い場所の光景であったり、ずっと未来の光景であったのでしょう」

平賀は大真面目な顔で言った。

「馬鹿な……。またフォグスクリーンか何かを使ったトリックでしょう」

マギーは肩を竦《すく》め、溜息《ためいき》を吐いた。

すると平賀はパチパチと目を瞬いた。

「或いはもう一つの可能性は、彼女らが私達の脳に幻影を照射する技術を持っている、というものです。

マギーさんは、科学的な補佐によってテレパシー通信が可能な装置があるのをご存知ですか?」

「テレパシー装置だと?」

「はい。マイクロ波をパルス波形にして人間の頭部に照射すると、頭の中から発せられたような音が聞こえるというフレイ効果を利用して、マイクに入力した音声を、狙った人間の頭部に直接、送信するというものです。エネルギーが高いパルスが頭部に命中した衝撃により、頭部が振動し、内耳がこの振動を電気信号に変換して、聴覚中枢で音声を認識するという仕組みなのです。

もしかすると音だけでなく、狙った相手に映像を送り込む何らかの方法が、既に存在するのかも知れません」

「そんな……」

マギーは愕然《がくぜん》とした。

「よしてくれ。そんな装置を想像するだけで気味が悪い」

ロベルトも青ざめた。

マギーはハッと気を取り直したように背後を振り返った。そこに聳《そび》え立つヴァルハラ本社ビルには、まだレオン刑事とハンス警部がいる筈《はず》だ。

「私はコルネリア達のことを、刑事達に報告して来ます。道路を封鎖すれば、まだ奴らを捕まえられるかも知れません」

マギーはヴァルハラの門に向かって駆けていった。

その後ろ姿を見送りながら、ロベルトは腕組みをした。

「道路を封鎖したところで、あの魔女達は捕まるだろうか」

「分かりません。彼女らは少なくとも音響兵器を持っているでしょうし……」

「ああ、そうだね。それにしてもだ。マヤ暦の終末騒動が終わったかと思えば、二〇三九年の終末論を聞かされるとは……。彼女らが言っていたアポカリプティックサウンド、あの怪音は何だったんだろう？」

「アポカリプティックサウンドの発生原因は未《いま》だに分かっていません。

一説によれば、その正体は風に乗った汽笛とも言われます。普通なら届くはずのない何キロも先の音が、夜にだけ聞こえる事があるんです。

その原因は、音の屈折現象です。昼間は太陽光によって地表が暖まり、上空にいくほど温度が低くなりますが、風のない夜は放射冷却が起こり、地表が冷やされて、上空の空気の方が暖かくなります。

そうしますと、音は気温が高い方が早く伝わりますので、音源から斜め上方に向かう素元波は、上空では大きく弧を描き、遠くまで達します。

そうして障害物の無い上空を屈折して飛んで来た音は、昼間には届かない距離まで到達し、条件の整った夜は、遠くの音が聞こえるという理屈です」

「そうか、あの怪音の正体は汽笛だったのか」

ロベルトは思わず安堵《あんど》の息を吐いた。

「一部に、そう言う人もいます。他方、あの音は汽笛では説明できないとする人もいます。オーロラや放射線帯から放出される電磁ノイズだと主張する人もいれば、大気中でエコーは掛からない筈だから、地下からの音だ、と言う人もいます。

私は初めてあの音を聞きましたが、地下から響いているようにも感じました」

「確かに。感覚だけで言えば、地下の空洞でサイレンが響いているような感じだった」

「ええ、そうですよね。世界各地でああした音が観測されているということは、もしかすると……」


平賀の言いたい言葉を、ロベルトは察した。

「分かったぞ。君はまた地球空洞説を唱えるつもりだろう？　いやいや、違うね。

ニュルンベルクの地下には十四世紀から、ビールを醸造、貯蔵する為の地下穴が多数作られていた。大戦中はそれを防空壕《ぼうくうごう》として利用し、市民およそ二万人が避難生活を送ったんだ。地下に音が響いたとか、何かを仕掛けたとしても、物理的に説明できるさ」

「ですが貴方《あなた》の説ですと、アポカリプティックサウンドが観測された世界の各地には、必ず地下室があることになりますよ。

そう言えば、ドイツには不思議な事実があるんです」

「不思議な事実とは？」

「ドイツには『家族簿』というものがあります。この家族簿には職業、性別、年齢、家族構成などが克明に書き込まれるわけですが、戦後、ドイツに進駐した連合国側にとってこの『家族簿』はナチ戦犯狩りや犯罪者の割出しに非常に役立ちました。

しかし、同時にある事実が判明したんです。家族簿と国民の実情を照会した結果、二十五万人のドイツ人男女が戦後に消えてしまっていたんです。爆撃や病気で死んだ者、捕虜となって収容所に入れられている者などを全て除いての数字です。

ドイツにそれだけの人間を隠せる場所などあろう筈もない。不審に思った連合国側は人々の行方を追ったけれど、とうとう分からず仕舞だったというのです」

「君はその者達が地下帝国に逃れたとでも？　まさか、だろう？

確かにヒトラーは幻の楽園トゥーレを追いかけて世界中に探検隊を派遣したり、ベルヒテスガーデンに洞窟《どうくつ》式の巨大山荘を作らせたりするほど、地下帝国に拘《こだわ》っていたけれどもね。

もし、ナチスの残党が世界中に地下帝国を築いていて、僕達の知らない科学兵器でもって僕らの世界を狙っていたら……なんて、酷《ひど》く悪い冗談みたいだ」

苦笑混じりに言ったロベルトを、平賀は真面目な顔で振り返った。

「はい。だとしたら、それこそ本物の『魔界』です」

参考書籍

『魔術師大全』　森下一仁　双葉社
『悪魔の中世』　澁澤龍彦　河出文庫
『図解　魔導書』　草野巧　新紀元社
『魔術　理論篇』　デイヴィッド・コンウェイ　阿部秀典訳　中央アート出版社
『サイキック』　コリン・ウイルソン　荒俣宏監修・解説　梶元靖子訳　三笠書房
『超常現象大事典』　羽仁礼　成甲書房
『第三帝国の野望』　毎日新聞社
『ヒトラーと哲学者』　イヴォンヌ・シュエラット　三ツ月道夫他訳　白水社
『聖別された肉体』　横山茂雄　白馬書房
『ナチスと精神分析官』　ジャック・エル＝ハイ　高里ひろ他訳　ＫＡＤＯＫＡＷＡ
『魔女とカルトのドイツ史』　浜本隆志　講談社現代新書

本書は文庫書き下ろしです。

バチカン奇跡調査官《きせきちようさかん》　悪魔達《あくまたち》の宴《うたげ》
藤木《ふじき》　稟《りん》

角川ホラー文庫　　Hふ4-12　　19427

平成27年10月25日　初版発行

発行者――郡司 聡
発　行――株式会社KADOKAWA
東京都千代田区富士見2-13-3
電話(03)3238-8521(カスタマーサポート)
〒102-8177
http://www.kadokawa.co.jp/
印刷所――旭印刷　製本所――BBC
装幀者――田島照久

ISBN978-4-04-102938-1 C0193